译文名著精选

YIWEN CLASSICS

最后一片叶子

——欧·亨利短篇小说选

[美] 欧·亨利 著 黄源深 译

O.Henry

The Last Leaf

上海译文出版社

图书在版编目(CIP)数据

最后一片叶子:欧·亨利短篇小说选/(美)亨利(Henry,O.)著;黄源深译.
—上海:上海译文出版社,2011.1(2025.4 重印)
(译文名著精选)
书名原文:The Last Leaf
ISBN 978 - 7 - 5327 - 5237 - 9

I.①最… Ⅱ.①亨… ②黄… Ⅲ.短篇小说—作
品集—美国—近代 Ⅳ.I712.44

中国版本图书馆 CIP 数据核字(2010)第 230645 号

O. Henry
The Last Leaf

最后一片叶子
── 欧·亨利短篇小说选
〔美〕欧·亨利 著 黄源深 译

上海译文出版社有限公司出版、发行
网址:www.yiwen.com.cn
201101 上海市闵行区号景路 159 弄B座
浙江新华数码印务有限公司印刷

开本 890×1240 1/32 印张 9 插页 4 字数 172,000
2011 年 1 月第 1 版 2025 年 4 月第 19 次印刷
印数:74,001 - 78,000 册

ISBN 978 - 7 - 5327 - 5237 - 9
定价:32.00 元

译本序

年前，上海译文出版社约我翻译欧·亨利的短篇小说，我首先面临的一个问题是篇目的选择。国外出版过多部《欧·亨利短篇小说选》，最简便的方法是在这些《选集》中再遴选，编成一个新的本子，以前的不少译本就是这么做的。但我认为，中外读者在审美标准、价值取向、欣赏习惯和阅读口味等方面是有很大差别的，现成的外国选本未必能满足中国读者的需要。因此，我便决定采用笨办法，让我的女儿从美国捎来《欧·亨利全集》，把16开1300多页的厚厚两卷本仔细看了一遍，从中选出30篇，构成了现在奉献给读者的《欧·亨利短篇小说选》。

当然，对于欧·亨利的284部短篇小说的看法，人们向来见仁见智。上个世纪曾有一家美国杂志让包括作者的妻子、朋友、出版家和一般读者在内的10个人，分别提供自己最喜欢的欧·亨利的10部短篇小说，结果这10个人提供了62个不同的短篇，人们喜好差异之大，可想而知。

现在这个选本里的小说自然包括那些常见的篇什，因为经过时间的淘洗，这些作品早已沉淀为人们心中的最爱，也毫无疑义地成了欧·亨利小说的精品，例如《贤人的礼物》（一译《麦琪的礼物》）、《最后一片叶子》和《警察和圣歌》等耳熟能详的短篇。也有一些小说，以前从未入选，但因为一定程度上反映了作者的风格，可读性强，又有一定深度，适合中国读者口味，所以也入选了。

我把这30篇小说按内容分为五类，为方便读者选择，每一类都冠上了一个类别名，即"社会世情小说"、"爱情情爱小说"、"无赖骗子小说"、"探案推理小说"和"哲理象征小说"。

欧·亨利是撰写"社会世情小说"和"爱情情爱小说"的高手，这些小说的主人公往往是些令人同情的小人物，在社会底层苦苦挣扎。但他们不乏人类最可宝贵的真情和真爱，并常以自我牺牲的方式来维系这种感情。他们非常本色的高尚品性，给虚伪灰暗的社会增加了一抹亮光，也使此类小说极具打动力。少数短篇以富人为主角，这些人心目中只有金钱，没有真情，作者用的是讽刺笔调，富人成了嘲笑的对象，也给前一类人物起了反衬作用。需要说明的是，这类小说中最为脍炙人口的一篇 "The Gift of the Magi"，以往一般都译为"麦琪的礼物"，我认为是欠妥的。Magi 是 Magus 的复数，意为《圣经》中的贤人，并非一个名叫"麦琪"的人。作者刻意用了复数，旨在暗示故事中的男女主人公都是贤人，都有贤人的品格。为此，译者将其译为"贤人的礼物"。此外，值得注意的是，英文 the Magi 中含有定冠词 the，因此决不能译成人名"麦琪"，况且"麦琪"还容易被人误解成为男主人公的妻子。

"无赖骗子小说"是欧·亨利小说的一大特色。在作者所生活的年代，社会正处于向工业化迈进的变动时期，大批农村人口涌向城市，同原有的城市人争抢"饭碗"，就业成为一大社会问题。为了生存，一批无业游民铤而走险，干起偷、抢、拐、骗的勾当。"无赖骗子小说"正是这一社会现象的写照。但欧·亨利笔下的无赖骗子，不但不像同类人那么可恶，而且还有几分可爱。和别的作家不同，欧·亨利不是去刻意揭露这些人的恶行，然后刻画正义战胜邪恶的过程，而是几乎把他们当作正面人物来对待，描写他们穷困潦倒，难以为继，不得不在夹缝中求生存。他们大多油滑机灵，精通世故，能想出各种骗局，实施后又能平安脱身；他们往往良心未泯，干坏事的时候还想着给受害者留条后路；或者出于同情，竟反过来帮助受害者；或者一时良心发现，决心弃恶从善，即使自身的安全因此受到威胁也在所不惜。他们一方面是多行不义之徒，应当为人所不齿；但另一方面他们心中始终怀着向善的愿望，不把事情做绝，因而也多少存在着"浪子回头"的可能性。用这种方式来写这个一般视为"反面人物"的群体，是欧·亨利的创新，而这些人物性格上所显示的复杂性，使这些小说深得读者的喜爱。

"探案推理小说"不大见于以前的欧·亨利小说选本，至少没有被单独列为一个类别来处理。但欧·亨利确实写过这类小说，而且很有用心。他显然不喜欢当时风头正健的柯南道尔撰写的《福尔摩斯探案集》(1891)，可能认为其虚假造作，不可信，于是便"以其人之道还治其人"的方式，模仿柯南道尔的笔法，加以讽刺。从小说的篇名我们就可以看出这种意图。柯氏小说的英文名是：The Adventures of Sherlock Holmes；而欧·亨利的短篇的篇名为：The Adventures of Shamrock Jolnes。两者无论是结构还是内容几乎完全一样，而人物的名字 Shamrock Jolnes 显然是从 Sherlock Holmes 蜕变而来的。像福尔摩斯 (Sherlock Holmes) 一样，这位 Shamrock Jolnes 也是小说的主角，探案的时候也有一位像华生那样的助手，用他的粗疏和愚钝，来烘托 Shamrock Jolnes 的机智、精明和思考的缜密。两者推理的方式也很相似，都是从一个小小的细节入手，运用严密的逻辑，推断出一系列曾经发生过的事情。甚至在叙述语言上，欧·亨利也模仿得惟妙惟肖。在这个短篇里，他特意舍弃了自己惯用的长句和生僻的词汇，向柯南道尔流畅简练的通俗风格靠拢。唯一不同之处是探案的结果。福尔摩斯往往能做到推断与事实完全相吻合，称得上是位无案不破的"常胜将军"。而 Shamrock Jolnes 尽管对细节的推理也能说得头头是道，貌似有理，但推理跟事实却南辕北辙。不难看出，作者是以此来嘲弄被神化了的福尔摩斯，以及他那种依赖主观推测、不重视客观调查的模式化探案手段。当然，矛头也同时指向了当时风行的探案小说。由此看来，欧·亨利写这些短篇，跟当年塞万提斯写《堂吉诃德》讽刺骑士文学有异曲同工之妙。

欧·亨利并没有止步于调侃，他自己也写了探案小说，也许是要用创作实践向世人说明，探案小说应当是这样来写的。他的这类小说与柯南道尔的明显不同之处在于，柯氏主要着眼于运用推理探案的曲折过程，诉说一个扣人心弦的故事；而欧·亨利却注重人物的刻画，风俗世情的描绘和办案中正义的张扬，探案的过程尽管也写得波澜起伏，有声有色，但不过是构成小说的情节，一种载体。因此欧·亨利的这类小说不但像柯氏作品那样生动可读，而且具有柯氏小说所没有的浓厚的生活气息、震撼力和思想深度。

欧·亨利还写过不少哲理象征小说，而且写得非常出色，可惜并没有引起选家的足够重视。这些小说，一时没有进入他们的视线，就是偶尔被选中了，也不过一两篇，势单力薄，不成气候，引不起读者的注意。本集中有五篇此类小说，可以说篇篇都是精品。这类小说有着一些共同的特点：首先，故事本身贴近生活，生动耐读，像欧·亨利的其他小说一样富有吸引力；其次，小说中的人物都写得有血有肉，个性鲜明，不像有些同类小说，往往是作者某种理念的传声筒；最后，这些小说通过人物的遭际，无不自然地透出一种人生哲理。《女巫的面包》告诉读者，必须透过现象看本质，不然就会像故事中的主人公那样，犯致命的错误；《天上和地下》要说明的是，那些高不可攀的东西看似美丽诱人，但对平头百姓来说并没有什么价值，脚踏实地过好日子最要紧；《命运之路》昭示的是一种宿命观点：人生的道路很多，但不管你如何选择，都只能有同一种结果；《第三种成分》写的是人们在社会中扮演着不同角色，不论其重要性如何，每个角色都是不可或缺的；《埋着的宝藏》中的寻宝之行，象征着对理想的追求。只有那些孜孜不倦，永不言放弃的人才能成为胜利者。

应当说，哲理小说是欧·亨利的不可忽视的艺术成就。这些小说除了和他的其他小说一样有着深厚的生活底蕴，活脱脱的人物和生动的故事之外，还隐含着深刻的哲理，显示了欧·亨利小说所达到的思想深度。对于那些认为欧·亨利小说玩弄小技巧而流于肤浅的批评，这是最好的答复。

至于欧·亨利（O. Henry, 1862—1910）本人，中国读者都比较熟悉。他的原名为威廉·西德尼·波特（William Sydney Porter），是美国著名短篇小说家。他出身贫寒，为谋生计，做过多种工作。先后当过药剂师、牧场工、记者、制图员、会计师、出纳员等。后因涉嫌银行款短缺而被捕入狱。其间，他用笔名欧·亨利发表短篇小说，并一举成名。他的小说大多刻画平民百姓的艰辛、苦涩和无奈，笔调轻松，语多幽默，用的是一种含泪的微笑，却让人心情格外沉重。他小说的结构，以出人意料的结尾（surprise ending）而闻名。这样的结尾，不但在审美上给了读者以"出其不意"的新鲜感，而且也常常起着深化主题的作用，令人反复回味，久久难忘。但使用过多，难免也会程式化。

2005 年 1 月于紫藤斋

目　录

社会世情小说

爱情情爱小说

无赖骗子小说

探案推理小说

哲理象征小说

社会世情小说

最后一片叶子

华盛顿广场西面，有一个小区，街道像发了疯似的，分割成小小的长条，称为"小巷"。这些"小巷"，相互构成奇特的角度和曲线。一条街自身也会交叉一两回。有一次一位艺术家发现，这条街有其价值所在。设想一个讨债的人，拿着颜料、纸张和画布的账单，穿行在这条路上，猛地发觉又回到了原地，欠账却分文未收得！

于是，艺术家们便很快到来，进了古雅的格林威治村，四处探听，寻找朝北的窗户、十八世纪的山墙、荷兰的阁楼，以及低廉的房租。然后，他们从第六大街运来一些锡镴杯，一两个火锅，把这个地方变成了"聚居地"。

在一幢矮墩墩的三层砖房顶楼，休和琼希建立了自己的画室。"琼希"是乔安娜的昵称。两人一个来自缅因州；另一个来自加利福尼亚。她们相遇于第八大街"德尔蒙尼克"饭店的和餐上，谈起艺术、莴苣色拉和灯笼袖衣服，彼此十分投合，于是便共建了画室。

那是 5 月。到了 11 月，一个冷酷无形，医生称之为肺炎的生客，大步在"聚居地"行走，冰冷的手指到处碰人。在东边，这个蹂躏者肆意横行，受害者成批被击倒。但在长满青苔、迷津一般的狭窄"小巷"，他踩踏的脚步却来得缓慢。

"肺炎先生"并不是一个所谓有骑士风度的老绅士。一个小不点女人，被加利福尼亚西风吹得没有了血色，并非一个拳头通红、气急败坏的老家伙的对手。可是琼希，还是遭到了他的袭击。她躺在油漆过的铁床上，几乎一动不动，透过荷兰式小窗的玻璃，瞧着邻家砖房空空的墙壁。

一天早晨，那位忙碌的医生皱起灰白的粗眉毛，把休请到了过道里。

"她还有——就这么说吧，十分之一的机会，"他说，一面把体温计的水银甩落下来。"那个机会就在于她还想活下去。大家如果只顾着在殡仪馆排队，一切药物也就无能为力。你那位小姐坚信自己活不成了。她心里还惦记着什么吗？"

"她，她希望有一天能画那不勒斯海湾，"休说。

"画画？ 废话！ 她心里有值得思念的东西吗？ 譬如男人？"

"男人？"休吹口琴似地哼了一下。"难道男人值得——可是，不，医生。根本没有这回事。"

"那么是由于虚弱了，"医生说。"凡科学所能做到的，我都会尽力去做，用我的努力。但是，病人一旦数起自己葬礼队伍中的马车来，我就会把药物的效率减去百分之五十。但要是你能让她对今冬大氅袖子的新款式提一个问题，那我可以保证，她有五分之一的机会，而不是十分之一。"

医生走后，休走进画室，把一条日本餐巾纸哭成了一团纸浆。随后，她拿着画板，吹着爵士乐口哨，大摇大摆地走进了琼希的房间。

琼希躺着，脸朝窗子，被单下几乎没有动静。休以为她睡着了，停了口哨。

她架好画板，开始给杂志的短篇小说作钢笔画插图。青年艺术家得为杂志的短篇配画，铺平通向艺术的道路，而青年作者，为了铺平通向文学的道路，创作了那些短篇。

休正在为故事的主角，爱达荷州牛仔画一幅素描，在他身上添一条马展用的漂亮马裤和一副单片眼镜。这时，却听见了一个低沉的声音，重复了几遍。她急忙赶到床边。

琼希眼睛睁得很大，瞧着窗外，在数数——倒数着。

"十二，"她说，一会儿后是"十一"；然后是"十"，接着是"九"；再后是"八"和"七"，那几乎是连在一起说的。

休关切地瞧了瞧窗外。那儿有什么好数的呢？ 只有空荡阴凄的院

子，以及二十英尺外空空的砖墙。一根很老很老的常春藤，根部生节，已经老朽，往砖墙上爬了一半。秋日的寒气摧落了藤叶，剩下几乎光光的残枝，还紧贴着风化了的砖块。

"怎么回事，亲爱的？"休问。

"五，"琼希说，近乎耳语。"现在落得更快了。三天前差不多还有一百，数起来怪头疼的，现在可容易了。又掉了一片。现在只剩下五片了。"

"五片什么呀，告诉你的苏迪①。"

"叶子，在常春藤上。最后一片叶子掉下的时候，我也得走了。三天前我就知道了。医生没有告诉你吗？"

"啊，我从来没有听见过这样的胡说，"休抱怨着，显得很不屑。"老常春藤叶子，跟你病好不好有什么关系？你以前很喜欢常春藤，所以才会这样想，你这个淘气姑娘。别犯傻。哎呀，今天早上医生告诉我，你迅速恢复的机会是——听听他的确切说法吧——他说机会是十比一呢！那种机会，就跟我们在纽约乘有轨电车，或者路过一座新大楼一样多。好吧，喝点汤吧，让苏迪回去画画，卖给编辑，为生病的乖乖买瓶红酒，再买些猪排，让她自己解解馋。"

"你不用买酒了，"琼希说，眼睛仍盯着窗外。"又掉了一片。不，我什么汤都不需要。只剩下四片了。天黑之前，我要看着最后一片叶子掉下来。然后，我也就去了。"

"琼希，亲爱的，"休说，朝她弯下身子，"你答应我闭上眼睛，不看窗外，等我干完活好吗？明天我得交这些画。我需要光线，不然，我就把窗帘拉下来了。"

"你不能在隔壁房间画吗？"琼斯冷冷地说。

"我宁可待在你身边，"休说。"另外，我不想让你老盯着那些傻

---

① 苏迪(Sudie)，休的昵称。

乎乎的藤叶。"

"你一干完就告诉我，"琼希说着闭上了眼睛。她脸色苍白，一动不动地躺着，好似倒地的塑像，"因为我要看着最后一片叶子掉下来。我懒得等，也懒得想了，什么事儿都松手，就像一片可怜厌倦的叶子，直往下飘呀，往下飘。"

"想法儿睡吧，"休说。"我得去叫贝尔曼上来做模特儿，画隐居老矿工。我就走开一会儿，在我回来之前你可别动。"

老贝尔曼是个画家，住在她们下面的底层。他已经60开外，胡子像米开朗琪罗①创作的雕像摩西的那样，从森林之神般的头上，沿着小魔鬼似的躯体，弯弯曲曲地垂落下来。在艺术上，贝尔曼一事无成，挥舞画笔四十年，却未能靠近艺术女神，连她的裙边都没碰到。他一直说是要画一幅杰作，却从来没有动笔。几年来，除了给商业画或广告画之类偶尔涂上几笔，什么也没有创作。他替"聚居地"里雇不起职业模特儿的青年画家当模特儿，赚点小钱。他喝杜松子酒过量，依旧谈论他未来的杰作。至于别的，他还是个凶狠的小老头，毫不留情地讥笑别人的软弱。他把自己看作随时待命的猎犬，专门保护楼上画室里两个年轻艺术家。

休找到了贝尔曼，浑身杜松子酒气，待在楼下暗洞洞的窝里。角落里放着一个画架，画架上是一块空白画布，放置了二十五年，等候杰作的第一根线条落笔。休把琼斯的胡思乱想告诉了他，并且担心，琼斯虽然还攀附在人生边缘上，但像叶子那么轻，那么脆弱，一旦难以支撑，就会跟叶子一样飘落下去。

老贝尔曼充血的眼睛显然在流泪，他大声喝斥着，对琼希的愚蠢想法表示不屑，并加以嘲笑。

---

① 米开朗琪罗(Michelangelo，1475—1564)，意大利文艺复兴时期雕塑家、画家、建筑师和诗人。主要作品有雕像《大卫》、《摩西》以及壁画《末日审判》等。

"胡闹！"他嚷嚷道。"世上哪有这样的傻瓜，因为该死的藤上掉下几片叶子，就想着自己要死了。我可从来没有听说过。不行，我不想为你的笨蛋隐士做模特儿。你怎么会让这种傻事儿跑到她脑子里去呢？哎呀，可怜的小不点琼希小姐。"

"她病得很重，而且很虚弱，"休说，"高烧把她的脑子烧坏了，尽生出些怪念头来。好吧，贝尔曼先生，你不愿意做模特儿，那就算了。不过，我认为你是个讨厌的老——老客里空。"

"你也真是个女人！"贝尔曼嚷道。"谁说我不愿意？ 走吧，我跟你去。我费了半天口舌，说愿意为你效劳。行！ 像琼希这样的好人，可不能在这个地方病倒。有一天我会画一幅杰作，然后我们都搬走。行啊，好啦。"

他们上楼的时候琼希睡着了。休把窗帘一直拉到窗台上，并示意贝尔曼到另一个房间去。在那里，他们忧心忡忡地望着窗外的常春藤。随后，两人默默地对视了一会。冷雨夹着雪下个不停。贝尔曼穿着蓝色的旧衬衫，坐在一口倒扣着充作岩石的锅上，扮作隐居的矿工。

第二天，休睡了一小时后醒来，发觉琼希睁大了眼，呆呆地看着拉下的绿色窗帘。

"把窗帘拉起来，我想看一看，"她轻声地吩咐道。

休疲惫地照办了。

可是，看哪！ 在漫漫长夜，经受了狂风骤雨的袭击之后，砖墙上居然还残留着一片藤叶。这是常春藤上最后一片叶子。叶柄仍呈墨绿色，锯齿形的叶边却因朽败而发黄了。尽管如此，那片叶子依然无畏地挂在枝条上，离地面二十英尺左右。

"这是最后一片了，"琼希说。"我以为夜里肯定要掉下来的。我听见风在刮。今天，这片叶子会掉下来，同时我也要去了。"

"亲爱的，亲爱的！"休说，朝着枕头低下憔悴的脸，"要是你不为自己考虑，那就为我想想吧。我怎么办呢？"

但琼希没有回答。世上最寂寞的，莫过于一个灵魂准备去作秘密的远行。当维系友情，维系人世的结，一个个松开时，那怪念头似乎也把她缠得更紧了。

白昼渐渐逝去。但即使透过黄昏，也看得见这片孤叶贴在靠墙的叶柄上。后来，夜来临了，又刮起了北风，雨依旧敲击着窗户，啪啪地从低矮的荷兰式屋檐上落下来。

天刚亮起来，狠心的琼希便吩咐拉开窗帘。

常春藤叶子依然还在。

琼希躺着，久久地看着它。随后她叫唤休。这时，休在煤气灶上熬着鸡汤。

"我是个坏姑娘，苏迪，"琼希说。"老天有意在那儿留下那片最后的叶子，让大家看看我有多坏。想死是一种罪孽。现在，你可以端些鸡汤给我，还有牛奶，搀点红酒。还有——不，先拿一面小镜子来，然后替我垫几个枕头，我要坐起来看你做饭。"

一小时后她说。

"苏迪，将来有一天我希望去画那不勒斯海湾。"

下午医生来了，离开时，休借故到了过道。

"机会对半开了，"医生一面说，一面握住休瘦弱颤抖的手。"好好调养她，你会成功的。现在我得到楼下去看另外一个病人。他的名字叫贝尔曼——我想是位艺术家，也得了肺炎。他又老又弱，病势又凶险，已经没有希望了，不过今天送进了医院，让他舒服些。"

第二天，医生对休说："她已经脱离危险，你赢了。现在要注意的是营养和照料——没有别的了。"

那天下午，休来到琼希躺着的床边，编织一条无用的深蓝色羊毛披肩，一副心满意足的样子。休伸出胳膊，连同枕头一把抱住了琼希。

"我有件事要告诉你，小丫头，"她说。"今天，贝尔曼先生在医院里去世了，死于肺炎。他才病了两天。头天早上，门房发现他在楼下住房里，痛苦而无奈，鞋子和衣服都湿透了，冰冷冰冷的。大家都无法想象，这么可怕的夜晚，他会去过哪儿呢。后来他们发现了一盏亮着的灯笼，一架拖动了地方的扶梯，一些散乱的画笔，以及一块调色板，上面调着绿黄两种颜色——瞧瞧窗外，亲爱的，墙上最后的一片藤叶，在风中纹丝不动，你不觉得奇怪吗？哎呀，亲爱的，这是贝尔曼的杰作——那天晚上最后一片叶子掉下的时候，他画上去的。"

警察和圣歌

索比躺在麦迪逊广场的长凳上，不安地蠕动着。当大雁在夜空中发出尖叫，当缺少海豹皮大衣的女人对丈夫更加体贴，当索比在公园的长凳上不安地翻来覆去时，你可以知道冬天已经逼近了。

一片枯叶落在索比的膝头。那是严寒递上的名片。严寒对麦迪逊广场的常客十分关照，每年到来之前都会及时预告，在十字街头把名片交给北风，那位露天大厦的男仆，好让那里的居民作好准备。

索比心里明白，为了抵御来临的寒冬，已经到了由他组成单人事务委员会的时候，所以他在长凳上睡不安宁了。

索比过冬的雄心，并不算很大。他没有考虑去地中海航游，没有想到令人昏昏欲睡的南方天空，也没有想去维苏威海湾游弋。他一心向往的，是在岛上①度过三个月。三个月里，吃饭、住宿和投合的伙伴，都有保证，又可免受北风和警察之苦。对于索比，这似乎是最值得神往的。

几年来，好客的布莱克韦尔岛一直是他冬季的寓所。那些比他更为幸运的纽约人，每年冬天都买好去棕榈滩②和里维埃拉③度假的票子。像他们一样，索比寒酸地准备着一年一度去岛上的避难。现在，时候到了。前一天晚上，他睡在古老的广场靠近喷泉的长凳上，把三份星期日报纸，分别垫在外衣底下，裹住脚踝，盖在膝盖上，但仍无法抵御寒冷。于是，去岛上的念头适时地变得强烈起来了。他鄙视以慈善名义为城里无依无靠的人提供的施舍。在他看来，法律比慈善机构更加仁慈。他自己有数不清的去处，市政府办的和慈善机构办的，都可以获得符合俭朴生活的食宿。但对心高气傲的索比来说，慈善布施是一种负担。从慈善家手中得到的任何恩惠，都必须偿还，不是用金钱，是用心灵的屈辱。就像有恺撒就有布鲁图一样，施舍你一张床，你就得付出先沐浴的代价；给你一条面包，你得以个人隐私备受追查来偿还。因此倒还不如去做法律的常客，按规章办事，君子私事不受非法干预。

索比一决定去岛上，就当即着手来实现这一愿望。办法很多，也很简单。最舒心的办法，是在一家昂贵的饭店美美地饱餐一顿，然后说无钱埋单，不声不响地被交给警察。其余的事，一个好说话的地方法官自会去办理。

索比离开长凳，步出广场，穿过平坦开阔的柏油马路，百老汇大街和第五大街交汇的地方，转入百老汇大街，在一家灯火闪亮的饭店前停了下来。这里夜夜都聚集着有钱有势的人，穿绫戴罗，觥筹交错。

索比对自己从背心最底下的一个纽扣往上部分，很有信心。他的脸刚刮过，外衣怪体面的，配有一条简易活结领带，黑颜色，很整洁，是感恩节一位女传教士送的。要是能靠近饭桌，不引起怀疑，胜利就属于他了。他露在桌面上的半身，不会招来侍者的怀疑。索比想，一只烤野鸭差不多，再来一瓶夏布利酒，然后是一块卡门贝干酪，一小杯清咖和一根雪茄。雪茄一元一根就可以了。全部费用不会过高，不致引起管理层穷凶极恶的报复，而野鸭肉足以让他填饱肚皮，高高兴兴上路，去他的冬季避难所。

然而，一进饭店门，领班的目光就落在了他磨损的裤子和破烂的鞋子上。一双强壮的手，利索地把他扭过身来，不声不响急忙将他推到人行道上，使那只险遭不测的野鸭，逃脱了不体面的命运。

索比离开了百老汇大街。看来，美食并不是一条路，可以通向他所垂涎的海岛。他必须考虑另找门路进入监狱。

在第六大街街角，一家商店的橱窗十分引人注目。只见灯光闪耀，窗玻璃后面的货物摆放得精巧有致。索比捡起一块大鹅卵石，扔向橱窗，打碎了玻璃。人们纷纷奔向街角，带头的是一个警察。索比一动不

①即位于纽约和布鲁克林之间的布莱克韦尔岛，岛上有监狱。
②棕榈滩(Palm Beach)，美国佛罗里达州度假胜地。
③里维埃拉(Rivera)，法国东南部和意大利西北部地区的度假胜地。

动站着，双手插在口袋里，笑容可掬地面对着铜钮扣。

"作案的人呢？"警官激动地问道。

"你难道不认为我可能跟这有关系吗？"索比说，口气里不无讥嘲，但很友好，仿佛在跟好运打招呼。

在警察的脑子里，索比根本不可能是线索。打碎玻璃窗的人是不会待着不走，跟法律的忠仆聊天的。他早就该逃之夭夭了。警察看到，半个街区开外有个人奔跑着去赶车子。他取出警棍，开始追赶。索比继续游荡着，心里很懊丧，居然两回都没有成功。

街对面有一家不很招摇的饭馆，供应那些胃口大而钱包小的顾客。店里器皿粗，气氛浓，但汤很稀，餐巾薄。索比走了进去，没有引起怀疑，脚上还是那双易遭非议的鞋子，身上穿的是那条会泄密的裤子。他坐在餐桌旁，吃了牛排、煎饼、炸面圈和馅儿饼。然后，他向侍者透露了实情，自己没有财运，身无分文。

"好吧，准备叫警察吧，"索比说。"别让老子等着。"

"你甭想要警察伺候你，"侍者说，嗓音糯糯的像奶油蛋糕，眼睛红红的像曼哈顿鸡尾酒会上的樱桃。"嗨，骗子！"

两个侍者干净利落地将索比扔了出去，他的左耳碰在了粗糙的人行道上。他像木匠打开曲尺一样，一个关节继一个关节爬了起来，掸去衣服上的灰尘。让警察拘捕仿佛只是一场玫瑰梦，海岛似乎非常遥远。一个警察站在相隔两个门面的药店前，哈哈大笑，朝街的一头走去。

索比穿过了五个街区，才鼓起勇气再去求人逮捕他。这次他碰上了一个机会，傻乎乎地自以为是"十拿九稳"了。一个外貌端庄悦目的少妇，站在橱窗前，悠闲地瞧着刮须用的杯子，以及墨水台。在橱窗两码以外的地方，一个神情严肃的大个子警察，斜靠在一个消防水栓上。

索比打算扮演一个卑鄙讨厌的调戏者角色。他的猎物长相那么典雅脱俗，近旁的警察又那么认真，他不由得相信，自己的手腕很快就能感受到警方舒适的镣铐了，保证他在那个整洁宜人的小岛上找到冬季的栖身地。

索比整了整女教士赠送的简易领带，把缩进的袖口拉到外面，将帽子斜戴到迷人的角度，侧身挨近少妇。他向她做了个媚眼，突然咳嗽了几下，清了清嗓子，又是傻笑，又是假笑，厚颜无耻地使出调戏者一连串可恶伎俩。索比侧眼看见那个警察紧盯着他。少妇向一旁移动了几步，继续全神贯注地看着刮须用的杯子。索比紧随着，大胆地走到她身旁，抬起帽子说：

"啊哈，小妞儿！ 不想到我院子里去玩玩吗？"

那个警察仍旧看着他们。被骚扰的少妇只要伸手一招，索比差不多就得上路，去他与世隔绝的天堂了。他已在想象，自己能感受到警察局舒适的暖意了。少妇面对着他，伸出一只手，拽住索比的衣袖。

"当然，小兄弟，"她高兴地说，"要是你能请我喝啤酒。要不是警察看着，我早就同你说话了。"

少妇玩起了常春藤攀附橡木的花招，粘住了索比。索比沮丧地从警察身旁走过，似乎注定要与自由结缘。

到了下一个街角，索比甩掉伙伴逃跑了。他在一个街区停下了脚步，那里有最轻松的街道、最轻快的心情、最轻巧的誓言和最轻灵的歌剧。穿裘皮的女人和着厚大衣的男子，冒着冬寒快活地走动着。索比突然担心，一种可怕的魔力在发威，使他无缘受到拘捕。这一念头让他感到有点惊慌。这时，他看到另一个警察在一家华丽的剧院前神气活现地闲荡，便立刻抓住了"扰乱治安行为"这根救命稻草。

在人行道上，索比拔直喉咙大嚷，嗓音沙哑，一派酒后胡话。他又是跳，又是叫，又是骂，闹得天翻地覆。

警察转动着手里的警棍，回过身去，背对索比，同一个公民说了一通。

"是耶鲁的小伙子们，庆祝他们给哈特福德学院吃了个零蛋。有些吵闹，但并不碍事。我们接到指示，随他们闹去。"

索比闷闷不乐，停止了劳而无功的叫嚷。难道没有一个警察会逮捕他？ 在他的想象中，海岛似乎成了不可企及的阿卡狄亚①。迎着寒风，他扣好了单薄的外衣纽扣。

一家雪茄店里，他看到一个穿着讲究的男子，对着摇曳的火种在点雪茄，进门时把丝绸伞放在了门边。索比走进去拿了伞，慢悠悠地走掉了。点雪茄的男子急忙跟了上来。

"是我的伞，"他厉声说。

"啊，是吗？"索比带着讥讽的口吻说，小偷小摸之外又加了羞辱的罪名。"好吧，干嘛不叫警察？ 是我拿的。是你的伞呀！ 为什么不把警察叫来呢？ 角落上就站着一个。"

伞主放慢了脚步。索比随之也慢了下来，预感到命运又要跟他作对了。警察好奇地看着两人。

"当然，"那位持伞人说——"事情——是呀，你知道，这些误会是怎么产生的——我——假如这是你的伞，我希望你原谅我——今天早上，我是在一个饭馆里捡到的——要是你认出来是你的伞，那么——我希望你——"

"当然是我的，"索比恶狠狠地说。

原来那位伞主退却了。警察匆匆朝一个戴夜礼服斗篷的高挑金发女郎跑去，扶她穿过街道，因为两条马路之外，一辆市内有轨电车正在逼近。

索比朝东走去，穿过一条正在改建，掘得坑坑洼洼的街道。他怒悻悻地把伞扔进土坑，咕哝着骂起那些戴头盔拿警棍的人来，自己一心想要落入他们手掌，却被他们看作是一个永远正确的国王。

最后，索比来到东边一条街，那里灯光昏暗，不大喧闹。他朝着麦

---

① 阿卡狄亚(Arcadia)，古希腊的一个高原地区，喻指有田园牧歌式淳朴生活的地方。

迪逊广场走去，回家的念头还在，尽管这个家不过是公园的长凳。

但是，在一个异常静谧的角落，索比停下了脚步。这里有一个古怪的老教堂，结构散漫，建有山墙。一扇紫色的窗户，射出柔和的光来。不用说，一个风琴师在拨弄琴键，保证下一个安息日弹好圣歌。美妙的音乐从那里传来，飘进索比的耳朵，打动了他，把他牢牢地粘在了铁栏杆的卷曲形图案上。

月亮高悬，皎洁宁静。车辆稀少，行人寥寥。麻雀带着睡意在屋檐下叽叽喳喳。这一刻完全是乡村教堂墓园的景色。风琴师弹奏的圣歌，把索比胶了铁栏杆上，因为他曾经很熟悉圣歌。在那些日子里，他生活中拥有母亲、玫瑰、雄心、朋友、一尘不染的想法和衣领。

索比灵敏的头脑，老教堂的感染力，两者相结合，使他的心灵突然产生了奇妙的变化。他立刻惊慌地审察起自己落入的火坑、堕落的日子、可耻的欲望、无望的企盼、受损的才智和卑劣的动机，这一切构成了他的全部生活。

霎那间，他内心也激动地和新的感受共鸣了。他被瞬间的强烈冲动所驱使，决计跟绝望的命运抗争。他要把自己从泥坑中拔出来，重新成为一个男子汉，征服附身的恶魔。时间还来得及，自己还算年轻。他要重树雄心，毫不畏缩地去实施。那些庄严而甜蜜的风琴音符，在他内心燃起了一场革命。明天，他将去喧闹的市中心找工作。一个毛皮进口商曾答应给他一个赶车人的职位。明天他要去找他，把那个工作要下来。他要在世上活出个名堂来。他会——

索比感觉到一只手搭在他胳膊上。他急忙转过头来，凝视着警察的一张阔脸。

"你在这儿干什么？"警官问。

"没有干什么，"索比说。

"那就跟我走吧，"警察说。

"在岛上关三个月，"第二天早上法官在警庭说。

财神和爱神

老安东尼·洛克沃尔，是洛氏尤里卡肥皂的制造商和业主，已经退休。他坐在自己第五大街大厦的图书室，瞧着窗外，笑了起来。他右侧的邻居，势利的俱乐部会员格·范·舒赖特·苏福克-琼斯，出门来到等候着的汽车前，照例对肥皂皇宫正面高处的意大利文艺复兴雕塑，不屑地扇了一下鼻孔。

"没出息的老家伙，摆什么架子！"前肥皂大王议论道。"小心让伊甸博物馆把这个冻僵了的老涅谢尔罗达①要了去。明年夏天，我偏要把这房子漆成红的、白的、蓝的，看他那个荷兰鼻子翘得有多高。"

随后，这位从来不乐意打铃的安东尼·洛克沃尔，走到图书室门口，大叫了一声，"迈克！"声音之响，不减当年在堪萨斯草原嗓音刺破云霄那会儿。

"告诉我儿子，"安东尼对应召的仆人说，"走之前到我这儿来一下。"

小洛克沃尔一进图书室，老人就搁下报纸打量他，光滑红润的大脸盘上，露出既慈祥又严厉的表情。他一只手揉乱了蓬松的白发，另一只手把口袋里的钥匙摇动得叮当作响。

"理查德，"安东尼·洛克沃尔说，"你用的肥皂花了多少钱？"

理查德有点吃惊，从大学回家才六个月，摸不透父亲的脾气。父亲就像第一次参加聚会的姑娘，有很多出人意料的举动。

"我想是六元钱一打，爸爸。"

"你的衣服呢？"

"一般说来是六十元左右。"

"你是一个绅士，"安东尼毅然说。"我听说那些纨绔子弟花二十四元买一打肥皂，花一百多买一套衣服。你可以随便花的钱，比谁都不少，但你一直是既体面又有节制。如今我用的肥皂，还是老牌尤里卡——不仅出于感情，而且是因为这是最纯的产品。你花超过一毛的钱买一块肥皂，那你买的只是劣等香料和标签。对你这一代，你这样的地位，你这样家境的年轻人来说，五毛钱买一块肥皂已经很不错了。我说过，你是个绅士。据说，三代才能造就一个绅士。这种说法已经过时。金钱可以造就绅士，造得跟肥皂油脂一样滑溜。金钱已经把你造就成了一个。啊呀，也几乎造就了我。我跟左邻右舍两个荷兰裔老绅士差不多一样粗鲁，一样讨厌，一样没有教养。就因为我买下了他们之间的房产，他们夜里便睡不着了。"

"有些东西金钱是办不到的，"小洛克沃尔说道，心里有些沮丧。

"听着，别这么说，"老安东尼吃惊地说。

"我每次只为钱而赌钱。我查了百科全书，从头查到'Y'，想找一个钱买不到的东西。下个星期，我打算把附录都查一遍。天底下我最看重的就是钱。你说说，什么东西用钱买不到。"

"首先，"理查德回答，心里有点怨，"钱不能把人买进上流社会的小圈子里。"

"啊！真买不到？"这位"万恶之源"的卫士咆哮着。"你倒说说看，要是当年第一代阿斯特②没有钱买统舱票到美国，哪里还会有你们今天的小圈子？"

理查德叹了一口气。

"我正要说这事儿呢，"老头说，已不像刚才那么大声嚷嚷了。"我就是为这把你叫来的。你有点不对头了，孩子。我留意你两个礼拜了。说出来听听。我想，24 小时内我能搞到 1 100 万，房地产不计。要

---

① 涅谢尔罗达(Nesselrode, 1780—1862)，俄国政治家，曾参与缔结英俄同盟，结束克里米亚战争。此处讽刺荷兰移民苏福克-琼斯。
② 阿斯特(John Jacob Astor, 1763—1848)，美国皮毛业商人，生于德国，1783 年移居美国，后成为豪富。

是你的肝脏出了问题，'逍遥游号'就停在海湾，上好了煤，两天之内起航去巴哈马群岛。"

"你猜得不坏，老爸，相差不远。"

"哈哈，"安东尼说，来了兴致，"她叫什么名字？"

理查德在图书室内来回踱起步来。这位粗鲁的父亲身上的友情和同情心，足以掏出他的心里话来。

"为什么不向她求婚呢？"老安东尼追问道。"她会抢着要你呢。你有钱，有貌，为人正派。你的手是干净的，不沾尤里卡肥皂。你上过大学，不过这点她不会在乎。"

"我没有机会，"理查德说。

"创造一个呀，"安东尼说。"带她出去到公园里走走，或者乘干草马车夜游，要不，陪她从教堂走回家。机会！ 哼！"

"你不知道社交的磨房是怎么运转的，老爹。她是转动磨房的一股溪流。她的每小时，每分钟，都是几天前就排定的。我一定得把那个姑娘弄到手，老爸，不然，对我来说，这个城市永远是漆黑的泥潭。而我又不能写信——我做不到。"

"啧啧！"老头说。"你是想告诉我，凭我这么多钱，你还不能跟一个姑娘待上一两个小时？"

"我已经拖得太晚了。后天中午，她就要乘船去欧洲，在那里待两年。明天晚上，我要单独见她几分钟。这会儿她在拉奇蒙特姑妈家。我不能上那儿去。不过，她允许我明天晚上备好马车，到中央大火车站去接她，她坐的是八点三十分到达的火车。我们会飞快驶过百老汇大街，赶往华莱克剧院。在剧院门厅，她母亲和同包厢的人在等着我们。你想，在那种只有六七分钟的情况下，她会听我表白吗？ 不会。而在剧院里，或者看戏后，我还有什么机会呢？ 没有。不行，老爸，这团乱麻，用你的钱是解不开的。金钱买不到一分钟时间，要不然，有钱人会活得更久。兰屈莱小姐出航之前，我没有希望同她交谈了。"

"好呀，理查德，我的孩子，"老安东尼高兴地说。"现在你可以到你的俱乐部去了。幸好不是你的肝脏出问题。可别忘了常到庙里给财神老爷烧几炷香。你说金钱买不了时间？嗯，当然，你不可能出钱叫人包扎好'永恒'，送到你的住宅，不过我看到时间老人路过金矿，脚后跟给石头磨得全是青肿呢。"

那天晚上，埃伦姑妈来了。她心情温和，多愁善感，满脸皱纹，被财富压得直唉声叹气。她的兄弟正看着晚报，她走到他身边，开始攀谈起来，话题是情人的苦恼。

"他全告诉我啦，"安东尼兄弟打着哈欠说。"我对他说，我的银行存折由他支配。随后，他就开始说起钱的坏话来。说是钱帮不了忙，又说上流社会的规矩，是一群千万富翁扳不动的，动一码都不行。"

"啊，安东尼，"埃伦姑妈说，"我希望你别把钱看得那么了不起。财富碰上真情实感就完了，爱情的威力实在太大。他要是早点讲该多好！她不可能拒绝我们的理查德。可是现在，我怕太晚了。他没有机会向她求爱了。你所有的金银财宝都不可能给你儿子带来幸福。"

第二天晚上八点，埃伦姑妈送来一个虫蛀过的盒子，取出一枚老式别致的戒指，给了理查德。

"今晚戴上它，侄子，"她央求着。"是你母亲给我的。她说会给你的爱情带来好运。她让我等你找到心上人了交给你。"

小洛克沃尔虔诚地接过戒指，在小手指上试了试。戒指滑到手指第二节上停住了。他按男人的习惯，取下戒指，放进背心口袋。随后打电话叫马车。

八点三十二分，在车站叽叽呱呱的人群中，他逮住了兰屈莱小姐。

"我们决不能让妈妈和其他人等候，"她说。

"上华莱克剧院，越快越好！"理查德忠心耿耿地说。

马车一阵风似的经过第四十二街，朝百老汇驶去。然后，经过一条星光闪耀的小路，这条路把夕阳下柔软的草地和清晨岩石嶙峋的小山连接了起来。

到了第三十四街，小理查德急忙开启车窗，吩咐赶车人停车。

"我掉了个戒指，"他爬出车子，抱歉地说。"是我妈给我的，我不想让它丢了。我不会耽搁你一分钟——我看到它落在哪儿。"

不到一分钟，他拿着戒指回到了马车上。

但就在那一分钟里，一辆穿越市区的车子正好停在了他们的马车前面。赶车人想往左面借道，但一辆重型快运车挡住了去路。他想往右边试试，却还得倒退，避让一辆不该停在那儿的家具运送车。他想往后退，但掉了缰绳，出于责任感开始骂骂咧咧。总之，他被堵在了车辆和马匹的一片混乱之中。

这是一次道路堵塞，有时候这种堵塞会突然弄得大城市里商业停顿，活动中止。

"干吗不往前赶路？"兰屈莱小姐不耐烦地说。"我们要迟到了。"

理查德从座位上站起来，四下张望着。他看到了一条车辆的洪流，有大篷车、大卡车、马车、运货车和有轨电车，把百老汇、第六大街和第三十四大街的岔路口大片地方，堵得水泄不通，仿佛一个胸围26英寸的少女，硬要挤进22英寸的紧身裙去。而在所有的横马路上，各类车辆都急匆匆吼叫着全速驶向交汇点，闯入散乱的汽车群，刹住车轮，动弹不得，喧嚷声中又增加了司机的咒骂。曼哈顿的所有车辆，仿佛都挤轧在他们周围了。人行道上，成千上万的人在观望，连其中最老的纽约佬也没有见过如此规模的交通堵塞。

"真对不起，"理查德入座时说，"不过，看来我们给堵在这儿了。一小时内拥堵缓解不了。都怪我，要是我没有掉戒指，我们——"

"让我瞧瞧那个戒指，"兰屈莱小姐说。"既然没有办法，我也就无所谓了。反正看戏也没劲。"

那天晚上十一点，有人轻轻地敲起了安东尼·洛克沃尔的门。

"进来，"安东尼叫道。他身穿红色晨衣，读着一本海盗冒险小说。

敲门的是埃伦姑妈，看上去像个头发花白不小心流落人间的天使。

"他们订婚了，安东尼，"她轻声说。"她答应嫁给我们的理查德。去剧院的路上他们堵了车，费了两个小时，乘坐的马车才脱身。

"啊呀，安东尼兄弟，别再吹嘘钱的力量有多大了。真爱的一个小标志——一枚象征爱情天长地久、超越金钱的小戒指，才是我们的理查德找到幸福的原因。他在街上丢了戒指，下车去找了回来。还没能继续赶路，就出现了堵车。他们的马车陷在里面的时候，他向心上人求爱，她当场就答应了。比起真诚的爱，钱不过是粪土，安东尼。"

"好吧，"安东尼说。"很高兴这孩子如愿以偿了。我告诉过他，这件事我会不惜代价，如果——"

"可是，安东尼兄弟，你的钱有什么用呢？"

"姐姐，"安东尼·洛克沃尔说，"我的海盗陷入了倒霉的困境。他的船刚被凿坏，而他能很好判断钱的价值，不想任它沉没。我希望你让我把这一章继续写下去。"

故事到这儿该结束了。我也像读者诸君一样，满心希望到此结束。但是我们还得寻根究底，看看事实真相。

第二天，一个系圆点蓝底领带，双手红通通，自称叫凯利的人造访了安东尼·洛克沃尔的住宅，并立刻被接进了图书室。

"好吧，"安东尼说，伸手去拿支票簿。"这锅肥皂熬得真好。让我想想——你预支了5 000元现金。"

"我自己垫了300元，"凯利说。"我得超出预算一点点。运货快车和马车，一般是5元一辆。但是大卡车和两匹马拉的车，却涨到了10元。电车司机要价10元。一些货车队要20元。警察宰得最凶，要50元，我付了两个，其余的都是20元和25元。可这不是干得很漂亮吗，洛克沃尔先生？ 幸亏威廉·埃·布雷迪①不在室外的小小堵车队现场，我不想让威廉妒忌得心碎。而且，我们从来没有排练过。小伙子们很准时，分秒不差。两小时之内，连一条蛇都到不了格里利②塑像下。"

"这儿是1 300，凯利，"安东尼说，撕下一张支票。"1 000元是给你的，还有300元是你垫付的钱。你不会瞧不起钱吧，凯利？"

"我？"凯利说。"我准会把发明贫穷的人揍一顿呢。"

在门边，凯利让安东尼叫住了。

"堵车那会儿，你有没有在什么地方看到过，"他说，"一个赤裸裸的胖男孩③，拿着弓，往四处射箭？"

"嗯，没有，"凯利迷惑不解地说。"我没有看到。要是正像你说的，怕是我还没到那儿，警察就把他抓走了。"

"我想这小家伙是不会在场的，"安东尼咔咔地笑着说。"再见，凯利。"

---

① 布雷迪(William A. Brady, 1863—1950)，美国著名剧院经理，曾创办并经营游乐场。
② 格里利(Horace Greeley, 1811—1872)，美国报刊编辑，《纽约论坛报》创办人，提倡教育改革，反对奴隶制度。曾竞选总统失败。纽约有一个以其命名的广场。
③ 指罗马神话中的爱神丘比特（赤裸，长有翅膀，手持弓箭）。

双面人哈格雷夫斯

诸位，彭德尔顿·塔尔博特少校是莫比尔人。他和女儿莉迪亚·塔尔博特小姐来华盛顿定居，在离最清静的大道 50 码的地方，选择了一幢供膳宿的房子。那是一种老式的砖砌楼房，带有门廊，门廊下直立着高高的白色圆柱。几棵伟岸的洋槐和榆树遮蔽着院子，一棵当令的梓树把粉红色和白色的花，雨点般洒在草地上。沿着篱笆和小径，是一排排高高的黄杨灌木。正是这个地方的南方风貌，让塔尔博特父女赏心悦目。

在这幢舒适的私家膳宿房，他们预订了房间，包括塔尔博特少校的一间书房。少校正在撰写一部书的最后几章，那书叫《亚拉巴马州军队、法院和法庭琐忆》。

塔尔博特少校是个很老派的南方人。在他眼里，现代社会很乏味，也没有什么可取之处。他的思想还停留在内战前时期，那时，塔尔博特家拥有数千亩种植棉花的良田，以及从事耕种的奴隶；他们的家宅是酬宾摆阔之地，招徕的客人都是南方的贵族。他承继了那个时期的一切，旧有的自豪感、面子观念、老派的拘礼以及（你也许会想到的）服饰。

这类衣服，五十年内自然没有人做过。少校尽管个子很高，但行起派头十足却已过时的屈膝礼来，礼服的衣角照样拖到地上，他称这样的屈膝礼为鞠躬。这种服饰，甚至令华盛顿人都感到惊奇，虽然他们对南方议员的礼服大衣和宽边帽，早就习以为常了。一位寄宿者称这为"哈伯德神父"袍，的确，这套衣服腰高，下摆大。

少校的衣服怪里怪气，衬衣前胸的大块地方，都是皱褶和缠结，戴的是一根狭长的黑领带，领带的结常常滑到一边。在瓦达曼这样一流的膳宿房，这身打扮既讨人喜欢，又引人发笑。一些百货公司的年轻职员，自称常要"戏弄他"，让他谈最感亲切的题目——他亲爱的南方传统和历史。谈话中，他会随意引用《琐忆》这部书。但他们都小心翼翼，不让他看透心中的谋划，因为尽管他已经六十八岁，但入木三分的灰色眼睛会死死地盯着你，弄得其中最大胆的也很尴尬。

莉迪亚小姐是个三十五岁的老姑娘，圆鼓鼓的小个子，头发梳得溜光，紧紧地盘在头上，看上去更加显老。她一样是个老派人，但和少校不同，并没有抖露南北战争前的荣耀。她懂得勤俭度日的常理，家里一应账务，全由她打理，有人上门要账，也由她接待。膳宿和洗衣账单之类，少校很不屑，也很厌烦。这些东西不断送来，非常频繁。少校觉得纳闷，为什么不能在方便的时候一次性结清呢——譬如说，《琐忆》出版，付了稿费的时候？莉迪亚小姐会一面沉着地继续干手中的缝纫活，一面说，"只要钱还能维持，我们可以过一天付一天。要不，就得合在一起付了。"

瓦达曼太太的寄宿者几乎全是百货公司职员和生意人，白天大都外出，但其中一位，从早到晚都待着。这是个年轻人，名字叫 H·霍普金斯·哈格雷夫斯——这里的每个人都以全名称呼他——他受雇于一家很受欢迎的杂耍剧院。近几年来，杂耍已上升到了备受尊敬的地位，而哈格雷夫斯又那么谦和有礼，所以瓦达曼太太不会反对把他放在膳宿者的名单上。

哈格雷夫斯是剧院里有名的多面手方言喜剧演员，擅长于演多种角色，德国人、爱尔兰人、瑞典人和黑人等。哈格雷夫斯雄心勃勃，常常谈起自己的宏愿，决心在正统戏剧中大显身手。

这个年轻人似乎迷上了塔尔博特少校。只要那位绅士一开始回忆他的南方，唠叨某些生动无比的轶事，哈格雷夫斯往往是听众中最专注的一个。

少校私下里称他为"演员"，并一度露出疏远之意。可是，这个年轻人态度随和，对老绅士的掌故显然又很欣赏，很快便把老绅士彻底俘获了。

不久，两人便成了莫逆之交。少校腾出每个下午，把书稿念给他听。说到某些轶事，哈格雷夫斯会恰到好处地笑出声来。少校十分感动，一天对莉迪亚小姐说，哈格雷夫斯这个小伙子很机灵，对旧政权怀有真诚的敬意。谈起往昔的日子——要是塔尔博特少校愿意谈，哈格雷夫斯会听得入迷。

像几乎所有回忆往事的老人一样，少校喜欢在细枝末节上打转。他一旦描绘起老种植园主辉煌，乃至君王似的日子，就会沉思良久，回忆出替他牵马的黑人的名字，或是某件小事发生的确切日期，或是某年生产的棉花的包数。但哈格雷夫斯从来没有不耐烦，或者不感兴趣。相反，他会就那个时期生活相关的各类话题，提出问题，而且总能得到及时的回答。

他谈到猎狐呀，负鼠晚餐呀，黑人住处的方形舞会和黑人民歌呀，还有种植园屋子大厅举行的宴会，那时方圆五十英里内都发请帖；还有偶尔跟相邻的绅士们闹的口角；还有少校为了基蒂·查默斯跟拉斯白恩·卡伯特森的决斗，基蒂后来嫁给了南卡罗来纳开垦地的主人；还有莫比尔海湾奖金可观的私人游艇赛，以及老奴隶古怪的信仰、不节俭的习惯和忠心耿耿的美德——这一切都吸引着少校和哈格雷夫斯，两人一谈就是几小时。

晚上，有时剧院的事了结之后，年轻人上楼到自己房间，少校会出现在书房门口，躬着身子招呼他进屋。哈格雷夫斯进了房间，会看到一张小桌子上放着水瓶、糖碗、水果和一大束新鲜的绿色薄荷。

"我想，"少校会这样开始——他总是一本正经的——"你也许已经发现，你的职责——在你就业的地方——是够艰巨的，使你，哈格雷夫斯，难以欣赏一个诗人写作时很可能会想到的东西，也就是给自然消除疲劳的'甜浆'——我们南方的一种冰镇薄荷酒。"

看少校调酒也让哈格雷夫斯着迷。少校动起手来着实像个艺术家，也从来不改变操作过程。他捣碎薄荷的动作多优美！ 他估计的成分多精确！ 他多么讲究！ 多么周到！ 他添加了红红的水果，同墨绿色的合成饮料相映。然后，他把精选过的麦管插进亮晶晶的饮料深处，请你品尝，显得好客而又有风度。

在华盛顿住了大约四个月后，一天早上，莉迪亚小姐发觉他们几乎身无分文了。《琐忆》已经完稿，但是出版商并不理会亚拉巴马常识和智慧的结晶。父女俩虽然出租了莫比尔的一幢小房子，但租金收不回来，已经拖欠了两个月，而本月的膳宿费三天后就得付清。莉迪亚小姐把父亲叫来商量。

"没有钱了？"少校露出惊奇的神色说。"为了这些小钱，三番五次把我叫来，真让人恼火。说实在，我——"

少校在口袋里找了找，只找到两块钱，又把它塞回背心口袋。

"我得立刻着手解决这个问题，莉迪亚，"他说。"请你把伞给我，我马上到市中心去。区议员富尔汉姆将军几天前答应过我，会施加个人影响，让这本书早日出版。我这就到他的旅馆去，看看他想了什么办法。"

莉迪亚露出悲哀的微笑，看着他扣上"哈伯德神父"袍的扣子离去，又像往常那样在门边停下来，深深地鞠了一躬。

那晚天黑时他回来了。议员富尔汉姆好像已见过读稿的出版商。那人说，如果书中的轶事经过仔细删削，去掉一半左右，消除充斥全书的地区和阶级偏见，他可以考虑出版。

少校勃然大怒，但一见莉迪亚小姐，便遵守自己的行为规范，恢复了平静。

"我们得弄到钱，"莉迪亚小姐说，鼻子上端露出一丝皱纹。"把那两块钱给我，今天晚上我要打电报给拉尔夫叔叔，问他要些钱来。"

少校从背心上部口袋取出一个小小的信封，扔在桌子上。

"也许我欠慎重，"他和颜悦色地说，"不过，这点钱少得可怜，所以我买了今晚的两张戏票。这是一个写战争的新戏，莉迪亚。在华盛顿首次演出，我想你很乐意去看看。据说，戏里对南方的态度很公正。说实话，我自己也想看。"

莉迪亚小姐双手往上一甩，默默地露出失望的神情。

不过，票子既然已经买了，总得充分利用。于是，那天晚上，他们坐在剧院里，聆听着活泼的序曲，连莉迪亚也不由得想到，那一刻要让烦恼退居次位。少校呢，穿着洁白的衬衫和那件与众不同的袍子，纽扣都扣得严严实实。一头白发，梳理得卷曲溜光，确实显得高雅华贵。帷幕升起，开始了第一幕"一朵木兰花"，舞台上出现了典型的南方种植园场景，少校塔尔博特显得颇感兴趣。

"啊呀，你瞧！"莉迪亚小姐大声叫道，指着节目单，挤了一下他的胳膊。

少校戴上眼镜，顺着她的手指，看起"演员表"那行字来。

韦伯斯特·卡尔霍恩上校：扮演者 H·霍普金斯·哈格雷夫斯。

"这就是我们那位哈格雷夫斯先生，"莉迪亚小姐说。"那一定是他首次登台，演出他自己说的'正统戏剧'，我为他高兴。"

到了第二幕，韦伯斯特·卡尔霍恩上校才出场。他一上台，少校塔尔博特就哼了一声，两眼瞪直，仿佛泥塑木雕一般。莉迪亚小姐也含糊地小声尖叫起来，还揉乱了手中的节目单。原来卡尔霍恩上校化妆得跟塔尔博特少校几乎一模一样，犹如两粒豆一般相像。长而稀疏根部卷曲的白发；一副贵族派头的鹰钩鼻子；前胸皱巴巴满是缠结的宽大衬衫；狭小的领带，领结几乎歪戴到了一只耳朵下面，看上去完全是少校模样的翻版。此外，他穿的那件袍子，同少校那没有先例的衣服完全一样，使这番模仿真正到了家。这套服装领子很高，很宽松，法兰西第一帝国时代流行的腰身，密密层层的镶边，前下摆比后下摆长一英尺，这种袍子是不可能按别的式样仿制的。从那一刻起，少校和莉迪亚小姐着了魔似地坐着，观看一场仿冒塔尔博特的表演，恰如少校事后说的那样，看着一个高傲的塔尔博特"在腐败的舞台上，陷入惨遭诽谤的泥坑"。

哈格雷夫斯演来得心应手。他抓住了少校的细小特征，说话的腔调、口音、语调、自命不凡的架势，学得分毫不差——为了达到舞台效果，一切都作了夸张。他表演了那绝妙的鞠躬，少校深情地认为那是一切敬礼的典范。经他这一表演，观众中便突然爆发出热情的掌声。

莉迪亚小姐端坐不动，不敢窥视父亲。有时候，她会举起放在父亲身边的手，掩住脸，仿佛要遮盖自己的笑容，因为她尽管并不赞同这样的表演，但还是忍不住要笑出来。

哈格雷夫斯的大胆模仿，在第三幕达到了高潮。这是上校在自己"窝"里招待邻近种植园主的场景。

他站在舞台中央的一张桌子旁边，朋友们成群围着他。他唠唠叨叨，说着"一朵木兰花"中那段独一无二，富有个性的独白，一面熟练地给聚会调制冰镇薄荷酒。

塔尔博特少校静静地坐着，但气得脸色发白。他听着自己最好的故事被转述；他的宝贝理论和爱好被公之于世，细加描绘；《琐忆》中所反映的理想被戏弄、夸张和歪曲。他最喜欢讲的故事——他跟拉斯白恩·卡伯特森的决斗，也没有被放过，只不过讲起来比少校更富激情，更自负，更有生气。

独白以古怪、有趣、机智的小小演讲作结束，说的是制作冰镇薄荷酒的艺术，一面说，一面还用动作来帮忙。在舞台上，塔尔博特少校微妙而好炫耀的技艺，被再现得几乎分毫不差，从他十分讲究地处理香草——"即使是多加了千分之一谷粒的压力，先生们，你榨取的就不是这棵天赐植物的芳香，而是苦涩"——到精选麦秆。

本场结束，观众中响起了暴风雨般的欢呼声，对表演赞赏备至。演员刻画这类人物，那么准确，那么有把握，那么透彻，剧中的主要人物反而黯然失色。观众反复欢呼，哈格雷夫斯走到幕前鞠躬致意，他有些孩子气的脸，因为胜利的喜悦而涨得通红。

莉迪亚小姐终于回过头来，瞧着少校。少校薄薄的鼻翼，像鱼鳃一样扇动着。他把两只颤抖的手都放在椅子扶手上，要使自己站起来。

"我们走吧，莉迪亚，"他几乎说不出话来。"可恶的——亵渎。"

他还没能完全站起来，莉迪亚就把他拖回到了座位上。

"我们要待到最后，"她断然说。"你难道想抖露原创的袍子，来为复制品做广告吗？"于是两人一直留到最后才走。

演出的成功，一定弄得哈格雷夫斯那晚迟迟才睡，因为第二天早饭和中饭时，他都没有露面。

下午3点左右，他轻轻地敲了敲塔尔博特少校的书房门。少校开了门，哈格雷夫斯双手捧着一大摞早报进了屋——因为太得意了，没有注意到少校的举止有什么反常的地方。

"昨晚，我非常成功，少校，"他得意地开腔了。"我有机会一显身手，而且我认为，获得了成功。《邮报》是这么说的：

"他以荒唐的夸张、离奇的服装、古怪的用词、老式的家族自豪感、真正的好心肠、苛刻的荣誉感、可爱的单纯，来理解和刻画旧时南方的上校，在今天舞台的人物刻画上，可谓是最出色的。卡尔霍恩上校的袍子本身，就是天才的产物。哈格雷夫斯先生俘获了观众。

"对一个首夜出场的演员来说，这番话听来怎么样，少校？"

"我很荣幸，"——少校的口气，显得不祥地冷淡——"昨天晚上观看了你出色的表演，先生。"

哈格雷夫斯顿时神色慌乱。

"你也去看了吗？　我不知道你会——我不知道你喜欢看戏。啊，我说呀，塔尔博特少校，"他坦率地大声说，"你别生气。我承认，从你那儿得到了很多启发，使我把这个角色演好。不过你知道，演的是一种典型，而不是个人。观众能理解，就足以说明这一点。那家剧院一半的观众是南方人，他们认可这个戏。"

"哈格雷夫斯先生，"少校说，依然站着，"你不可原谅地侮辱了我。你嘲弄了我本人，出卖了我的秘密，利用了我的好客。如果我认为你还知道一点绅士的秉性，或者应有的秉性，那么我就要向你挑战，尽管我是一个老人。我请你离开我的房间，先生。"

演员显得有点惶惑，似乎难以充分理解老绅士的这番话。

"我真抱歉，让你生气了，"他遗憾地说。"这儿的人看问题，跟你们那儿的人不同。我知道，有人为了能将自己的个性搬上舞台，好让公众认识，连卖掉半座房子都在所不惜。"

"他们不是亚拉巴马人，先生，"少校盛气凌人地说。

"也许不是。我的记性不错，少校。让我从你的书里引用几句吧。在——我想是在米勒奇韦尔——举行的宴会上，有人向你祝酒，你致答词时说了这样的话，并有意印成文字：

"北方人只有在情感和热忱能转化为商业利益时，才有此类感情可言。只要不带来金钱的损失，他们会不怨不怒，忍受别人对他自己或亲人名誉的诋毁。他施舍起来出手大方，但事先必得大造声势，把事迹镌刻在铜板上。"

"难道你认为这样的刻画，比昨晚你看到的卡尔霍恩上校的形象更公正吗？"

"这段描写，"少校皱着眉说，"不是没有依据的。有些夸——演说总该允许有一定自由度。"

"那么表演呢，"哈格雷夫斯回答。

"问题不在这里，"少校坚持着，寸步不让。"这是针对个人的讽刺，我绝不宽容，先生。"

"塔尔博特少校，"哈格雷夫斯说，露出迷人的微笑，"我希望你能理解我。我想让你知道，我从来没有想要侮辱你。在我的职业生涯中，一切生命都是属于我。我索取需要的，能够取到的，并让它回归舞台。好吧，如果你愿意，就让事情到此为止吧。我进来看你是为别的事情。我们交朋友有几个月了，我打算冒再次得罪你的危险。我知道你缺钱用——别在乎我是如何发现的，膳宿房不是能保守这类秘密的地方——我希望你让我帮你脱离困境。我自己也常常陷入这类困境。整个季节，我的收入不错，还积了些钱。这两百块钱——甚至还可以再多些——你尽管用——等你有了——"

"住嘴！"少校伸出双手，喝道。"看来，我的书毕竟没有说谎。你以为你的金钱是什么软膏，可以治疗一切名誉的创伤。无论如何，我不会接受一个点头之交的借款。至于你，先生，我宁可挨饿，也不愿考虑刚才谈论过的，经济上为解一时之困而接受侮辱性的施舍。我请求重复我的要求，请你离开我的公寓。"

哈格雷夫斯二话没说走了。而且当天搬出了房子，晚餐时，瓦达曼解释说，他已搬到更靠近市区剧院的地方。在那儿，"一朵木兰花"连续一周的演出已经预订出去了。

塔尔博特少校和莉迪亚小姐的境况十分急迫。在华盛顿，没有谁可以让少校无所顾忌地伸手借钱。莉迪亚小姐给拉尔夫叔叔写了信，但值得怀疑的是，这位亲戚恐怕也自身难保，不一定能帮上忙。少校不得不向瓦达曼太太郑重致歉，说膳费要迟交，"房租要拖欠，"还含糊其辞地提及"汇款会晚到"。

终于，一个根本没有料到的人来解救了。

一天傍晚，看门的女佣上楼来说，一个老黑人要见塔尔博特少校。少校吩咐把他带到书房里来。一个老黑人立刻来到门口，手里拿着帽子，向少校鞠了一躬，一只脚笨拙地擦了一下地板。他的衣着十分得体，穿的是一套宽松的黑色西装。又粗又大的鞋子，金属般闪亮，看得出来是用高温上光的。他浓密的头发已经灰白，几乎全白了。一个黑人，过了中年以后很难估猜他的年纪。这一位也许像塔尔博特少校一样，有些年岁了。

"你肯定不认得我了，彭德尔顿少爷，"他一开口就这么说。

听到这老式而熟悉的称呼，少校便起身上前。毫无疑问，这是旧种植园里的一个黑人。可是他们都早已遣散，少校既听不出他的口音，也认不出他的脸来。

"我想是认不得了，"他和气地说，"除非你能帮我回忆一下。"

"你不记得辛迪家的莫斯了吗，彭德尔顿少爷？　战争一结束我们就搬走了。"

"等一等，"少校说，用手指尖擦起额头来。跟那些亲切的日子有关的事，他都喜欢回忆。"辛迪家的莫斯，"他记起来了。"你是照看马的，驯马驹子。不错，我现在记起来了。投降以后，你改名为——别提醒我——米切尔，去了西部——到内布拉斯加去了。"

"是呀，先生。是呀，"老人的脸绽开了愉快的笑容——"确实是他，没有错。是内布拉斯加。是我——莫斯·米切尔。他们现在叫我莫斯·米切尔老叔。老爷你爸爸，给了我一群骡驹子，作为本钱。你还记得那些骡驹子吗，彭德尔顿少爷？"

"我好像记不起来了，"少校说。"你知道，战争的第一年我就结婚了，住在古老的福林斯比地区。不过，坐下，坐下，莫斯叔叔。我看到你很高兴。但愿你发财了。"

莫斯叔叔坐了下来，小心地把帽子放在座位旁边的地板上。

"是的，先生。近来我干得很风光。我才到内布拉斯加那会儿，他们都围着我看那些骡驹子。在内布拉斯加，见不到这样的骡子。我把它们卖了，得了300块。是的，先生——300块。"

"然后我开了个铁匠铺，赚了点钱，买了些土地。我和老太婆养了七个孩子，两个死掉了，其他的都还不错。四年前，铁路通了，在我的土地上要造一个城镇监狱。所以，彭德尔顿少爷，莫斯叔叔的现金、财产和土地，合在一起已经有几千块的家当了。"

"我听了很高兴，"少校亲切地说。"听了很高兴。"

"你的那个小丫头，彭德尔顿少爷——你叫她莉迪亚小姐的那个——我敢肯定，那小不点儿已经长大，谁也认不出她来了。"

少校走到门口，叫道："莉迪亚，你来一下好吗？"

莉迪亚小姐从房间里出来，已完全是大人样子，但面带愁色。

"啊呀呀！ 我是怎么说的？ 我知道这孩子长得很好。你不认识莫斯叔叔了，孩子？"

"这是辛迪婶婶的莫斯，莉迪亚，"少校解释道。"你两岁的时候，她离开森尼米德去了西部。"

"哎呀，"莉迪亚小姐说，"莫斯叔叔，在那个年纪，是很难盼我记得你的。我很高兴，像你说的一样，我'长得很好'而且早就很幸运。不过即使我记不起你了，我还是很高兴见到你。"

她确实很高兴，少校也如此。某种鲜活而可以触摸的东西，把他们同愉快的往昔联系在一起。三人坐着，聊起过去的日子，少校和莫斯回忆种植园的时日和情境，相互纠正和提醒着。

少校问老人，离家大老远地来干什么。

"莫斯叔叔是一个好奢侈的人，" 他解释道，"来参加这个城市的浸礼教大会。我不传道，但在教堂里是个住宿的长老，能够支付自己的费用，所以他们派我来了。"

"那你怎么知道我们在华盛顿呢？"莉迪亚小姐问道。

"有一个黑人，在我落脚的旅馆干活，是莫比尔人。他告诉我，一天早上看见彭德尔顿少爷从这幢房子里出来。"

"我来的目的，"莫斯叔叔继续说，他的手伸进口袋——"除了看看家乡人，——是把我欠彭德尔顿少爷的钱还给他。"

"欠我？"少校吃惊地说。

"是的，先生——300 块。"他把一叠钱交给少校。"当年我走的时候，老爷说：把这些骡驹子带走吧，莫斯，等你有了钱再还。是的，先生。这就是他的话。战争弄得老爷他自己也穷了。老爷早就去世了，债主传给了彭德尔顿少爷。300 块，现在莫斯叔叔完全有钱还债。他们筑铁路收购了我的土地，我把钱存了起来，付骡驹子欠账。把钱数一下，彭德尔顿少爷，这是付骡子的钱。是的，先生。"

塔尔博特少校热泪盈眶，一手拉住莫斯叔叔，一手搭在他肩上。

"亲爱的，忠心耿耿的老仆，"他说，嗓音有些颤抖，"不瞒你说，彭德尔顿少爷一周前就花掉了身上的最后一块钱。莫斯叔叔，既然某种程度上说，这是还钱，也是旧政权时代忠诚的象征，我们愿意接受这笔钱。莉迪亚，亲爱的，把钱收起来。该怎么来花，你比我更在行。"

"拿着，亲爱的，"莫斯叔叔说。"这钱属于你，这是塔尔博特的钱。"

莫斯叔叔走后，莉迪亚小姐大哭了一场——因为高兴。少校把脸转向墙角，呼啦呼啦使劲抽他的泥制烟杆。

接下来的几天，塔尔博特父女恢复了平静和安宁。莉迪亚小姐脸上已没有愁容。少校穿上了礼服袍子，成了活脱脱一个蜡像，他记忆中的黄金时代的化身。另一个出版家读了《琐忆》的稿子，认为只要稍加润色，重要篇章降低一点调子，这确实可以成为一本叫得响卖得好的书。总而言之，情况很好，而且多少还给人一些希望，它往往比到手的幸福更加甜蜜。

交了这份好运后一周的某一天，女佣把一封莉迪亚小姐的信送到了房间。从邮戳上看信是从纽约写来的。莉迪亚小姐知道纽约没有熟人，心里有些纳闷，便坐在桌旁，用剪刀开启信封。她读到如下内容：

亲爱的塔尔博特小姐：

我想你会很高兴听到我交了好运。纽约一个专业剧团，约我演"一朵木兰花"中的卡尔霍恩上校，周薪200块，我已经接受。

还有一件事我想让你知道。但还是不要告诉塔尔博特少校为好。我急于酬谢他在我研究这个角色时所给予我的巨大帮助，并对因此给他带来的坏心情作出补偿。他拒绝了我，但我毕竟还是做成了。那300块钱，我轻而易举就能省下来。

你的真诚的 H·霍普金斯·哈格雷夫斯

又及：莫斯叔叔我扮演得如何？

塔尔博特少校穿过走廊，见莉迪亚小姐的门开着，便停了下来。

"早上有什么邮件吗？ 莉迪亚，亲爱的？"他问。

莉迪亚小姐把信塞进衣服的皱裥。

"《莫比尔新闻》到了，"她立刻说。"在你书房的桌子上呢。"

灯火重燃

当然，问题是有两面性的。让我们来看看另一面吧。常听人说起"店员姑娘"。但这样的人并不存在。店堂里的确有干活的姑娘，她们不过以此谋生罢了。可是干吗要把她们的职业变成修饰语呢？ 我们还是公平对待为好，因为大家从来不把住在第五大街的姑娘叫做"婚嫁姑娘"。

卢和南希是好朋友。家里吃不饱，只好来大城市找工作。南希19岁，卢20岁。两个都是乡下姑娘，漂亮而活跃，却又无意在舞台上出头露面。

高高在上的小天使，领着她们来到一家既便宜又体面的膳宿房。两人都找到了工作，靠工资过日子，依然是好朋友。六个月过去了，我请求读者诸君上前同她们见面。爱管闲事的读者，这两位是我的女性朋友，南希小姐和卢小姐。你同她们握手的时候，请留意一下她们的服装——要小心翼翼。是的，要小心翼翼，因为就像马展上穿狐皮大衣的女士一样，谁要是盯着看，她们会立即显出不满。

卢是手工洗衣房的计件烫衣工，穿一套不合身的紫色套裙，帽子上的羽毛高出正常的4英寸。但她的白鼬皮手筒和围巾价值25块，而别类兽皮当季橱窗标价才7.98块。她两颊粉红，浅蓝色的眼睛闪闪发亮，一副心满意足的样子。

南希，你会叫她店员姑娘，因为这么称呼惯了。今天已无典型可言，但任性的一代总要寻找典型，所以这便是所谓的店员姑娘典型：她的头发垫得很高，前胸却瘪得有些夸张。她的裙子属于劣等货，但喇叭形式样很得体。她没有毛皮衣服抵御刺骨的春寒，不过穿着平绒短夹克，还开心得不得了，仿佛穿的是波斯小羊皮衣。这位典型的不倦追求者，在她的脸上和眼睛里，有着典型的店员姑娘的表情：对上当受骗的女人腔，默默地表示不屑和厌恶，悲哀地预示将来还要报复。即使她放声大笑的时候，那表情也依然存在。同样的表情也见于俄罗斯农民的眼睛。将来，加布里埃尔①来摧毁我们的时候，活着的人会在他脸上看到同样的表情。那表情会使男人难堪和羞愧。不过谁都知道男人会对着这表情傻笑，献上花去——花上扎着绳子。

现在，提起你的帽子，走吧。卢会高高兴兴地对你说，"再见，"而南希的脸上会露出甜蜜的冷笑，不知怎地，那微笑没有抓住你，却像一只白色的飞蛾，飘过屋顶，飞向星空。

她们俩在拐角上等候着丹。丹一直是卢的朋友。因为忠实？ 这个嘛，原来玛丽要雇用十二个传唤人去寻找自己的羊羔时②，丹恰好就在身边。

"你不冷吗，南希？"卢问道。"哎呀，你真傻，在那个老店铺干活，一周只挣8块钱！ 上个星期，我挣了18块5角。当然，烫衣活不如站柜台卖饰带那么潇洒，可是值得。我们烫衣工挣的钱，没有一个少于10块的。而且我认为也不见得比干其他活矮一截。"

"你干你的，"南希翘起鼻子说。"我还是干我的8块一周，睡在走廊上好。我喜欢跟好东西和有身份的人打交道。瞧，我的机会多好！嘿，我们一个卖手套的姑娘，前些日子，嫁给了匹兹堡的一个——钢铁制造商，或者是铁匠什么的——反正那人有百万身价。有一天，我也会抓住一个有钱的。我不是自夸我的长相什么的，不过大鱼来了我会抓住不放。可是洗衣房姑娘能有什么机会呢？"

"哎呀，我就是在那里碰上丹的，"卢得意地说。"他进来取礼拜天用的衬衫和领子，看见我在第一烫衣板，忙着烫衣。我们都希望在第一烫衣板干活。那天埃拉·马金尼斯病了，我接替了她的位置。他说先

---

① 加布里埃尔(Gabriel)，基督教和伊斯兰教中的天使，掌管着雷电。
② 出自《圣经》。

是注意到了我的胳膊，又圆又白，我刚好把袖子卷起来了。有些很好的人会到洗衣店来，他们把衣服放在公文包里送来，突然跨进店门，你一看就知道了。"

"你怎么穿这样的背心呀，卢？"南希说，低眉盯着那件不讨人喜欢的东西，眼睑厚厚的眸子里，甜甜地露出不屑。"显得格调很低。"

"这件背心怎么啦？"卢说，气得瞪大了眼睛。"哎呀，我是16块钱买来的呢，实际上值25块。一个女的拿来洗，后来就没有取走。老板把它卖给了我。背心上有好几码长的手工刺绣。你还是说自己那件难看的便服吧。"

"这件难看的便服，"南希镇静地说，"是照范·阿尔斯泰妮·费希尔太太的衣服仿制的。姑娘们说，去年商铺开给她的账单是12 000块。我这件是自己做的，花了1块5角。十英尺之外，分不出真假。"

"啊，好吧，"卢耐着性子说，"要是你想挨饿，而又要摆阔，那就随你便吧。反正我干我的活，拿高工资。下班后，弄件花哨好看的衣服穿穿，只要买得起就是。"

正好这时候丹来了。他是个严肃的青年，戴着现成买来的领带，远离城市轻薄的恶名。丹是个电工，一周挣30块。他用罗密欧式的悲哀目光，打量着卢，想象她的绣花背心是一个网，苍蝇们会乐于在里面安营扎寨。

"我的朋友欧文先生——跟丹福思小姐握握手吧，"卢说。

"认识你很高兴，丹福思小姐，"丹说着伸出手来。"我经常听到卢说起你。"

"谢谢，"南希说，用冷冰冰的指尖碰了碰丹的手指，"我听她提起过你——有几次。"

卢咯咯笑了起来。

"你那种握手的样子，是从范·阿尔斯泰妮·费希尔太太那儿学来的吗，南思①？"她问。

"要是学到了，你可以放心照做，"南希说。

"呵，我可用不上，太时髦了。那种高贵的握手，是要突出钻戒。还是等我有了几枚戒指后再试吧。"

"先学起来再说，"南希狡猾地说，"那就更有可能弄到戒指了。"

"好吧，为了解决这场争论，"丹说，露出轻松愉快的笑容，"让我来提个建议。我没法带你们俩上珠宝店，买想买的东西，那就去看看小歌舞剧怎么样？我有票子呢。既然不能跟戴钻石的人握手，不妨去看一下舞台上的钻石。"

这位尽职的绅士紧贴人行道走着，卢在他旁边，衣服亮丽，显得有点神气活现。南希走在内侧，身材苗条，穿得像麻雀一样素淡，但步子跟真的范·阿尔斯泰妮·费希尔一模一样。于是，他们便出发去享受夜晚朴实的余兴了。

我并不认为，大家都把一家大百货公司当作一个教育机构。但是南希工作的那一家，对她来说却有几分像。她周围都是漂亮的东西，透出情趣和典雅。如果你生活在奢华的氛围中，你也会变得奢华，不管是你自己出的钱，还是别人出的。

南希服务的对象，大多是女人。那些人的衣装、风度和地位，在社交界都被奉为圭臬。她开始向她们收取买路钱——从每个人身上吸取认为最好的东西。

她会模仿和练习这个人的手势，那个人富有表情的皱眉，还有其他人的种种姿态：走路的样子，拿钱包的方式，微笑的神态，招呼朋友的模样，同地位低的人说话的表情等等。从她最敬爱的榜样，范·阿尔斯泰妮·费希尔身上，她借用了最优秀的东西，那就是低沉柔和的嗓音，它像银铃那么清晰，又像鸫鸟的音调那么完美。她置身于社交界高雅脱

---

①南希的爱称。

俗和富有教养的氛围中，也不禁受到了感染。据说，好习惯优于好原则，那么，好举止也许优于好习惯。你父母的教导，也许无法使你保持新英格兰意识，但如果你坐在一条直背椅子上，把"棱柱体和朝圣者"几个字重复四十次，魔鬼就会从你身旁逃遁。南希用范·阿尔斯泰妮·费希尔的声调说话时，浑身上下都感受到了"贵人行为必高尚"这句话的振奋。

在百货公司这所大学校，还有另一种学习的机会。每当你看到三四个店员姑娘聚堆，把金属手镯弄得叮当作响，给明显轻浮的谈话作伴奏时，别以为她们聚在那儿是要评论理发师做的后脑勺发式。她们的相聚，可能比不上审慎的男人机构那么庄严，但其重要性，并不亚于夏娃和第一个女儿共商，让亚当明白在家里的位置那个时刻。这是一次女人的会议，目的在于共同捍卫和交换与世界抗衡的战略理论。世界是一个舞台，男人是台下的观众，不住地往舞台上扔花束。在一切动物的幼崽中，最无助的是女人——她有幼崽的典雅，却没有其敏捷；有鸟的美丽，却没有其飞翔能力；有蜜蜂甜蜜的重负，却没有——呵，我们就别用这种明喻了，因为也许有人被蜜蜂蜇过。

在这种论战会上，她们把武器传来传去，交换每人为对付生活的挑战所铸就的策略。

"我对他说，"萨蒂说道，"你太放肆了！ 你把我当作谁了，这样同我说话？ 你们想他怎么回答我？"

于是，褐色的，黑色的，淡黄色的，红色的和黄色的头都凑在一起。答案找到了，今后，凡与共同的敌人男人交战，决计避开锋芒。

因此南希学会了防御术，而对女人来说，防御就是胜利。

百货公司提供的课程很广。也许没有一所大学能如此适合她实现平生的野心——获取婚姻的奖赏。

她售货的位置很有利，音乐室就在旁边，让她可以聆听并熟悉最优秀的作曲家的作品，至少耳熟能详，在社交场上，这可以冒充能欣赏音乐。南希虽然心里有些朦胧，实际上却跃跃欲试，渴望涉足这样的社交界。那些商品给了她潜移默化的影响，艺术器皿呀，昂贵而精美的织品呀，还有对女人来说几乎就等于文化的装饰品。

其他姑娘很快就明白了南希的野心。"南希，你的百万富翁来了，"只要走近柜台的人像是这样的角色，他们都会叫唤她。男人有这样的习惯，女人购物时，他们会到处转悠，踱到手帕柜台，荡到麻纱布广场。南希假冒的高贵派头，以及实实在在的美貌，是她的魅力所在。于是不少男人来到她面前，展示自己的风度。其中有些也许真是百万富翁，其余的当然不过是鹦鹉学舌之徒。南希知道如何鉴别。手帕柜台的尽头有一扇窗子，她看得见下面大街上等候购物者的一排排汽车。她打量着，发觉汽车跟其主人一样有所不同。

一次，一个迷人的男子买了四打手帕，隔着柜台，拿出国王科菲帖的派头，向她示爱。他走后，一个姑娘说：

"怎么啦，南希，你怎么没有跟他热络起来？ 我看他不错，是个很有身份的家伙。"

"他？"南希说，微微一笑，那是范·阿尔斯泰妮·费希尔式的笑，极冷淡、极甜蜜，也最不带感情。"跟我不对路。我看到他把车停在外面。引擎是十二匹的，司机还是个爱尔兰人呢！ 你看到了，他买的是什么手帕呀——丝手帕！ 脚上还长了跗骨。对不起，宁缺毋滥。"

领班和出纳是百货公司里最"典雅"的女人中的两个，她们有几位"大款绅士朋友"，平日里偶尔在一起吃饭。有一次，他们也邀请了南希。饭局设在一家富丽堂皇的餐馆。除夕夜的餐桌，这里提前一年就预订完了。到场的两个"绅士"朋友，一个已经全秃，因为富裕的生活不长头发，我们可以证实。另一个年纪很轻，有两方面足以证明他的财富和老辣，一是他赌咒说，凡酒都有瓶塞的味道；二是他戴的是钻石袖口链。年轻人在南希身上发现了不可抗拒的魅力。他同店员姑娘们气味相投。而这一位，既有自己阶层不加掩饰的魅力，又有上流社会的腔调和举止。于是，第二天，他到了百货公司，拿着一盒子镶了褶边，经过草叶漂白的爱尔兰内衣，一本正经地向南希求婚，被她拒绝了。这一切，并没有逃过十英尺开外，一个梳高卷式发型的褐色皮肤女人的耳目。那个被拒的求婚者一走，她就把南希夹头夹脑痛骂了一顿，并且还吓唬了她。

"你这个讨厌的小傻瓜！ 那家伙是个百万富翁，是老范·斯基特尔的亲侄子。而且他说话也诚恳。你疯了吗，南思？"

"我疯了？"南希说。"我没有要他，是吗？ 无论怎么说，他不是一个一眼就可以看出来的百万富翁。他家里一年只许他花二万块钱，为了这事，那晚的餐桌上，那个秃顶家伙还嘲笑了他呢。"

高卷式走近她，眯起了眼睛。

"哎呀，你需要什么呢？"她问道，因为没有吃口香糖，声音有点沙哑。"那还不够吗？ 你难道要做一个摩门教徒，嫁给洛克菲勒、格拉德斯通·道和西班牙国王这帮人吗？ 20 000 块一年，你还不称心？"

那双浅薄的黑眼睛直视着南希，南希不觉红了脸。

"倒不完全是为了钱，嘉莉，"她解释说。"几天前的一个晚上，他的朋友和他一起吃饭，谈起一个姑娘，他说没有同她一起去看过戏，他完全在说谎。哎呀，说谎的人我可受不了。说到底，我不喜欢他，就那么回事。我要把自己卖出去的话，也不会选大拍卖的日子。说什么我也得弄到一个有人样的。不错，我是在寻找猎物，但我要找一个有点作为的人，而不是像储蓄罐一样，能发出点声音的东西。"

"到病理生理病房去找你要的吧！"高卷式说着走掉了。

南希继续以每周八块的收入，培育着这些崇高的想法，如果说不上是理想。她露宿在荒野小径，那些未知的大"猎物"出没的地方，吃着干面包，一天天缩紧皮带。脸上依稀透出一个天生的男猎手的微笑，英俊、甜蜜而又阴冷。百货公司就是她的森林。她多次举枪，瞄准猎物，那猎物似乎长着大大的鹿角，个头很大。但是，内心深处猎手的，或者女人的可靠本能，使她引而不发，继续徘徊于野径。

卢在洗衣房里倒发了。她从每周十八块五角中拿出六块付膳宿。剩下的主要用来买衣服。跟南希相比，她没有什么机会改变自己的格调和风度。在蒸汽弥漫的洗衣房，除了干活，还是干活，剩下就是脑子里转一转晚间的娱乐。她熨过很多昂贵华丽的织物，于是，通过手头的金属，一种对服饰的爱好渐渐地传导到了她心坎里。

下班时，丹在外面等她。不管她在何种灯光映照下，丹永远是她忠实的影子。

卢的衣着，在格调上没有什么变化，却越来越显眼了，有时候，丹会投去诚实而困惑的目光。可这并不是背叛，而是对衣着所引来的路人的目光感到不屑。

卢对自己的男朋友也一样忠心耿耿。不管他俩去哪儿外出活动，南希一定同往，这是铁定的规律。丹热心而愉快地承受着额外的负担。也许可以这样说，卢提供的是色彩；南希贡献的是风度；丹承受的是找乐三人帮的负担。这位陪伴，穿着整洁却明显现成的西装，戴着一样现成的领带，永远有着亲切、平庸的智慧，从不大惊小怪，也不跟人发生冲撞。他是那种好人，在场时你可能会忘记，走掉后，却会清晰地记起来。

对情调高雅的南希来说，这种老一套的娱乐，滋味有点苦涩。但她很年轻，年轻人很贪吃，却不可能是美食家。

"丹一直要我马上同他结婚，"一次卢告诉她说。"可是我干吗要这样？ 我是独立的，自己赚的钱，想怎么花就怎么花。他不会同意我结婚后继续工作。哎呀，南思，你死守住那个老店，饿着肚皮，想着穿戴，何必呢？ 你要是肯来的话，我现在就可以在洗衣房给你找个活儿。我觉得，要是你赚的钱比现在多得多，你也就不必那么高傲了。"

"我想我并不高傲，卢，"南希说，"不过我宁愿靠一半的定量生活，而且一直这么下去，我已经养成了这样的习惯。我要的是机会，并不想永远站柜台。我每天都在学新东西。我向来反对富人雅士，即使明明是在服侍他们。我不会错过见到的任何线索。"

"逮住了你的百万富翁了吗？"卢问，笑着戏弄她。

"还没有选中呢，"南希回答。"这会儿到处在找。"

"天哪！还想着要东挑西挑！可别让他从你身旁溜走，南思——即使他就缺那么几块钱。不过，当然你在开玩笑——百万富翁可不会考虑我们这样的打工妹。"

"要是考虑的话，也许对他们倒有好处，"南希冷静而机智地说，"我们某些人可以教他们怎么把钱保管好。"

"假如有一个真的跟我说话，"卢大笑，"我明白我会害怕的。"

"那是因为这样的人你一个也不认识。大款和其他人的区别，存在于你的仔细观察之中。你那件丝绸红衬里配你的外套，你不觉得太鲜艳了点吗，卢？"

卢看着朋友那件素净而没有光泽的橄榄色上衣。

"啊，不，我并不这么想。不过嘛，放在你那件好像褪了色的东西旁边，可能会是这样。"

"这件上衣的款式，"南希得意洋洋地说，"同范·阿尔斯泰妮·费希尔太太那天穿的衣服一模一样。我花了三块九角八分买布料，而她的，我估计还要再花一百块。"

"啊，行呀，"卢轻描淡写地说，"我觉得这成不了百万富翁诱饵。要是我比你先逮住一位，可别大惊小怪呀。"

说真的，这需要一个哲学家来判定两个朋友所持理论的价值。卢待在吵闹闷热的洗衣房，拿着熨斗乒呀乓呀干得很欢，却缺少某种自豪和讲究，正是这种气质让姑娘们忠于柜台前的职守，过最俭朴的生活也在所不惜。卢的工资足以过小康生活，她的衣着也因此而得益。她终于有时候不耐烦地侧眼去看丹，看他整洁却不雅的衣服。丹一直是个忠贞不渝、坚定不移的人。

至于南希，她的情况跟成千上万的其他人差不多。丝绸、宝石、饰边、饰品，以及出身好情调高的上流社会所享用的香水和音乐，都是为女人而造的，也是女人该得的公平合理的份额。要是她乐意，而这些又是她生活的一部分，那就让她接近这些东西吧。她不像以扫①，因为她并没有背叛自己。她保持着与生俱来的权利，赚得的食品也总是少得可怜。

这就是南希所处的氛围。她在这样的氛围中成长，吃着俭省的饭，谋划着廉价的衣服，心里既坚决又满足。她已经了解女人了，还正在研究男人，这头动物的习性和适应性。有一天，她会击落需要的猎物，但她承诺，这该是最大最好的猎物，小一点都不行。

于是，她不断地剪着灯芯，让灯燃得亮亮的，在新郎出现的时候好接纳他。

然而，她吸取了另一个教训，也许是不知不觉地。她的价值标准开始改变。有时，她心目中美元的符号渐渐变得模糊，转换成了另外的字母，拼出了诸如"真诚"、"名誉"以及间或"善良"等词汇。让我们来做一个类比，譬如有一个人，在大森林里捕猎麂，或者驼鹿，不意看到了一片小小的林中谷地，长满苔藓，浓阴蔽日，一条小溪流淌着，潺潺有声，于他，这是一种悠闲和舒适。在这样的时刻，猎人的矛就变钝了。

因此，南希觉得纳闷，有时波斯的羊羔是不是被它们所喜爱的人按市场价值报价的。

一个星期四的晚上，南希离开商店，拐了个弯，穿过第六大道向西朝洗衣房走去。她准备跟卢和丹一起去看一个音乐喜剧。

她到时丹刚好从洗衣房里出来，脸上露出怪怪的紧张表情。

---

① 以扫（Esau），《圣经》故事人物，他将长子名分卖给其孪生兄弟雅各。

"我是想过来一下，看看有没有她的消息，"他说。

"谁的消息？"南希问。"卢不在吗？"

"我以为你知道了呢，"丹说。"打从星期一以来，她既不在这儿，也不在住的地方。她把所有的东西都从那儿搬走了。她告诉洗衣房的一个姑娘，可能要到欧洲去。"

"没有谁在哪儿看到过她吗？"南希问。

丹瞧着她，下巴咬得紧紧的，从容的灰色眸子里闪出坚毅的光芒。

"洗衣房的人告诉我，"他严厉地说，"他们看见她坐在一辆汽车里路过。我想是跟一个百万富翁，就是你和卢永远在算计着的那种人。"

南希第一次在一个男人面前颤抖了。她把微微发抖的手搁在丹的袖子上。

"你没有权利对我说这样的话，丹，好像这事跟我有关系似的。"

"我没有那个意思，"丹说着，口气缓和了下来。他在背心口袋里摸了起来。

"我有今晚演出的票子，"他说，轻松地献起殷勤来。"要是你——"

南希一见勇气就会羡慕。

"我同你一起去，丹，"她说。

三个月后南希才又见到卢。

一天黄昏，这位店员姑娘贴着一个幽静的小公园匆匆赶回家去。她听见有人叫她的名字，转过身来，正好卢撞进她怀里。

第一阵拥抱以后，她们像毒蛇一样抽回头来，准备攻击，或是迷惑人，上千个问题在她们敏捷的舌头上打转。随后，南希注意到卢已经发迹，显示在昂贵的毛皮衣服上，闪光的宝石上，以及裁缝手艺的创意上。

"你这个小傻瓜！"卢大声而动情地叫道。"我看你还在商店里干活，跟以前一样寒酸吧。你要捕捉的大猎物怎么样啦——没有什么进展，是吧？"

随后，卢打量了一下，看见一种比发迹更好的东西出现在南希身上——在她的眼睛里比宝石还闪亮，在她的脸颊上比玫瑰还要红，像电光一样闪动着，急于从她的舌端放射出来。

"是呀，我还在商店里，"南希说，"不过下周我就要离开了。我已经捕到了猎物——世界上最大的猎物。你现在不在乎了吧，是不是，卢？我要跟丹结婚了，现在，他是我的丹了，啊呀，卢！"

公园的角落，一批脸蛋光光的年轻警察在转悠，他们使这支力量更耐用，至少表面看来是这样。他看到一个穿着昂贵毛皮大衣，手上戴着钻石戒指的女人，靠着公园的铁栏杆蹲着，使劲在抽噎，而一个穿着朴实、身材苗条的打工妹紧紧依偎着她，竭力在安慰。但是这个吉布森①画笔下的警察，是个新手，所以便走了开去，装作没有看见。他很明智，知道他所代表的武力，对这类事情是无能为力的。不过，他还是在人行道上把警棍敲得震天价响。

---

①吉布森（Charles Dana Gibson，1867—1944），美国插图画家。

带水轮的教堂

在避暑胜地的目录上，找不到"湖地"这地方。它位于坎伯兰山脉低矮的山嘴，克林奇河的一条小小支流上。湖地本身是一个自给自足的村庄，坐落在一条荒僻的窄轨铁路线上，一共二十四户人家。你不由得纳闷，是铁路迷失在松林，惊惧和孤独中开进了湖区呢，还是湖地迷了路，蜷缩在铁路上，等待车辆把它带回家去。

你还会觉得纳闷，为什么会叫做"湖地"，因为这里既没有湖，又是块不毛之地，不值得一提。

离村子半英里的地方，有个"雄鹰山庄"。那是一座古老宽敞的大厦，由乔赛亚·兰金经营着，为向往山间空气的游客提供实惠的住宿。雄鹰山庄管理不善，却讨人喜欢。装修很古老，没有现代设备。而且就像你自己的家那样，乏人照管，倒很舒服；乱七八糟，却依旧让你称心。这里有干净的房间，上好而丰富的食品。余下的，得靠你自己，以及松林提供的方便了。大自然赐予了矿泉、葡萄、秋千、槌球——甚至连槌球的拱门也是木质的。至于娱乐，那就多亏一周两次的舞会了，在小提琴和吉他伴奏下，在锈蚀的凉亭里举行。

光顾雄鹰山庄的，是那些把娱乐当作需要和享受的人。他们都是些大忙人，像时钟一样，需要花两周上紧发条，确保整年都转个不停。在那儿还能见到些学生，来自地势较低的城镇。偶尔也有艺术家，或是地质学家，醉心于阐释山上古老的地层。一些喜欢清静的家庭，也上那儿度假。此外，还常有耐心的妇女会一两个疲惫的会员，"湖地"一带管那个机构叫"古板女人协会"。

雄鹰山庄倘要发行一个目录，就会在目录里向客人描绘一个"有趣的地方"，那里离山庄四分之一英里。这是一座很老很老的磨坊，却已不再当磨坊使用。按乔赛亚·兰金的说法，"嗨！这是美国仅有一座带水轮的教堂，也是嗨！ 世界上唯一有长椅和风琴的磨坊。"每逢周日，雄鹰山庄的游客都上古老的磨坊教堂做礼拜，聆听牧师把净化的基督徒比作精选的面粉，在阅历和苦难的磨石上碾成有用之材。

每年初秋，一个叫艾布拉姆·斯特朗的会上雄鹰山庄来，一度成为那里的贵客。在"湖地"，人称"艾布拉姆神父"，因为他的头发那么白，面容那么坚毅、善良、红润，笑声那么愉快，而黑色的衣服和宽大的帽子，又使他外表上活像牧师。就是新来乍到的客人，处上两三天，也用那熟悉的称呼了。

艾布拉姆神父远道来到湖地。他住在西北部一个喧闹的大城镇，家有磨坊，不是有长凳和风琴的小磨坊，而是那种山一样的大磨坊，十分难看，货车像蚂蚁围着蚁冢一样，成天围着它爬行。此刻，我得向你诉说艾布拉姆神父和磨坊（也就是教堂）的故事，因为两者是不可分割的。

当教堂还是磨坊的日子，斯特朗先生是磨坊主。天地间没有比他更愉快、更灰头土脸、更忙碌、更幸福的磨坊主了。他住在与磨坊一路之隔的小屋里，手头的事儿很多，活却很轻。山区的人吃力地翻过岩石嶙峋的山路，把谷物带给他。

磨坊主生活中的快乐，都来自小女儿阿格拉伊亚①。给一个蹒跚学步的黄毛丫头取这样的名字，确实是够大胆的。可是山区人喜欢响亮庄重的名字。孩子的母亲在一本书里偶然看到了这个名字，于是便一锤定音，给她取上了。在孩提时代，女孩根据字面意义，拒不接受这个名字，坚持叫自己"杜姆斯"。磨坊主和妻子，想从孩子的嘴里套出这个神秘名字的来历，却没有结果。最后，他们终于能自圆其说了。原来，屋子后面的小花园里有一排杜鹃，孩子对此情有独钟。也许她发现"杜姆斯"同她喜欢的那个响当当的花名，有着密切的联系。

---

① 阿格拉伊亚(Aglaia)，希腊女神，意为"灿烂"。

阿格拉伊亚到了四岁，就和爸爸在磨坊作一番小小的表演，每天下午都如此，只要天气好，从来不间断。她妈妈做好晚饭，会梳好头，围上干净的围裙，派她穿过路到磨坊去接爸爸回来。磨坊主见她进门，便顾不得浑身雪白的粉尘，走上前去，一面挥手，一面唱起那一带流传的老磨坊主之歌来，歌词大致如下：

> 轮子转动着，
> 谷物碾磨着，
> 满身粉尘的磨坊主很愉快。
> 他整天唱着，
> 工作就是游玩，
> 因为他思念着自己的乖乖。

接着，阿格拉伊亚会笑着向他跑去，一面叫道："爹爹，来，把杜姆斯带回家去。"磨坊主会一下子把她拎起来荡到肩上，大步走回家吃晚饭，一面唱着磨坊主之歌。每天晚上都是如此。

一天，过了4岁生日后才一周，阿格拉伊亚失踪了。最后看到她的时候，她在小屋前面的路边采野花。一会儿后，她妈妈怕她溜得太远，出去看看，但这时她已经不见了。

当然，他们想尽了一切办法找她。邻居们聚在一起，搜索了一英里范围内的森林和山峦，打捞了磨坊的每英寸沟渠，以及水坝下溪流的一长段，却没有发现她的一丝踪迹。此前的一两个晚上，有一家子流浪者在附近树丛中扎营，因此便猜想孩子被他们拐走了。可是堵住了他们的马车一查，并不见阿格拉伊亚。

磨坊主寻寻觅觅，在磨坊又待了近两年，才死了这条心。他和妻子迁移到了西北部。不到几年，他在那个地区重要的磨粉城市，成了一家现代磨坊的业主。斯特朗夫人却因女儿的失踪而一蹶不振。搬到那儿两年后，便撇下磨坊主让他独自承受失女的悲哀了。

艾布拉姆·斯特朗发迹以后重访了湖地和老磨坊。对他来说，此情此景是够伤心的。但他很坚强，总是显得高高兴兴，和蔼可亲。就在那时候，他灵机一动要把磨坊改成教堂，因为湖地人太穷，造不起教堂；山区的人更穷，无力相助。结果，近二十英里内没有表达信仰的地方。

磨坊主尽量不改动磨坊的外观。那个大水轮依旧留在原位。到教堂来的年轻人，常把他们姓名的缩写，刻在渐渐腐朽的软质木料上。水坝已部分被毁，清澈的山溪毫无阻拦地流下岩石河床，泛起了涟漪。磨坊里面变化更大。辕杆、磨石、皮带和滑轮自然都已拆除。室内放了两排长凳，中间留出一条过道，末端有一个高起的小平台和讲坛。头顶的三面是楼座，走内楼梯可达。楼座内还有一架风琴——真正的管风琴，那是老磨坊教堂教民们的骄傲。菲比·萨默斯小姐是风琴师。每星期做礼拜的时候，湖地的孩子们自豪地轮流替她鼓风。班布里奇先生是这里的牧师，他骑着一匹老白马，从松鼠谷过来布道，从不缺席。这里的一切费用，由艾布拉姆·斯特朗先生支付。他付给牧师 500 块一年，菲比小姐 200 块。

结果，为了纪念阿格拉伊亚，这个老磨坊变成了她居住过的社区的福音。这孩子短暂的生命，似乎比不少人七十年带来的好处还多。不过，艾布拉姆·斯特朗为她建造了另一座纪念碑。

他西北部的磨坊出产了一种"阿格拉伊亚"牌面粉，是用迄今所能生产的最坚实、最优良的小麦制造的。国内很快就发现，"阿格拉伊亚"牌面粉有两种价格。一种是市场最高价，而另一种是分文不取。

一旦人们因为灾害而陷入赤贫，譬如火灾、水灾、飓风、罢工或者饥饿，"阿格拉伊亚"牌面粉就会慷慨地紧急调运过来，不取分文。分发的时候小心谨慎，但都是免费赠送，饥饿者一分钱都付不起。那儿流行着这样的说法，一个城市的贫民区一旦发生严重火灾，第一个到达现场的是火警队长的车子，接着是"阿格拉伊亚"牌面粉派送车，然后才是救火车。

这就是艾布拉姆·斯特朗为阿格拉伊亚建立的另一座纪念碑。也许对诗人来说,这样的立意过于功利,不太美。可是对有些人来说,这样的想象似乎也很美妙:纯粹、雪白、圣洁的面粉,肩负着爱和慈善的使命而飞翔,这也许可比作所要纪念的失踪孩子的灵魂。

有一年,坎伯兰地区遇上了荒年。到处谷子歉收,当地也毫无收成。山洪毁坏了财产。甚至林中的猎物也很稀少,猎人们没有多少可以带回去养家活命。湖地周围灾情特别严重。

艾布拉姆·斯特朗一听到这消息,便立即传出救援口信,窄轨铁路车辆也开始在那里卸下"阿格拉伊亚"牌面粉。磨坊主吩咐,把面粉存放在老磨坊教堂的楼座上,每个上教堂的人可以带一袋面粉回家。

两周以后,艾布拉姆·斯特朗来到雄鹰山庄,开始了他一年一度的访问,并再次成了"艾布拉姆神父"。

那时节,雄鹰山庄的客人比往常要少,其中一位叫罗斯·切斯特。切斯特小姐来自亚特兰大,在一家百货公司供职,生来第一次外出度假。公司经理太太曾在雄鹰山庄消夏。她喜欢罗斯,劝她上那儿度过三周的假期,还写了封亲笔信,让她带给兰金太太。兰金太太亲自悉心接待了她。

切斯特小姐身体不大结实。她20岁左右,因为长年足不出户,脸色苍白,身子娇弱。可是在湖地过了一周,便容光焕发,精神十足,完全变了个样子。那正是九月初头,坎伯兰最美的季节。山上的树叶,转为绚烂多彩的秋色,空气醇如香槟,夜间凉意宜人,让你光想钻进雄鹰山庄舒适温暖的毯子里。

艾布拉姆神父和切斯特小姐成了好朋友。老磨坊主从兰金太太那儿知道了她的情况,很快对这位纤弱孤独,在世途中挣扎的姑娘感兴趣了。

切斯特小姐觉得山乡很新鲜。多年来,她一直住在亚特兰大平坦暖和的城镇，一见坎伯兰那么多姿多彩，很是高兴，决意好好享受逗留在这儿的每分每秒。她量入为出地过着日子，回家时还剩多少钱，掐算得准确到几分。

切斯特小姐很幸运，结识了艾布拉姆神父这样的朋友和伙伴。他熟悉湖地一带山间的所有道路、山峰和斜坡。通过他，她体验到了松树林里崎岖的林阴小道给人肃穆的愉悦，光秃秃巉岩的峥嵘，早晨的明净滋润，梦幻般金色下午的神秘凄切。她的健康有所改善，心情也轻松多了。她的笑声亲切热忱，很像艾布拉姆神父出名的笑声，不过女性化罢了。两人都是天生的乐观主义者，明白如何平静愉快地面对世界。

一天，切斯特小姐从一个游客那儿得知艾布拉姆神父丢失孩子的事情。她赶紧走开，去找艾布拉姆神父，发现他坐在矿泉边他爱坐的粗糙长凳上。这位小朋友握住他的手，满含热泪地看着他时，磨坊主惊讶不已。

"啊，艾布拉姆神父，"她说。"真对不起，我今天才知道你小女儿的事情。总有一天你会找到她的——啊，但愿你能找到她。"

磨坊主低头看着她，脸上浮着坚毅自然的笑容。

"谢谢你，罗斯小姐，"他说，依旧是往常那种愉快的口气。"但是，我不存在找到阿格拉伊亚的希望了。开始几年，我以为她是被流浪汉偷走了，还活着。但现在，我失望了。我想她是淹死的。"

"我知道，"切斯特小姐说，"这样的怀疑让你多么难受。而你依然那么愉快，随时都想着减轻别人的负担。多好的艾布拉姆神父！"

"多好的罗斯小姐！"磨坊主微笑着顺着她的话说。"还有谁比你更为别人着想呢？"

切斯特小姐忽然心血来潮。

"呵，艾布拉姆神父，"她大叫道，"要是能证明我是你女儿该多好！那样不就富有传奇色彩了？你愿意我做你女儿吗？"

"说真的，我很愿意，"磨坊主诚恳地说。"阿格拉伊亚真要是还活着，我只希望她出落成像你一样的小女人。也许你就是阿格拉伊亚，"他顺着打趣的心境说下去，"你还能记得我们住在磨坊时的日子吗？"

切斯特小姐立刻陷入了严肃的沉思，一双大眼睛迷茫地凝视着远处什么东西。她那么忽地严肃起来，艾布拉姆神父觉得很有趣。她如此坐了好久才开始说话。

"不，"她终于说，长长地叹了口气，"你说的磨坊，我什么都记不得了。我想，见了那个有趣的小教堂，我才第一次看到磨面粉的磨坊。如果我是你的小女儿，我总该还记得，是不是？ 真遗憾，艾布拉姆神父。"

"我也一样遗憾，"艾布拉姆神父哄她说，"要是你不记得是我的小女儿了，罗斯小姐，你总还记得是其他人的女儿。当然，你记得自己的父母。"

"呵，是的，我记得很清楚——尤其我父亲。他一点都不像你，艾布拉姆神父。啊，我不过是假定而已。来吧，你休息得够久了。你答应过我，下午去看鳟鱼戏水的池塘。我还从来没见过鳟鱼呢？"

一天午后，艾布拉姆神父独自朝老磨坊走去。他常常上那儿坐着，思念往昔住在路对面小屋里的日子。时光抚慰了他的哀伤，让他不再为那段记忆感到痛苦。不过，9月阴沉的下午，艾布拉姆·斯特朗一坐上老地方，就是"杜姆斯"头上飘着黄色的卷发，每天奔跑着进来的地方，湖地人在他脸上常见的笑容便消失了。

磨坊主缓步走上弯曲陡峭的路。这里的树木很茂密，一直长到了路边。他在树阴下走着，手里拿了帽子。右侧，松鼠在旧栅栏上嬉戏。麦茬儿上，鹌鹑在叫唤幼崽。低沉的太阳，给朝西的沟壑送去一缕淡黄色的光。九月初头！ ——离阿格拉伊亚失踪周年的日子只有几天了。

老朽的水轮上布满了山藤，暖和的阳光透过树木，斑斑驳驳地落在水轮上。路对面的小屋还在，但下一个冬天的山风一来，肯定就会倒塌。早晨的阳光和野葫芦的藤蔓覆盖着小屋，屋子的门挂在一个仅剩的铰链上。

艾布拉姆神父推开磨坊的门，轻手轻脚地走了进去。随后，立定了，一时感到惊疑，只听见里面有人，哭得很伤心。他瞧了瞧，看见切斯特小姐坐在一条灰暗的长椅上，低头在看摊在手上的一封信。

艾布拉姆神父走近她，把一只壮实的手稳稳地搭在她肩上。她抬起头来，轻轻地叫了一下他的名字，还想往下说。

"别说了，罗斯小姐，"磨坊主慈祥地说。"别开口说话了。你觉得伤心的时候，没有比这么安静地哭泣一通更好了。"

这位老磨坊主饱经忧患，所以似乎懂得一种魔法，能驱除别人的忧愁。切斯特小姐平静了些，立刻取出带朴实镶边的小手帕，揩去一两滴已经落在艾布拉姆神父大手上的眼泪。然后她抬起头来，眼泪汪汪地微笑着。切斯特小姐常常眼泪未干就会笑起来，就像艾布拉姆神父会笑对自己的哀伤。两人在这方面很像。

磨坊主没有发问。但慢慢地，切斯特小姐开始向他诉说了。

这是一个老掉牙的故事，对年轻人来说，似乎总是那么重大；对上了年纪的人呢，也会带来怀旧的微笑。不难想象，爱情是主题。亚特兰大有个年轻人，人品好，有魅力。他发现，切斯特小姐有着同样的品质，胜过亚特兰大或是从格陵兰岛到巴塔哥尼亚高原之间的任何人。切斯特小姐把这封她为之哭泣的信交给艾布拉姆神父。信写得温柔而富有男子气，有点夸张和急迫，是那种人品好、有魅力的年轻人写的情书的风格。他恳求与切斯特小姐立即成婚。他说，自从她外出三个星期以来，生活已经无法忍受。他恳求她立即答复。要是首肯，他会不顾窄轨铁路的不便，立刻飞往湖地。

"那么问题在哪儿呢？"磨坊主看了信后问道。

"我无法嫁给他，"切斯特小姐说。

"你想嫁给他吗？"艾布拉姆神父问。

"啊，我爱他，"她回答，"不过——"她低下头，又开始哭起来。

"好吧，罗斯小姐，"磨坊主说。"你可以对我说实话，我不问你，但我想你可以相信我。"

"我完全信得过你，"姑娘说。"我可以告诉你为什么要拒绝拉尔夫。我什么也不是，连个名字也没有，现在的名字是我杜撰的。拉尔夫是个贵族。我全身心爱他，但不能成为他的人。"

"这是什么话？"艾布拉姆神父说。"你说你记得父母亲。可是为什么又说没有名字？ 我不明白。"

"我是记得他们，"切斯特小姐说。"我记得清清楚楚。我最初的记忆是，我们生活在很靠南部的一个地方。我们搬迁了好多次，去过不同的州和城镇。我捡过棉花，在工厂里干过活，常常吃不饱穿不暖。我母亲有时待我不错，我父亲却总是虐待我，打我。我想他们都游手好闲，居无定所。"

"一天晚上，我们住在一个小镇上，靠近亚特兰大的一条河边，我父母大吵了一场。他们彼此谩骂奚落的时候，我才知道——啊，艾布拉姆神父，我知道我连——你明白吗？ 我连个名字都不配，我什么都不是。"

"那天晚上我逃跑了。我一路走到亚特兰大，找到了工作，还给自己取了个名字，叫罗斯·切斯特，从此以后，就自谋生路了。现在你明白为什么我不能嫁给拉尔夫了——而且，永远不能告诉他为什么。"

艾布拉姆神父没有把她的苦恼当作一回事，这比同情更好，比怜悯更有帮助。

"啊，我的天哪！ 就是这么点事儿吗？"他说。"去，去，我还以为什么事情堵着呢。假如这个才貌双全的年轻人真是个男子汉，他会毫不在乎你的门第。亲爱的罗斯小姐，请相信我的话，他看中的是你自己。把你同我说的话老实告诉他，我可以保证，他会一笑置之，而且更在乎你。"

"我永远不会告诉他，"切斯特小姐伤心地说。"我也永远不会嫁给他，也不会嫁给别人。我没有这样的权利。"

就在这时候，他们看到一个高高的人影突然出现在布满阳光的路上，随后旁边又多了个矮一点的人影。这两个奇怪的人迅即朝教堂走去。那个高的是风琴师菲比·萨默斯小姐，上教堂去弹奏；那个矮的是12岁的汤米·蒂格，今天轮到他给菲比小姐的风琴鼓风。他赤裸的脚趾自豪地扬起路上的灰尘。

菲比小姐穿着丁香花图案的印度花布裙子，梳着精致的小卷发，悬挂在两耳上。她向艾布拉姆神父行了一个低低的屈膝礼，对切斯特小姐礼节性地抖了抖卷发。随后，她和助手爬上陡陡的楼梯，朝风琴厢房走去。

楼底下，阴影越来越浓重。艾布拉姆神父和切斯特小姐仍在那儿磨蹭，没有说话。他们可能都忙着回忆过去。切斯特小姐坐着，头靠在手上，两眼凝视着远处。艾布拉姆神父站在第二排长椅边，若有所思地看着门外的路和倾塌的小屋。

突然间，他又回到了近二十年前的情景。因为汤米正给风琴鼓风，菲比小姐揿下一个低音键，按住不动，测试着风量。艾布拉姆神父觉得，教堂不存在了。深邃低沉的震动，摇撼着木板房，不再是来自风琴的音符，却成了磨坊机械的轰鸣声。他确实感到，古老的水轮在转动，自己又回来了，成了山间老磨坊里满身粉尘、快快乐乐的磨坊主。此刻，黄昏已来临。马上，阿格拉伊亚会兴奋异常，摇摇晃晃穿过路，来叫他回家吃晚饭。艾布拉姆神父的目光凝聚在小屋破败的门上。

随后又出现了另一个奇怪现象。头顶的小楼上，一袋袋面粉垒成了几长排。也许，里面钻着一个老鼠。反正，风琴低沉的音符震落了一股细流似的面粉，从小楼地板的缝隙间落下，把个艾布拉姆神父弄得从头到脚全是白色的粉尘。接着，老磨坊主走进过道，挥动胳膊，开始唱起磨坊主之歌来：

> 轮子转动着，
>
> 谷物碾磨着，
>
> 满身粉尘的磨坊主很愉快。

奇迹继续上演着。切斯特小姐在长椅上往前探着身子，脸色似面粉般苍白，眼睛睁得大大的，像做白日梦一样，盯着艾布拉姆神父。磨坊主一开唱，切斯特小姐便向他张开双臂，嘴唇蠕动着，声气朦胧地对他说："爹爹，来，带杜姆斯回家！"

菲比小姐松开了风琴的低音键。但是，她已经大功告成。她弹奏的音符打开了封闭记忆的大门。艾布拉姆神父把丢失了的阿格拉伊亚紧紧地搂在怀里。

你若上湖地游览，他们会告诉你这个故事的更多细节。他们会告诉你，后来如何根据线索追寻，弄清了磨坊主女儿落难的经过，也就是九月的一天，吉卜赛流浪者见孩子长得漂亮，便将她偷走后的情况。不过你得等到自己上了雄鹰山庄，舒舒服服坐在庇荫的走廊上，才能悠闲地聆听这个故事。我们不妨趁菲比小姐弹出的深沉低音还在柔和地回荡，就结束我们的使命吧。

但我认为，最动人的一幕还是艾布拉姆神父和他的女儿在长长的黄昏，朝雄鹰山庄走去，几乎高兴得说不出话来的时候。

"爸爸，"她说，有些胆怯和迟疑，"你有很多钱吗？"

"很多？"磨坊主问。"嗯，看你怎么讲。钱倒是不少，只要你不买月亮，或者同月亮一样贵的东西。"

"打个电报到亚特兰大要花很多很多钱吗？"阿格拉伊亚问。她平时总是细算着花钱的。

"呵，"艾布拉姆神父轻轻地叹了口气说，"我明白了，你想叫拉尔夫过来。”

　　阿格拉伊亚抬头看他，温柔地一笑。

　　“我要叫他等一等，”她说，“我刚找到了父亲，就想父女俩先待一会儿，告诉他得等一等。”

一个忙碌经纪人的罗曼史

皮彻供职于经纪人哈维·马克斯韦尔的办公室，是他的心腹。九点半，马克斯韦尔老板和年轻的女速记员轻快地走进门，皮彻平常毫无表情的脸上，露出颇感兴趣和惊奇的神色。马克斯韦尔爽朗地说了声"早安，皮彻"，便冲向办公桌，仿佛要腾空越过，一头扎进等待着的成堆信件和电报。

那年轻女子是马克斯韦尔的速记员，已经干了一年。她长得很漂亮，漂亮得绝不像速记员。她不赶时髦，不穿撩人的低领口紧身胸衣，也不戴项链和手镯，不挂金小匣。她不装模作样，做出接受邀请去吃午饭的样子。身上穿的是朴实的灰色套裙，非常合身，也很审慎。戴的是黑色的无边帽，十分整洁，装饰着金刚鹦鹉金绿色的翅膀。今天早上，她满面红光，既温柔又羞涩，眼睛梦幻般明亮，双颊透出纯粹的紫粉红色，表情是幸福中掺杂着回忆。

皮彻仍觉得有些好奇，发现她早上的举止有点不同。她没有径直往毗连的房间，自己的办公桌走去，却在外间徘徊，有些犹豫不决。有一回，她还走近马克斯韦尔的办公桌，近到足以让他感到她的存在。

那机器似的家伙一旦坐上办公桌，就不再是人了。这是一个忙碌的纽约经纪人，由嗡嗡的轮子和伸展着的弹簧驱动着。

"嗨，怎么啦？有事吗？"马克斯韦尔厉声问。他打开的信件，像舞台上的一堆雪，堆在杂乱无章的桌子上。他敏锐的灰色眼睛，冷漠而粗暴，向她射来颇有些不耐烦的目光。

"没事，"速记员回答，微微一笑走开了。

"皮彻先生，"她对这位心腹职员说，"马克斯韦尔先生昨天有没有说过，要另请一位速记员？"

"他说过，"皮彻回答道。"他告诉我另找一个。昨天下午我通知了代理公司，让他们今天早上送几个样品来看看。现在已经9点45分了，却还没有见到一顶宽边花式女帽，一块菠萝口香糖。"

"那我照常工作吧，"年轻女子说，"等有人来接替再说。"她立即走到自己的办公桌，把那顶饰有金刚鹦鹉金绿色翅膀的无边帽，放在老地方。

谁要是没有看到过一个忙碌的曼哈顿经纪人在交易高峰期的样子，那他就有碍于从事人类学职业。诗人歌唱"辉煌生活的繁忙时刻"。一个经纪人的繁忙时刻，不仅仅忙碌，而且仿佛置身于车厢，分分秒秒都悬挂在吊带上，前台后台都挤满了人。

这一天是马克斯韦尔忙碌的日子。自动收报机时断时续地转出一卷卷纸头，桌上的电话不断地发出扰人的铃声。人群开始拥入办公室，隔着栏杆叫他，有轻松愉快的，有厉声吆喝的，有恶声恶气的，也有兴奋激动的。信差拿着信和电报，跑进跑出。办公室里的职员们跳来跳去，活像暴风雨中的海员。连皮彻的脸也松弛下来，露出兴奋的样子。

交易所里有风暴、土崩、暴风雪、冰川和火山。这些自然界的灾难，在经纪人的办公室里上演着缩影。马克斯韦尔把椅子推到墙边，像一个足尖舞演员那样做着交易。他从自动收报机跳到电话机，从桌旁跳到门边，跟一个训练有素的丑角一样灵敏。

在这越来越紧张的重要时刻，经纪人突然看到，一个天鹅绒和鸵鸟毛的天篷在点头，天篷下有一簇卷得高高的金发流苏，看到了一件仿海豹皮袍子，一串山核桃般大小的珠子项链，垂向近地板的一头是一颗银质鸡心。这些附件，联系着一位沉着的年轻姑娘。皮彻正替她作着解释。

"速记员代理公司派来的女士，是来谋职的，"皮彻说。

马克斯韦尔转过半个身子，手里全是文件和电报纸。

"什么工作？"他皱了皱眉，问道。

"速记员工作，"皮彻说。"你昨天叫我打个电话，让他们今天早上派一个来。"

"你昏头了，皮彻，"马克斯韦尔说。"我怎么会这样吩咐你呢？莱斯莉小姐在这里干了一年，我们非常满意。只要她希望保留，这份工作就是她的。这里没有空缺，小姐。向代理公司撤销订单，皮彻，别再带人来了。"

那位银鸡心离开了办公室，恨恨地走出去时，鸡心顾自摇摆着，在办公室家具上磕磕碰碰。皮彻乘机对速记员说，这"老家伙"像是越来越心不在焉，越来越忘事了。

交易越做越忙，节奏越来越快。六种股票受到了重创，马克斯韦尔的客户都是其中的大户。买进卖出的单子来来回回，快得像飞翔的燕子。他自己的一些股票，也受到了威胁。这人忙乎着，像一架精密结实、高速运转的机器——高度紧张，全速运行，十分精确，从不犹豫。说话有分寸，决定很恰当，行动像时钟一样灵敏和准时。股票、债券、贷款、抵押、定金、证券等等，这是一个金融世界，这里没有人类世界和自然世界的位置。

临近中饭时刻，喧闹声转为短暂的沉寂。

马克斯韦尔站在桌旁，手中全是电报和交易备忘录纸条。右耳夹着一支钢笔，头发一根根散乱地垂在前额上。他的窗子开着，让亲爱的门房姑娘——春天，用大地灵活的调风器输送一点暖气。

窗外透进一阵飘忽的——也许是消失了的——香气——丁香幽幽的甜香，一下子怔住了经纪人。因为这香气属于莱斯莉，她自己的，唯她才有。

这香气活生生地把她带到了他面前，几乎触手可及。金融世界猛地缩成一个小点。她就在隔壁，二十步之外。

"确实，我现在就得办，"马克斯韦尔冲口而出。"现在就向她提出来。真奇怪，为什么早不做呢。"

他冲进里面的办公室，急匆匆像一个做空的人要补进一样。他冲到了速记员的办公桌前。

她抬起头来，笑眯眯地看着他，脸颊上爬过一抹柔和的红晕，眼睛温顺而坦率。马克斯韦尔把一个肘子倚在她桌子上，双手依旧紧紧抓住飘动的纸条，耳朵上夹着那支笔。

"莱斯莉小姐，"他急急忙忙开始了，"我只有一会儿空，我想抓紧这一刻说件事。你愿意做我的妻子吗？ 我没有时间像常人那样谈情说爱，但我真的很爱你。请快说，那些家伙正在挫伤太平洋联邦股票的锐气。"

"啊，你在说什么呀？"年轻女子叫道。她站起来，睁大眼睛瞪着他。

"你不明白吗？"马克斯韦尔烦躁地说。"我要你嫁给我。我爱你，莱斯莉小姐。我要把这告诉你，所以稍微有点空闲，就紧紧抓住不放了。这会儿，他们正叫我听电话呢？ 告诉他们等一下，皮彻。你同意吗，莱斯莉小姐？"

速记员的举动很古怪。她先是惊呆了；随后，热泪从惊异的眼睛里流了下来；再后来，目光中露出灿烂的笑容。她的一只胳膊温柔地挽住经纪人的脖子。

"现在我明白了，"她轻声说。"这个老行当一下子让你把什么都忘了。起初我很害怕。难道你不记得了吗，哈维？ 昨天晚上八点钟，我们在拐角的小教堂里结了婚。"

爱情情爱小说

贤人的礼物

一块八毛七分，就这么些了，其中的六毛还是分币。每次一分两分积起来的，死乞白赖地从杂货商、菜贩子和卖肉的那儿抠来，直弄得面红耳赤，因为这样分分厘厘地讨价还价，不用明说，会落下吝啬的恶名。德拉数了三遍，一共一块八毛七分，第二天却是圣诞节了。

显然，没有别的办法了，只好倒在破旧的小沙发上，大哭一场。德拉就这么做了。由此还生出了一番道德感悟，即生活是由哭泣、抽噎和微笑构成的，抽噎占了大部分。

这位女主人渐渐平息下来的时候，我们不妨来看看她的家。一套带家具的房间，租费一周八块。虽然还不能说形同乞丐窝，但离行乞确实不远了。

楼下门厅里有一个信箱，却没有信投进去；还有一个门铃，世上绝不会有人去按它。墙上还贴着一张名片，名片上印有"詹姆斯·迪林厄姆·扬先生"字样。

名字的主人在先前家境好，周薪为三十块的时候，是不会去考虑"迪林厄姆"几个字的。而现在，他的周薪缩成了二十块，"迪林厄姆"这几个字显得模糊不清了，仿佛它们也在严肃考虑，要缩减成为一个谦逊的"迪"字。不过无论何时，只要詹姆斯·迪林厄姆·扬先生回家，走进楼上的房间，詹姆斯·迪林厄姆·扬太太，就是刚才交代过的德拉，就会叫他一声"吉姆"，并热烈拥抱他。那敢情不错。

德拉哭好了，往脸上抹了粉，站在窗边，呆呆地看着一只灰猫在灰色的后院一道灰色的栅栏上走着。明天就是圣诞节了，而她只有一块八毛七分可以给吉姆买礼物。一分分勉力积攒了几个月，就这么点结果。二十块一周的收入很不经用。开销大于预算，向来如此。只有一块八毛七分给吉姆买礼物了，她的吉姆。很多幸福的时刻，都在盘算给吉姆买一件好礼物，一件精美、稀罕、货真价实的东西，一件近乎值得吉姆拥有的东西。

房间的窗户之间，有一面窗间镜。在周租金为八块的房间里，诸位也许看到过窗间镜。瘦小灵活的人，观察镜中急速掠过的一连串长条子映像，可以对自己的容貌得出大致正确的概念。德拉身材苗条，精通此门艺术。

突然间，她一阵风似的从窗边转过身来，站到了镜子前面。她两眼闪着亮光，但有二十秒钟，面容失色。她迅即拉散头发，让它完全披落下来。

话说詹姆斯·迪林厄姆·扬夫妇有两件东西值得自豪。一件是吉姆的金表，祖父和父亲传下来的。另一件是德拉的头发。如果示巴女王①住在对面通风口那边的房间里，有一天德拉准会披下头发，晾到窗外，让女王陛下的珠宝和礼品相形见绌。若是所罗门王做了门房，把自己的金银财宝堆在地上，吉姆一路过那里就会取出手表，好让所罗门王嫉妒得扯起胡子来。

此刻，德拉漂亮的头发散落在周身，涟漪般闪闪发光，像一挂棕色的瀑布，一直拖到膝下，几乎成了她的袍子。随后，她不安地急忙收起头发。迟疑了一下，伫立不动，一两滴眼泪溅落在破旧的红地毯上。

她穿上棕色的旧外套，戴上棕色的旧帽子，眼睛里依然闪着泪花，甩开裙子，急急忙忙出了门，下了楼梯，朝街上走去。

在一个招牌前面，她停了下来。招牌上写着"索弗朗妮夫人，专营各类头发用品"，德拉跑上几级台阶，定下神来，一面还喘着粗气。夫人大胖身材，太白皙，太冷漠，显得不大像"索弗朗妮"②。"你会买我的头发吗？"德拉问。

---

① 示巴女王（Queen of Sheba），《圣经》中人物，曾朝觐所罗门王，测其智慧。
② 索弗朗妮（Sofronie），意大利诗人 T. 塔索（1544—1595）叙事长诗《被解放的耶路撒冷》（1575）中的一个人物，被视为舍己救人的典范。

"我收购头发，"夫人说。"脱掉帽子，让我瞧瞧头发的模样。"

棕色的瀑布飘然而下。

"二十块，"夫人说，她的手老练地提起那一堆头发。

"快给我，"德拉说。

啊，随后的两个小时，仿佛长了玫瑰色的翅膀，轻快地过去了。别在乎这拼拼凑凑的比喻，反正德拉在店铺里搜寻着送给吉姆的礼物。

她终于找到了。这肯定是不为别人，而是专为吉姆制造的，其他店里见不到同样的东西，她里里外外都找过了。这是一根白金表链，造型简洁朴实，像一切好东西一样，不靠虚饰，只凭质地恰如其分地显示自己的价值。这根表链甚至很配吉姆的手表，她一见就知道必定属于吉姆。表链就像吉姆的为人，朴实而有价值，以此形容两者都很合适。店家从她手里取走了二十一块。她匆匆赶回家去，只剩下了八角七分。有这根表链配那款手表，吉姆无论同谁在一起，都可以无所顾忌地看时间了。原先，尽管手表很华贵，但用的不是表链而是旧皮表带，他有时候只好悄悄地看一下手表。

到了家里，德拉的陶醉稍稍让位于理智和审慎。她取出烫发钳，点上煤气，开始修补慷慨和爱情所带来的毁坏。那永远是一项大工程，亲爱的朋友，巨大的工程。

四十分钟之内，她头上布满了细密的小发卷，看上去活像一个逃学的男孩。她看着镜中的映像，看了很久，看得很仔细，很挑剔。

"要是吉姆见了我之后还不要我的命，"她自言自语地说，"他会说我看上去像个科尼岛①的合唱队姑娘。可是我有什么办法？啊，一块八角七分能干什么呢？"

7点钟时，咖啡煮好了，煎锅在炉子上已经热了，准备烧排骨。

---

① 科尼岛(Coney Island)，美国纽约市布鲁克林区南部的一个海滨游乐休闲地带，原为一小岛。

吉姆从来不晚到。德拉手里拿着折好的表链，坐在近门的桌子角落上，吉姆常常从那扇门进屋。随后，德拉听到他上第一级楼梯的脚步声。霎那间，她脸色发白了。她习惯于为一些日常小事默默祈祷。此刻，她小声地说，"主啊，请你让他认为我依旧很漂亮吧。"

门开了，吉姆进了屋，关上门。他看上去又瘦又严肃。可怜的家伙，才22岁的年纪，却已经挑起了家庭重担！他需要一件新外套，他连手套都没有。

在门里，吉姆站住了，像猎狗闻到鹌鹑的气味一样，一动也不动。他凝视着德拉，眼睛里有一种她无法理解，也使她害怕的表情。这不是愤怒，不是惊讶，不是异议，不是恐惧，也不是她所预料的任何一种神情。他只是用这种奇特的表情愣愣地看着德拉。

德拉扭动着离开了桌子，朝他走去。

"吉姆，亲爱的，"她叫道，"别那样看我。我把头发剪掉卖了钱，因为不送你一件礼物我过不了圣诞节。头发是会长出来的——你不会在乎，是吗？我是不得已才这样做的。我的头发长得快极了。说'圣诞愉快'，吉姆，让我们高高兴兴吧。你可不知道，我给你买了一个多好，多漂亮的礼物！"

"你把头发剪了？"吉姆吃力地问，仿佛经过苦苦思索之后，仍没有明白显而易见的事实。

"剪下来卖掉了，"德拉说。"不管怎样，你不是照样爱我吗？没有了头发，我还是我，是吗？"

吉姆好奇地环顾房间。

"你说你的头发没有了？"他说，几乎是一副傻样。

"你不用找了，"德拉说。"我告诉你，卖掉了——卖了，没有了。现在是圣诞夜，小伙子。好好待我，头发是为你剪掉的。也许，我的头发是可以数的，"她往下说，突然一本正经地甜蜜起来，"但我对你的爱是谁也数不清的。把排骨放上去烧吗，吉姆？"

吉姆似乎很快地回过神来，拥抱了德拉。让我们花上十秒钟，审慎地细看一下另外某种无关紧要的东西。一周 8 块或是一年 100 万块的房租——有什么区别呢？ 一个数学家或一个才子会给你错误的回答。贤人带来了贵重的礼物，但不包括这一个。这一悲观的断言，会在以后说明白。

吉姆从大衣口袋里掏出了一包东西，扔到了桌子上。

"别误解我，德拉，"他说，"我想，我对自己姑娘的爱，丝毫不会受剪发、修面或者洗头之类事情的影响。不过，你只要打开那包东西，就会明白刚才我为什么愣了一会儿。"

白皙的手指麻利地解开了绳子和包装纸。随后是欣喜若狂的一声尖叫，再后呢，哎呀！ 娇柔地迅速转为歇斯底里大发作，又是流泪，又是嚎哭，弄得那位公寓之主不得不立刻使出浑身解数安慰她。

原来那儿放着梳子，一整套梳子，两鬓用的，后脑用的，摆在百老汇橱窗里时她心仪已久了。梳子很漂亮，纯玳瑁壳材料，边上镶嵌着宝石。这样的色泽，正好配消失了的美丽头发。她知道，这些梳子很昂贵，心头虽然渴望已久，但不存一丝拥有的希望。而现在，这些梳子已属于她，但本当用垂涎的饰物来装点的头发，却已经没有了。

但是她还是把梳子抱在怀里，最后终于能抬起头来了，双眼蒙眬，含着微笑说："我的头发长得可快啦，吉姆！"

后来，德拉像烧焦的猫一样跳了起来，哇哇直叫，"啊，啊！"

吉姆还没有见过给他的漂亮礼物呢！ 她把礼物放在摊开的手掌上，急着朝吉姆伸过手去。这暗淡的贵重金属，似乎在闪光，映出了她开朗热切的心情。

"瞧这多好，吉姆！ 我搜遍了整个城镇才找到。现在，你一天得看一百次时间。把你的手表给我，我要瞧瞧戴在上面好看不好看。"

吉姆没有顺着她的话去做，而是倒在沙发上，把手衬在头底下，微微一笑。

"德尔①，"他说，"让我们搁下礼物，等一段时候再说吧。这些礼物太好了，现在用不上。我卖掉了手表，得来的钱给你买了梳子。好吧，现在就把排骨放上去烧吧。"

如你所知，那些贤人是智者，了不起的智者。他们给马槽里的婴儿带来了礼物，开创了赠送圣诞礼物的艺术。因为很有智慧，所以赠送的礼物也很巧妙，如有重复，可以优先交换。在这里，我的秃笔向你叙述了一间公寓里两个傻孩子的平凡记事，他们很不明智地为对方牺牲了家里最大的财宝。但是，我最后要对现今的智者说，在一切赠送礼物的人中，这两人是最聪明的。在一切送礼和受礼的人中，像他们这样的人是最聪明的。无论何处，他们都最聪明。他们就是贤人。

---

① 德尔（Dell），德拉的昵称。

爱的付出

对热爱艺术的人来说，什么付出都不在话下。

这是我们的前提。这个故事将由此得出一个结论，同时表明这个前提是不正确的。就逻辑而言，这是个新鲜事儿；但就讲故事而言，这是一种比中国的长城还要古老的奇迹。

乔·拉勒比来自中西部栎树丛生的平原，在绘画艺术方面才华横溢。6岁时，他作了一幅画，画的是镇上的水泵，以及一个匆忙走过的名士，这幅画装上了画框，挂在药店窗子上，旁边是参差不齐排列着的玉米穗。他20岁时来到纽约，戴着飘忽的领带，带了一笔搁死的资金。

迪莉娅·卡拉瑟斯出生在南方一个长满松树的小村，因为能弹出六个八音阶，显得很有潜力，亲戚们凑足了钱，塞在她的棕榈草帽里，让她去"北方""深造"。他们没能看到她结业，不过，那是我们的故事要讲的。我们要讲的故事。

乔和迪莉娅相遇于一个画室，一群搞艺术和音乐的学生聚集在那里，讨论着明暗对照法、瓦格纳①、音乐、伦勃朗②作品、绘画、瓦尔德托费尔③、墙纸、肖邦和乌龙茶。

乔和迪莉娅相互吸引，或是彼此爱慕，随你说吧，反正不久就结了婚。因为如上面说的，对热爱艺术的人来说，什么付出都不在话下。

拉勒比夫妇在一个公寓里操持起家务来。这是一个孤零零的公寓，有点像键盘上的字母"A"，一下子落到了左侧末端。但他们很愉快。他们拥有自己的艺术，拥有彼此。对那些有钱的年轻人，我有个忠告：卖掉你的一切财产，把它送给贫穷的门房，为的是享有这样的特权：跟你的艺术和迪莉娅住在公寓里。

公寓居住者该认同我的名言：只有他们的幸福才是真正的幸福。一个家要幸福就不能装得满满当当——应该把梳妆台翻下来，变成一张台球桌；把壁炉变成一个划船练习架；让写字台充作备用卧室；把脸盆架当作竖式钢琴；要是可能，让四堵墙紧紧合围，你和你的迪莉娅就在其内。但要是你的家是另外一个样子，那就让它又宽又长—— 从金门进屋，把帽子挂在哈特拉斯，把披肩挂在合恩角，然后从拉布拉多走出门去④。

乔在大伟人马吉斯特开的班上学画——诸位都知道他声名远扬。他收费高，课程轻——这一高一轻，让他出了名。迪莉娅在罗森斯托克手下学艺——诸位明白，他的钢琴以乱弹闻名。

只要不愁钱用，他们都非常愉快。人人都如此——我无意玩世不恭。他们的目标非常明确。乔要创作出画来，让胡子稀疏、钱包厚厚的绅士们为抢购而在他画室互相厮打。迪莉娅先要熟悉音乐，然后鄙视它。以便一见管弦乐队不叫座，包厢的位子卖不出，便可以推说嗓子疼，在专用饭店吃龙虾，拒绝上舞台。

不过在我看来，最好的还是小套间里的家庭生活——一天学习后滔滔不绝的热络话；舒心的晚餐和吃得不多的新鲜早餐；倾心交流各自的雄心——这些雄心相互交织，或是微不足道——无非是相互帮助，互有启发而已。还有——实话实说——晚上 11 点的炖牛肉卷和奶酪三明治。

但是不久之后，艺术失去了吸引力。即使没有人为因素，有时也会这样。像俗话说的，钱只出不进，一时那么拮据，连马吉斯特和赫尔·

---

① 瓦格纳(Wagner, 1813—1883)，德国作曲家。
② 伦勃朗(Rembrandt, 1606—1669)，荷兰画家。
③ 瓦尔德托费尔(Waldteufel, 1837—1915)，法国作曲家。
④ 金门(Golden Gate)，美国加州圣弗兰西斯科湾的湾口，"Gate"与"大门"同义；哈特拉斯(Hatteras)，美国北卡罗来纳州海岸海峡，与"帽架"(hatrack)谐音；合恩角(Cape Horn)是南美洲的最南端，智利南部的海角，与"衣架"(cape horse)谐音；拉布拉多 (Labrador) 为加拿大东部哈得逊湾与劳伦斯湾之间的一个半岛，疑与"边门"谐音。

罗森斯托克也付不起了。但对热爱艺术的人来说，什么付出都不在话下。所以迪莉娅说，她得给人上音乐课，使火锅不断冒热气。

一连两三天，她出去兜生意，找学生。一天晚上，她兴冲冲地回到家里。

"乔，亲爱的，"她兴奋地说，"我找到了一个学生啦。而且，啊，一户再好不过的人家，一个将军——A. B. 平克尼将军的女儿——住在第七十一街。那房子多气派呀，乔——你真该去看看正门！我想你会说是拜占庭式的。还有房子里面，啊，乔，我可从来没见过。

"我的学生，是他的女儿克莱门蒂娜。我已经非常喜欢她了。她长得娇滴滴——总穿白色衣裙，举止很朴实，也很可爱。她才十八岁。我一周给她上三次课，而且，你想想，每课五块。对现在的境况，我毫不在乎，只要再找两三个学生，我又能继续去上赫尔·罗森斯托克的课了。好啦，别愁眉苦脸了，亲爱的，我们来好好吃顿晚饭。"

"你倒挺不错，迪莉，"乔说，手里拿着一把切肉刀和一柄小斧，在开一听青豆罐头，"可是我呢？你想，我让你为赚钱疲于奔命，自己却留在高雅的艺术殿堂，游手好闲？我以本维纽托·切利尼①的名义发誓，坚决不干。我想我可以去卖报，或者铺石子路，挣个一两块钱。"

迪莉娅走过来，挂在了他的脖子上。

"乔，亲爱的，别犯傻。你得继续学习。并不是说，我已经脱离音乐去干别的了。我一面教一面学，始终不离音乐。一周十五块，可以过得像百万富翁那么快活。你可别想着要离开马吉斯特先生。"

"好吧，"乔说，伸手去取蔬菜，蔬菜上浇了青灰色调味汁。"我不愿你去上课。这不是艺术。不过，你是个好样的，你很乖，舍得去干

---

① 本维纽托·切利尼（Benvenuto Cellini，1500—1571），意大利雕塑家和金匠，除雕塑外，也从事金属制品的制作。

这个。"

"对热爱艺术的人来说，什么付出都不在话下，"迪莉娅说。

"我在公园里作的那幅素描，马吉斯特对画里的天空大为赞赏，"乔说。"而廷克尔允许我把两幅画挂在他的橱窗里。要是哪个有钱的傻瓜看到了，我也许能卖掉一幅。"

"你肯定能卖掉，"迪莉娅温柔地说。"现在让我们感谢平克尼将军和烤牛肉吧。"

接下来的一周，拉勒比夫妇每天都早早地吃了早饭。乔在中央公园画素描，很在乎早晨的效果。迪莉娅替他理好行装，准备好早饭，溺爱他，夸他，7点钟同他吻别。艺术是迷人的情人。晚上，他大多7点回家。

一周之后，迪莉娅得意洋洋地把三张五块钱的纸币，丢到8×10英尺的公寓客厅中央那张8×10英寸的桌子上，她柔情满怀，自豪不已，但疲惫不堪。

"有些时候，"她说，觉得有点累，"克莱门蒂娜也够折磨人。恐怕她练得不够，同样的事，我老得跟她说。而且，总是一身白色衣裙，单调得不得了。不过，平克尼将军倒是再可爱不过的老人！ 但愿你能认识他，乔。我和克莱门蒂娜在弹琴的时候，他有时会进来——他是个鳏夫，你知道——站在那里拔他白色的山羊胡子。'十六分音符和三十六分音符进展如何？'他老是问。

"真希望你能去看看客厅里的护墙板，乔！ 还有阿斯特拉罕门帘挂毯。克莱门蒂娜有点咳嗽，咳起来样子怪怪的。我希望她比看上去要强壮些。啊呀，我真的欢喜上了她，那么文雅，那么有教养。平克尼将军的兄弟曾经做过驻玻利维亚的公使。"

随后，乔摆出一副基督山伯爵的派头，抽出一张十块，一张五块，一张两块，一张一块——全是法定货币——放在迪莉娅挣来的钱旁边。

"把那张画了尖塔的水彩画卖给了一个皮奥利亚人，"他神气活现地宣布道。

"别跟我开玩笑，"迪莉娅说——"不是皮奥利亚人！"

"不折不扣的皮奥利亚人。真希望你能见到他，迪莉。他是个胖子，围了块羊毛围巾，用的是羽毛牙签。他在廷克尔的橱窗里看到了这幅素描，起初以为画的是风车。但他很有魄力，还是把它买下了。他又预订了另外一幅——拉卡旺纳货栈的油画——准备带回去。啊，音乐课呀！ 我猜想，里面还是有艺术。"

"很高兴你有进展，"迪莉娅亲切地说。"你必胜，亲爱的。三十三块！ 从来没有那么多钱可以花过。今天晚上我们吃蚝吧。"

"还有煎里脊小牛排烧蘑菇，"乔说。"吃橄榄用的叉子呢？"

接着的那个星期六晚上，乔先回到家里。他把十八块钱摊在客厅桌子上，并把手上很多像是黑漆一样的东西洗掉。

半小时以后，迪莉娅也到了，右手上乱七八糟地包扎着绷带。

"这是怎么回事？"乔像往常那样打了招呼后问道。迪莉娅笑了起来，但并不太愉快。

"克莱门蒂娜，"她解释道，"下了课硬要吃威尔士奶酪。这个姑娘也真怪，下午五点要吃威尔士奶酪。将军那会儿也在。你真该看看他连奔带跑去取暖锅的样子，乔，就好像屋子里没有仆人似的。我知道克莱门蒂娜身体不好。她很紧张，取奶酪时掉了好多，滚滚烫，全泼在我手上和手腕上了，疼得我要命，乔。可爱的姑娘心里难过极了！ 而平克尼将军呢！ ——差点发了疯。他冲到楼下，叫了人——他们说是司炉工，或是地下室的什么人——去药店买了油膏来包扎。现在不大痛了。"

"这是什么？"乔问，温柔地拉过她的手，扯起绷带下白色的布条来。

"软软的东西，"迪莉娅说，"上面抹了油膏。啊，乔，你又卖掉了一幅画？"她看到了桌上的钱。

"我卖了吗？"乔说，"只要问一下那个皮奥利亚人就行了。今天他买了那幅画了货栈的画。他有些犹豫，不过还是想要另外一幅公园景色和赫德孙河景物画。你下午什么时候烫坏手的，迪莉？"

"我想是五点吧，"迪莉哀哀地说。"熨斗——我的意思是奶酪，大约是那个时候从炉子上取下来的。你真该亲眼见一见平克尼将军，乔，那会儿——"

"坐下来歇一会儿吧，迪莉，"乔说着把她拉到沙发上，坐在他旁边，伸手搂住她肩膀。

"过去两周你在干什么呀，迪莉？"他问。

她抵挡了一阵子，眸子里透出爱意和固执，含糊其辞地咕哝了一会儿平克尼将军之类的话。但最后终于平静下来，涌出了眼泪，说出了实情。

"我找不到学生，"她坦白了。"却又不忍心你放弃功课，于是，在第二十四大街的大洗衣房里，找到了一个熨烫衬衫的活儿。编造了平克尼将军和克莱门蒂娜，我想编得很好，是不是，乔？ 今天下午洗衣房的一个姑娘，把滚烫的熨斗摆在我手上，我一路回家，编造了威尔士奶酪的故事。你不会生气吧，乔？ 要是我没有找到那份工作，你也许不可能把那幅画卖给皮奥利亚人了。"

"他不是皮奥利亚人，"乔慢吞吞地说。

"哎呀，他是哪儿人有什么关系。你多聪明呀，乔——还有——吻我一下吧，乔——还有，你怎么会怀疑我不在给克莱门蒂娜上音乐课呢？"

"我到今天晚上才怀疑，"乔说，"我本来也是不会怀疑的，但今天下午，我从机房把回丝和油膏送上去给一个姑娘，她让熨斗把手烫伤了。最近两周我都在机房烧火。"

"那么你没有——"

"买画的皮奥利亚人，"乔说，"以及平克尼将军，都是同一艺术的创造物——这种艺术，你不会叫它绘画或音乐。"

随后两人都放声大笑起来，乔接着说：

"热爱艺术的人什么付出似乎都——"

不过迪莉娅用手捂住他嘴巴，不让他说下去。"不在话下，"她说——"只要你爱。"

糟糕的规律

我始终认为，而且还不时强调，女人并不神秘；男人能够预测女人，分析女人，制服女人，理解女人，解释女人；"女人很神秘"是女人自己强加于轻信的男人的。我说得对不对，我们等着瞧吧。"哈珀的制图员"过去常说："下面这个动听的故事，说的是某某小姐、某某先生、某某先生和某某先生。"

我们要略去"X主教"和"某某教士"的话，因为这故事与他们无关。

从前，帕罗马是南太平洋铁路线上一个新兴的小镇。报社的记者会称它为"蘑菇"镇，其实不是。帕罗马是第一个，也是最后一个毒菌的变种。

中午火车在那儿靠站，让机车喝水，让旅客既喝水又吃饭。那儿有一个新建的黄松木旅馆，一个羊毛货栈，还有大约三十六座盒式住宅。其余便是苍穹下的帐篷、矮种马、柔软的黑土和牧豆树。帕罗马是一座未来的城市。房子代表着信念；帐篷代表着希望。火车一天两班，把人送出去，恪尽博爱之职，非常守信。

镇上有一家巴黎口味饭店，坐落在一个雨天泥泞不堪，晴天非常闷热的地方。老板是一个叫"老家伙欣克尔"的人，自己经营着饭店，干些鸡鸣狗盗的事。他是印第安纳人，到这块盛产炼乳和高粱的土地上发家。

欣克尔一家住在盒式房子里，房子没有上漆，封檐板材料，一共四个房间。厨房外面搭建了一个披棚，不过是几根柱子上盖了些灌木树枝。披棚里有一张桌子和两条长凳，每条二十英尺长，出自帕罗马家庭木工之手。这儿上桌的有烤羊肉、炖苹果、煮青豆、苏打饼干、布丁或馅饼什么的，以及巴黎口味菜单上的热咖啡。

欣克尔妈和一个副手掌勺，那人只听说叫贝蒂，却从不露面。欣克尔爸的拇指很耐高温，各类烫手的食品，都由他亲自来端。高峰时节，一个墨西哥青年帮忙伺候客人，抓紧两道菜的间隙，自己卷烟来吸。按巴黎式宴会的惯例，我把甜食放在口头菜单的末尾。

伊琳·欣克尔！

这个名字的拼写是对的，因为我看见她写过。无疑她是凭听觉命名的。但是，她拼字法掌握得很好，连汤姆·穆尔① （要是他见过她的话）也会赞同这样的表音。

伊琳是这户人家的女儿，在穿越加尔维斯顿和德尔利奥的东西铁路线南侧，她是第一个染指出纳领域的女子。她坐在一条高凳上，一个粗糙的大松木架里——要不，在一个庙宇里？ ——厨房门旁边的披棚下。她面前有带刺的铁丝保护墙，墙上有一扇拱形小门，你把钱从拱门塞进去。天知道为什么要装带刺铁丝，在这儿用巴黎口味饭菜的每个人，都愿意领受她的服务而死去。她的活儿很轻。一餐一块钱，你把钱放在拱门下，她会收了去。

一开始，我想把伊琳介绍给你。可不，我得先引证一下埃德蒙·伯克②的一本书，书名叫：《崇高与美丽观来源之哲学质疑》。这是一部论述详尽的著作，先是阐述美的原始概念——我想伯克认为，那是圆润和光滑。说得好极了。圆润是一种独特的魅力；至于光滑呢——新长出的皱纹越多，女人就越光滑。

伊琳完全是蔬菜合成的，在亚当堕落的年代，靠仙果和香膏来维系。她是一个金发碧眼白皮肤的水果架子——有草莓、桃子、樱桃等等。她双眼分得很开，眸子里有一种欲来而未来的暴风雨之前的宁静。不过，我似乎觉得要描绘她的美丽是白费唇舌，至少三言两语是不行

---

① 汤姆·穆尔(Tom Moore, 1779—1852)，爱尔兰诗人、讽刺作家和音乐家。
② 埃德蒙·伯克(Edmund Burke, 1729—1797)，英国辉格党政论家，主张对北美殖民地实行自由和解的政策。

的。同幻想一样，"美丽来自于眼睛"。美丽有三种——我这个人生来好说教，说着说着就会扯开去。

第一类是满脸雀斑的狮子鼻姑娘，这样的姑娘你很喜欢。第二类是莫德·亚当斯①式的姑娘。第三类可见于布格罗②的画作。伊琳属于第四类。她是一个一尘不染的城市女市长。作为特洛伊丑闻的海伦，有一千个金苹果③向她涌来。

这家巴黎口味饭店形成了一个辐射圈。男人们甚至从周边骑马来到帕罗马，为的是博她一笑。他们都如愿以偿。一顿饭——一个笑容——块钱。不过，尽管伊琳对人都一视同仁，但最喜欢三个仰慕者。出于礼貌，我最后才介绍自己。

第一个是人造的产品，名叫布赖恩·杰克斯——一听名字就知道适合于当后备队员。杰克斯是城市建设的产物。他个子矮小，属于类似柔韧的砂岩材质。他的头发是贵格会砖砌教堂的颜色；他的眼睛像孪生的越橘；他的嘴巴像"在此投信"的牌子下的开口。

从班戈到旧金山，从旧金山到波特兰，从波特兰南面偏东45度到佛罗里达的某个地方，凡这一带城市，他都熟悉。他精通世上的每种艺术、手艺、游戏、生意、职业和运动；自他五岁以来，发生在两大洋之间的头条新闻事件，他不是在场，就是在赶往那里的路上。你可以打开地图，随意指向一个城镇的名字，你还没把地图合上，杰克斯就能说出城镇里最出名的三个人。说起百老汇、比肯山、密歇根、欧几里得、第五大街和圣·路易斯四大法庭，他会摆出居高临下，甚至不屑的态度。

---

①莫德·亚当斯（Maude Adams，1872—1953），美国女演员，曾任戏剧艺术教授。

②布格罗（Adolphe William Bouguereau，1825—1905），法国学院派画家，维护正统艺术。

③典出希腊神话：特洛伊王子把象征"最美丽女神"的金苹果判给了爱上美的女神阿佛洛狄特，阿佛洛狄特帮王子诱拐了斯巴达王的妻子、希腊美人海伦，从而引起长达十年的特洛伊战争。

同为世界公民，颠沛流离的犹太人跟他相比，不过是隐士罢了。世间能学的东西，他似乎都已学到了手，而且还能说给你听。

我讨厌人们提及波洛克的诗"时间的进程"，你也如此。但每回见到杰克斯，就会想起这位诗人对另一位叫做拜伦的诗人的描写："一早就喝，一醉方休——喝掉了让百万常人过瘾的酒，然后死于干渴，因为再也没有酒可喝。"

这话适合杰克斯，不过他没有死，而是来到了帕罗马，但这跟死也差不多。他是个报务员和车站快运代理人，每月工资七十五块。这个无所不晓，无所不能的年轻人，竟满足于默默无闻的活儿，我永远无法理解，尽管有一回他暗示过，是出于对 S. P. 赖伊公司的董事长和股东们个人的偏爱。

再写一笔，我就把杰克斯交给诸位了。他穿鲜艳的蓝衣服，黄色的鞋子，戴一个蝶形领结，料子跟衬衫一样。

我的第二号情敌是巴德·坎宁安，他受雇于帕罗马附近的一个农场，做个帮手，强迫那些不听话的牛规规矩矩。我所见到的舞台以外的牛仔，只有他一个像舞台上的。他戴宽边帽，穿皮护腿套裤，脖子后面系着头巾。

一周两次，巴德从维尔·维迪农场骑马过来，到巴黎口味饭店吃晚饭。他的坐骑是一匹肯塔基马，受过很多凶狠的人的调教。巴德疾驰而来，突然间把马拴在灌木披棚角落的大牧豆树上，弄得那匹马使劲蹬蹄子，在泥里刨出几码长的坑来。

当然，杰克斯和我是这家饭店的常客。

欣克尔住宅的起居室，是一个整洁的小客厅，在柔软黑土的乡间是常见的。里面全是这类东西：柳条摇椅呀，自己织的沙发套子呀，相册呀，还有成排的海螺壳。在一个角落，摆着一架竖式钢琴。

在这间小客厅里，杰克斯、巴德和我——或者有时候我们仨中的一个或两个，那就全凭运气了——忙过了活儿以后，晚上会坐在这里，"拜访"欣克尔小姐。

伊琳是一个很有想法的姑娘。她生来向往更高尚的东西（如果有的话），比在带刺铁丝小门内收钱更高尚。她阅读，倾听，思考。对雄心不大的姑娘来说，漂亮的外貌就足以让她衣食无忧了。但她要超越外表美，在类似于沙龙的地方——帕罗马唯一的一个——确立什么东西。

"你不认为莎士比亚是一个伟大作家吗？"她会问，微微皱起弯弯的眉毛，神态那么漂亮，已故的伊格内修斯·唐纳利，要是见了她的话，恐怕救不了他的培根了①。

伊琳认为波士顿比芝加哥更有文化气息；博纳尔②是最伟大的女画家之一；西方人比东方人更天真率性；伦敦一定是个大雾弥漫的城市；加利福尼亚的春天一定很美丽。还有很多其他观点，说明她跟得上世界上最出色的想法。

或许是道听途说，或许是有些根据，说她还有自己的一套理论。特别是其中的一个，她不倦地向我们散布。她讨厌奉承拍马，声称言行的坦率和诚实，是男人和女人的主要精神饰品。要是她会喜欢谁，那是因为这些品质的缘故。

"我很讨厌别人恭维我的外貌，"一天晚上她说，那时，我们牧豆树的三个火枪手聚集在小客厅。"我知道自己并不漂亮。"

（巴德·坎宁安事后告诉我，她说这话的时候，他好不容易克制住自己，没有叫她"说谎者"。）

"我不过是个中西部的姑娘，"伊琳往下说，"只求朴实纯洁，帮助父亲糊口度日。"

---

① 伊格内修斯·唐纳利(Ignatins Donnelly,1831—1901)，美国小说家、演说家和社会改革家。他根据自己破译在莎士比亚作品中发现的密码，企图证明莎士比亚的剧本是培根所作。
② 博纳尔(Rosa Bonheur, 1822—1899)，法国女画家和雕刻家。

（欣克尔老头每个月都要把净利润一千块银币，运往圣安东尼奥的一家银行。）

巴德在椅子上扭动起来，弯下宽边帽的帽檐。那顶帽子，是谁都没法让他脱手的。他不知道她要的是她嘴里说要的，还是她心里明白自己所值的。很多更聪明的人该做决定时犹犹豫豫。巴德做出了决定。

"嘿——啊，伊琳小姐，美丽嘛，你会说，不是决定一切的。我并不是说，你生得不美，而我特别赞赏你对你爸妈的尽心。对父母亲好的人和顾家的人，不一定要太漂亮。"

伊琳向他投去最甜蜜的微笑。"谢谢你，坎宁安先生，"她说。"我觉得，好久没有听到这么好的恭维了。我宁可听这话，也不愿听你说我的眼睛和头发。我说过不喜欢奉承话，很高兴你相信我说的。"

这就是给我们的暗示。巴德已经猜对了。杰克斯也不甘落后，他随之插话了。

"当然，伊琳小姐，"他说，"漂亮的人未必干什么都行。是呀，当然你长得不坏——但那没什么用。以前我认识迪比克的一个姑娘，脸蛋长得像椰子肉，能在单杠上连翻两个跟斗，不换手。如今的姑娘，能把加利福尼亚桃子打碎做果子酱，但那种本事已经没有了。我见过——呃——比你长得难看的人，伊琳小姐。但我喜欢你办事干练。冷静机智——那是一个姑娘取胜的法宝。欣克尔先生告诉我，打从你干这活以来，没有收过一个铅做的银元，或者什么冒牌货。嗯，那是姑娘应有的品质，也是吸引我的地方。"

杰克斯也得到了期望的微笑。

"谢谢你，杰克斯，"伊琳说。"要是你知道我多么欣赏坦率而不是爱拍马的人该多好！我真讨厌人家说我长得漂亮。有朋友能说实话，是天大的好事。"

随后，伊琳瞥了我一眼，我从她脸上瞧见了期待的目光。突然间，我产生了一种扼制不住的冲动，很想豁出去，告诉她，在伟大的造物主创造的一切漂亮东西中，她是最精致的；她是一颗无瑕的珍珠，纯粹而宁静，衬着黑土和碧绿的草原闪闪发光；她是一个绝色美人。至于我，只要可以歌颂、夸奖、赞美、崇拜她无与伦比、令人惊叹的美丽，我才不管她对至爱双亲像毒蛇的牙齿一样歹毒，或者能不能分得清假冒银元和马勒的搭扣呢。

但是，我克制住了，我为奉承者的命运担忧。巴德和杰克斯说了一番狡黠谨慎的话，她听了很愉快，这是我亲眼见的。不行！ 奉承者的花言巧语，欣克尔小姐是不会上当的。于是，我也加入了坦率和诚实人的队伍，立刻开始捏造和说教。

"任何时代，欣克尔小姐，"我说，"每个时代有诗歌和传奇，但女人的智慧比美貌更受人赞赏。甚至连克娄巴特拉①身上，男人们觉得她的魅力在于女王的头脑，而不是漂亮的外貌。"

"是呀，我也这么想！"伊琳说。"我见过她的画像，并不怎么样。她的鼻子很长，长得出奇。"

"要是我可以这么讲的话，"我接着说，"你让我想起克娄巴特拉，伊琳小姐。"

"啊呀，我的鼻子可没有这么长！"她说，眼睛睁得大大的，用纤纤食指碰了碰那漂亮的鼻子。

"是呀——呃——我的意思，"我说——"我是指气质。"

"哇！"她说。于是像对巴德和杰克斯一样，她也对我报之以微笑。

"谢谢各位，"她说得非常非常亲热，"对我这么坦率和诚实。我要求你们永远这样。就这么直截了当，老老实实，把你们的想法告诉我，我们就会成为世上最好的朋友。就因为你们对我那么好，又这么了

---

① 克娄巴特拉(Cleopatra， 69—30BC)，埃及托勒米王朝末代女王，容貌美丽，权势欲很强。

解我不喜欢人家尽讲不切实际的好话，我要为你们弹唱一会儿。"

当然，我们表示感谢和高兴。但要是伊琳跟我们面对面，在那把低矮的摇椅上这么坐下去，让大伙儿盯着看她，我们会更加愉快。因为她毕竟不是艾德琳娜·帕蒂①——连女歌唱家告别演出的告别歌都没法比。她的嗓子像情人的喁喁私语，只有门窗都关上，而且贝蒂在厨房不把炉盖弄得叮当响的时候，客厅里才勉强听得清。她的音域，我估计在钢琴上是八英寸。她的急奏和颤音，听上去像是祖母铁洗手盆里衣服发出的水泡声。不过请相信，我们听来像音乐，可见她一定是长得很漂亮的。

伊琳有着天主教音乐趣味。她会顺着钢琴左上角的乐谱，一首首唱下去，把唱过的乐谱放在右上角。第二天晚上，她会从右上角的乐谱唱到左上角。她喜欢门德尔松②、穆迪③和桑基④的作品。她应我们的要求，常常以"甜蜜的紫罗兰"和"当树叶转黄的时候"收尾。

十点钟，我们三人离开那里，去杰克斯的木头小站，坐在月台上，垂着双脚，相互探问，竭力找出线索，摸清伊琳小姐的意向。这就是情敌采用的方式——他们没有彼此回避，怒目相向，而是相聚，交流，推测——运用计谋盘算敌人的能耐。

一天，帕罗马来了一匹黑马，一个年轻律师。他立刻挂起招牌，并在镇上出头露面。此人名叫C·文森特·维齐。你一眼就可以看出，他刚从西南地区某个法律学校毕业。他穿阿尔贝特王子上衣，着轻便条子裤，戴黑色宽边软帽，白色平纹细布狭条领结。这身打扮要比毕业证书

①艾德琳娜·帕蒂（Adelina Patti，1843—1919），生于西班牙的意大利花腔女高音歌唱家。
②门德尔松（Felix Mendelssohn，1809—1847），德国作曲家、指挥家、钢琴家。
③穆迪（Lyman Dwight Moody，1837—1899），美国基督教新教布道家，曾与歌唱家和作曲家桑基合作。
④桑基（Ira David Sankey，1840—1908），美国基督教布道家和赞美诗作曲家。

更显露他的身份。维齐是丹尼尔·韦伯斯特[1]、切斯特菲尔德勋爵[2]、花花公子布鲁梅尔[3]和小杰克·霍纳等人的混合物。他的到来给帕罗马带来了繁荣。他到的第二天，市镇便开始测量，打算扩建，并划出了大块土地。

当然，维齐在事业上要飞黄腾达，还得在帕罗马的平民百姓和边缘群体中混个脸熟。他既要同军人们，又要同那些寻欢作乐的人打得火热。因此，杰克斯、巴德·坎宁安和我，便有幸同他相识了。

要是维齐见过伊琳·欣克尔，并成为第四位敌手，那么前世有缘的说法就值得怀疑了。幸好他在黄松树旅馆用餐，而不是巴黎口味饭店。不过，他成了欣克尔客厅一个厉害的客人。他的参与竞争让巴德的咒骂一下子多了起来，弄得杰克斯满嘴黑话，听起来比巴德最尖刻的咒骂还可怕，也使得我沉着脸不说话。

这全因为维齐能说会道。话从他嘴里出来，像油从油井里喷出。夸张、恭维、赞扬、欣赏、歌颂、甜言蜜语的殷勤、至高无上的赞美、不加掩饰的赞颂，在他的话里互争高下。我们很难指望伊琳能抵挡住他的赞美，以及他身上阿尔贝特王子的服饰。

但有一天我们却来了勇气。

那天大约黄昏时候，我坐在欣克尔客厅前狭小的走廊上，等待着伊琳出现，却听到了里面的说话声。她和她父亲已经到了房间，欣克尔老头开始和她说话。在此之前，我注意到他非常精明和达观。

"伊莉，"他说，"我看到三四个年轻人常常来看你，已经好些时候了。你有没有看中哪一个？"

---

① 韦伯斯特(Daniel Webster, 1782—1852)，美国国务卿 (1841—1843；1850—1852)。

② 切斯特菲尔德(Philip Dormer Stanhope Chesterfield, 1694—1773)，英国外交家、作家。

③ 布鲁梅尔(George Bryan Brummel, 1778—1840)，英国一纨绔子弟，其深色朴素的服饰，曾为英国摄政时期男士流行服装的代表。

"嘿，爸，"她回答，"他们我都很喜欢。我认为，坎宁安先生、杰克斯先生、哈里斯先生都是好青年。他们对我说的话，句句都是既坦率又诚实。我认识维齐先生虽然不太久，但我想这个年轻人很好，对我说的话，句句都是既坦率又诚实。"

"是呀，这正是我要说的，"老欣克尔说。"你一直在说，你喜欢说真话的，不拿花言巧语哄骗你的人。现在，你不妨对这些家伙做个测验，看谁说话最直爽。"

"可是我该怎么做呢，爸？"

"我告诉你怎么办。你知道你唱得还可以，伊莉。你在洛根斯伯特上过将近两年音乐课，时间不长，但当时我们只拿得出这点钱。你老师说你嗓子不行，再读下去也是白费钱。行啊，假如你问问这些家伙，你唱得怎么样，看他们每人怎么说。对你讲真话的人需要很有胆量，也最值得结亲。你看这点子可好？"

"很好，爸，"伊琳说。"我想这是个好点子。我来试试。"

伊琳和欣克尔先生从内门出了房间。而我呢，人不知鬼不觉地匆匆赶往车站。杰克斯坐在电报桌旁，等待着8点钟到来。巴德在城里找乐，他一到，我就把父女俩的交谈同他和杰克斯说了一遍。我忠于我的情敌们，伊琳的仰慕者都应该这样。

我们三人同时都沉醉于一个振奋人心的想法。显然，这样的测试会将维齐淘汰出局。他那么油嘴滑舌，溜须拍马，名单上留不住他。是呀，我们都记得伊琳喜欢坦率和诚实——她珍视真率，不喜欢虚浮的恭维和奉承。

我们挽起胳膊，高兴得在月台上一上一下地怪跳起来，拔直喉咙大唱"马尔登是个壮汉"。

那天晚上，四把柳条摇椅上都坐了人。另一条上，幸运地坐着身材苗条的欣克尔小姐。我们其中三个，对测试怀着抑制不住的激动。巴德第一个登场。

"坎宁安先生，"伊琳唱罢"叶子开始转黄的时候"带着灿烂的笑容说，"你真的觉得我的嗓子怎样？坦诚些，你知道这是我一贯要求你们对我的态度。"

巴德明白她需要他诚恳，而且是显示的好机会。他在椅子上扭动起来。

"说实话，伊琳小姐，"他真诚地说，"你的嗓子并不比黄鼠狼好多少——你知道，不过是几声尖叫。当然，我们都喜欢听你唱，因为还是蛮甜蜜，蛮抚慰人的。另外，你坐在琴凳上，对着我们，看上去很动人。不过，真正的歌唱嘛——恐怕还谈不上。"

我仔细打量着伊琳，看看巴德是不是过分坦率了。不过，她满意的微笑，亲热的感谢，让我放心，说明我们的路子对头。

"你的看法呢，杰克斯先生？"她接着问。

"在我看来，"杰克斯说，"你不是那种歌剧主角演员。我听他们用颤音在美国每个城市都唱过。告诉你吧，你的音量不行。至于其他方面，你还真比得上那些来肥皂厂唱大歌剧的家伙呢——我指的是外貌。因为那些唱高音的都跟星期四出场的玛丽·安差不多。可是你唱漱音不行。你的会厌骨长得不是个地方——活动起来不利索。"

听了杰克斯的批评，伊琳愉快地笑了起来，并向我投来询问的目光。

我承认自己犹豫了一下。世上难道没有过分坦率这样的事吗？我甚至想在下断语时避重就轻，但还是坚持找她的岔子。

"我不懂乐理，伊琳小姐，"我说，"可是坦白地讲，老天给你的嗓音，我实在不敢恭维。我们向来喜欢用这样的比喻：一个伟大的歌唱家唱起来像鸟儿一样动听。不错，世上有各种各样的鸟。你的歌喉让我想起鸫鸟——低沉而不洪亮，音域不宽，或者变化不多——不过还是——呃——有它甜蜜的地方——呃——"

"谢谢你，哈里斯先生，"欣克尔小姐打断我说。"我知道我可以信赖你的坦率和诚实。"

接着，C·文森特·维齐把雪白的袖口往上一勒，便口若悬河了。

他大大赞叹了一番天赐的无价之宝——欣克尔小姐的嗓子，可惜我的记忆无法复制他巧妙的颂词。他对她的嗓子赞不绝口，用的是极致的字眼，这些话要是用在齐声合唱的晨星上，星星合唱队员们霎时准会高兴得大放光芒。

他扳着白皙的手指，历数各大洲的大歌剧明星，从詹尼·林德①一直说到埃玛·艾博特，一个劲儿贬低她们的天赋。他大谈其喉咙、胸音、乐句切分、琶音等，以及这门嗓音艺术其他奇奇怪怪的要领。他似乎出于万不得已，承认詹尼·林德的一两个高音，欣克尔小姐还没有学到手——不过——"！！！"——只要多唱多练，那是不成问题的。

他用预言总结了这番演说。他庄严地预告，声乐的经历等待着"未来的西南之星——辉煌古老的得克萨斯会为此而感到骄傲"。音乐史上，将无人能够超越她。

十点钟我们走的时候，伊琳照例同我们每人热情握手，露出迷人的笑容，邀请我们以后再去。我看不出来，她特别喜欢谁，或者不喜欢谁——不过，我们三个知道——我们心知肚明。

我们知道坦率和诚实已经获胜。情敌只剩了三个，而不是原先的四个。

在车站那边，杰克斯掏出一瓶一品脱好酒，我们一起庆祝了那人的垮台，这个闹闹嚷嚷、半路里杀出来的家伙。

四天过去了，并没有发生什么值得一提的事情。

第五天，杰克斯和我走进灌木棚架去吃晚饭，看到一个墨西哥青年，把钱从带刺的铁丝小门里收进去，却不见那个穿紧身胸衣和海军蓝裙子的仙女。

---

① 林德（Jenny Lind，1820—1887），瑞典花腔女高音歌唱家。

我们冲进厨房，与欣克尔爸打了个照面。他正好端着两杯热咖啡出来。

"伊琳在哪儿？"我们像背诵似地问。

欣克尔爸很慈祥。"呃，先生们，"他说，"她这是心血来潮，不过我有钱，我顺她的心思。她去了波士顿的一个暖——暖房①，学习四年，把嗓子练好。好吧，对不起让我过去，先生。咖啡很烫，我的手指太嫩。"

那天晚上，我们四个人，而不是三个人，坐在车站月台上，摆动着双脚。C.文森特·维齐是其中之一。我们一起议论着，狗对着升起的月亮在吠叫。月亮挂在灌木丛顶上，才五分钱币或是小面粉桶那么大。

我们议论的是对女人撒谎好呢，还是说真话好。

那时我们都还年轻，没有得出结论来。

---

① 暖房（conservatory）系"音乐院"（conservatoire）之误，因为欣克尔老头没有文化。

摇摆不定

"第八十一大街到了——请让他们出来吧,"穿蓝衣服的牧羊人大叫着。

一批公民羊群夺路而出,另一群夺路而上。砰砰! 曼哈顿高架铁道的牲畜车叮叮当当开走了。帕金斯顺着释放的羊群流,走下车站的台阶。

约翰慢慢地朝自己公寓走去。慢慢地,那是因为在他的日常生活词汇中,没有"也许"两字,对一个结婚两年,住公寓的男人来说,不会有什么意外好事等着。约翰·帕金斯一面走,一面自言自语地预言,又是一个单调的日子,虽然这样的自嘲出于悲观和无奈,却是未卜先知的结论。

凯蒂会在门口用吻来迎接他,那吻散发着润肤膏和黄油硬糖的味儿。他会脱去外套,坐在碎石铺设的过道上看晚报,读俄国人和日本人被可怕的新式排版机杀戮的消息。晚饭吃的是炖菜,还有色拉,色拉的调料确保不会使皮肤皲裂,也不会致害,还有焖菜梗,以及一瓶草莓酱,为瓶上的标签而羞愧,标签上注明不含任何化学物质。晚饭以后,凯蒂会给他看破旧的被子上新打的补丁,那补丁是买冰人从活结领带的一头割下来的。7点半,他们把报纸铺在家具上,用来接楼上的胖子体育锻炼震落下来的灰泥。8点正,住在过道对面公寓里的希基和穆尼轻歌舞队(没有预订),沉湎于震颤性谵妄,开始撞翻椅子,误以为哈默斯坦①带着五百块一周的合同在追逐他们。随后,对面通风井旁窗口的男人会拿出长笛来吹;夜间的煤气会被人偷走,用于公路上的嬉闹;那个哑巴侍者手中的托盘会掉下来;门房会又一次把赞诺维茨基太太的五个孩子赶过雅鲁河去;穿着浅黄色鞋子,牵着一条短腿长毛狗的女人,会轻快地走下楼来,把星期四的标志贴在自己的门铃和信箱上——弗洛格莫公寓夜间的正常活动也就开始了。

对约翰·帕金斯来说，这些都是意料中的事。他也知道，八点一刻，他会鼓起勇气，去拿帽子，而他的妻子会怨声怨气地说出这番话来：

"喂，你上哪儿去呀，我想知道一下，约翰·帕金斯？"

"想到麦克洛斯基家去串串门，"他会回答，"跟朋友玩一两局台球。"

最近，这成了约翰·帕金斯的习惯。10 点或 11 点，他会回家来。有时候，凯蒂已经睡着了；有时候会等着他，准备把精致的婚姻钢链，放在愤怒的坩埚中，溶下一点镀金的东西。这些事儿，丘比特该作出回答，也就是他跟弗洛格莫公寓中的受害者一起出庭的时候。

今天晚上，约翰·帕金斯到了门口时，家里的常规都打乱了。凯蒂不在，甜蜜动情的吻没有了。三个房间一片狼藉，似乎是一种不祥之兆。她的东西乱糟糟，撒满了一地。鞋子在地板当中，烫发钳、蝴蝶发结、和服式睡衣、粉盒，乱七八糟地扔在梳妆台上和椅子上——这不是凯蒂的习惯。约翰看到一团棕色的卷发嵌在梳齿里，心里猛地一沉。她一定是异常匆忙和慌乱，平常，她总是小心地把梳落的头发放在壁炉架上蓝色的小花瓶里，准备有朝一日做成令人眼馋的女用发垫。

煤气喷嘴上，一根绳子显眼地吊着一张叠好的纸头。约翰一把抓住，见是妻子留下的便条，上面写道：

亲爱的约翰：

　　我刚收到一个电报，说是母亲病重。我要赶 4:30 的火车。萨姆弟弟会在车站接我。冰盒子里有冷羊肉。但愿她不是扁桃腺又

---

①哈默斯坦（Oscar Hammerstein），德裔美国剧院经理，曾先后创办多个歌剧院。

发作了。付送牛奶人五角钱。去年春天，她发作得很厉害。别忘了给煤气公司写信，谈煤气表的事。你的好袜子在最上面一个抽屉。明天我会给你写信。

匆匆不尽

凯蒂

结婚两年来，他和凯蒂从来也没有分开过一夜。约翰呆若木鸡，一遍又一遍读着便条。一成不变的常规终于被打破，弄得他茫然不知所措了。

椅背上，挂着端饭菜用的红手裹，凄凄地空置着，不成样子，上面留下了不少黑点。匆忙之中，她一周的衣服扔了一地。还有一小包黄油硬糖，平时她很喜欢吃的，现在却连绳子都没有解开。一张日报摊在地板上，张着长方形大口，因为剪去了铁路时刻表。房间里的每件东西都诉说着失落，诉说着精华的消失，诉说着灵魂和生命的离去。约翰·帕金斯站在死寂的遗留物中间，心里有一种怪异的凄凉之感。

他开始尽力整理房间。手指一碰她的衣服，周身便有一种像是恐惧的震悚感。他从来没有想过，没有凯蒂，生活会怎样。凯蒂已经彻底融入他的生活，像呼吸的空气，必不可少，却几乎注意不到。而现在，凯蒂事先没有通报就走了，完全消失了，就仿佛从来没有存在过。当然，不过几天工夫，至多一两个星期，可是对他来说，仿佛死亡之手已经指向他安稳而平淡的家。

约翰从冰盒里取出冷羊肉，煮了咖啡，坐定下来，独自吃饭，面对着草莓酱上不含杂质的无耻证书。在他失去的幸福中，显得明亮夺目的是闷罐炖菜，是加了黄褐色上好调料的色拉。他的家被拆毁了。一个扁桃腺发炎的丈母娘，把家庭守护神赶到了九霄云外。约翰孤单一人吃了饭后，坐在前窗旁边。

他不想吸烟。窗外，城市咆哮着，招呼他去加入愚蠢而愉快的舞会。夜晚是属于他的。他可以像那儿每个快乐的单身汉一样，任意拨动欢乐的琴弦，而不必受质问。他可以痛饮，可以游荡，要是高兴，还可以恣意行乐到天明。不会有愤怒的凯蒂等着他，捧着酒杯，酒杯里是快乐的残渣。他可以去麦克洛斯基家，同欢闹的朋友们玩台球，下赌注，要是乐意，一直玩到曙色让灯光淡去。婚姻的锁链总是拴着他，直到弗洛格莫公寓令他生厌。而现在，这根链条松了，凯蒂走了。

约翰·帕金斯不习惯于分析自己的情绪。他坐在没有了凯蒂的 10 × 12 码的起居室里，击中了内心不快的要害。他现在明白，对他的幸福来说，凯蒂是必不可少的。他对她的感情，本已被周而复始的枯燥家务弄得麻木，此刻却因凯蒂的离去，又被唤醒了。那些谚语呀，布道呀，寓言呀，或是其他一样华丽真实的言词，不是喋喋不休地告诉我们，只有在嗓子甜美的鸟飞走以后，我们才感到音乐的可贵吗？

"我是个大笨蛋，"约翰·帕金斯思忖道，"竟那么对待凯蒂。每晚只顾玩赌博台球，跟小兄弟们喝个烂醉，不同凯蒂待在家里。可怜的姑娘孤单一人，没有娱乐，而我却那么干。约翰·帕金斯，你最差劲。我要补偿可爱的姑娘。我要带她出去，见见娱乐活动的世面。从此，我要跟麦克洛斯基一伙一刀两断。"

不错，室外城市一片喧闹，吸引帕金斯去加入取闹的人群。在麦克洛斯基家，小伙子们无聊地把球打入球袋，当作晚间的游戏，消磨时光。可是，暂时失去亲人的帕金斯，心里悔恨莫及，没有一种欢乐的方式，没有任何喀嚓作响的刺激，能够引动他了。那个属于他的东西，他曾不无轻蔑地随便拿着，现在却从他手里拿走了，而他需要它。悔恨中的帕金斯，可以把他的堕落追溯到一个名字叫亚当的男人，此人被天使逐出了果园。

约翰·帕金斯右边有一把椅子。椅背上放着凯蒂的蓝色连衣裙，依然保持着她体形的轮廓，袖子中段，有一个个细细的皱褶，那是为了让他日子过得舒心，操劳时挥舞胳膊造成的。从这里，散发出了一股风铃草味的诱人清香。约翰拿起衣服，长久而清醒地打量着这件毫无反应的罗纱织物。凯蒂向来是不会没有反应的。约翰·帕金斯的眼睛里噙满了热泪——是的，热泪。她回来后情况就会不一样了。他要为自己的一切疏忽作出补偿。没有她，生活会怎样呢?

门开了，凯蒂拿着小小的手提包走了进来。约翰呆呆地瞧着她。

"啊呀！ 很高兴又回来了，"凯蒂说。"妈的病不碍事。萨姆在车站接我，说是她不过小发作，电报发出后不久就好了。所以我就乘下一班火车回来了。我很想喝一杯咖啡。"

弗洛格莫公寓的机械嗡嗡地复归原位时，没有人听到嵌齿轮发出的吱咯声。传送带一度滑落，现在一颗螺丝拧紧了，滑落的带子装好了，轮子又按着原来的轨道转动起来。

约翰·帕金斯看了看手表。时间是八点十五分。他伸手拿了帽子，走到门边。

"嗨，你上哪儿去，我想知道一下，约翰·帕金斯? "凯蒂问，口气里有些抱怨。

"想到麦克洛斯基那儿去转转，" 约翰说，"跟伙计们玩一两局台球。"

盲人的假日

啊呀呀，真遗憾，那些爱转换视角的普通人和艺术家呀，一个的生活必定乱糟糟；而另一个呢，必定被眼前的景物弄得晕头转向。就说洛里森吧，有时候，他似乎觉得傻到了极点；有时候呢，却又自以为志向很高，世人都来不及呼应。在前一种心境里，他咒骂自己愚蠢；处于后一种心境时，他会不动声色地露出一种近乎崇高的伟大。在两种情形下，他都丧失了正确的视角。

几代之前，这个姓一直是拉森。他的家族把紧张忧郁的个性，勤劳俭朴互补的品格，遗赠给了他。

从他自己的角度看，他是社会的弃儿，永远躲躲闪闪、偷偷摸摸地徘徊在体面社会寒酸的边缘。他属于世界四分之三的居民，一个可怜的棒球，滚动在上流社会和平民之间，那儿的居民嫉妒每一个邻居，却又受到上流社会和平民的蔑视。他对"社会弃儿"观点表示自责，因为正是抱着这样的想法，他离开千里之遥的老家，自我放逐到了这个古怪的南方城市。在这儿，他住了一年多，相识的人很少，沉溺于影子似的主观世界。这个世界，有时还莫名其妙地受到不和谐的现实的侵扰。后来，他爱上了一个相逢于廉价饭馆的姑娘，于是他的故事就开始了。

新奥尔良的沙特尔街是一条鬼影幢幢的街道。街道所在之处，法国人曾在全盛时期确立从故国带来的自豪和荣耀；高傲的西班牙绅士，曾大摇大摆走过，梦想着金子、权利和女人的青睐；每一块石板都留下了庄严地去求爱和战斗所踏出的槽沟；每一幢房子都有着王子心碎的故事，每一扇门都隐含着殷勤承诺和逐渐败落的秘闻。

夜晚，如今的沙特尔街已成了一条黑乎乎的缝隙。摸索着赶路的旅人，从这里透过夜空，看得见摩尔人铸铁阳台缠绕的金饰。大亲王的老房子，在本世纪依然不屈不挠地屹立着，但其精华已荡然无存。对能看得见鬼的人来说，这已经成了一条鬼街。

在"金色卡宾枪饭馆"占据的角落，街道昔日的荣华仍依稀可见。过去，人们聚集在这里密谋反抗一代代君王，警告一个个总统。现在他们照做不误，但与过去的人不同，那些誓死抵抗军队的人，一个身着铜纽扣衣装的就足以把他们驱散。门的上端挂着一块牌子，牌子上画着一头属于陌生物种的巨兽，一个不起眼的人，举着一支显眼的、一度金光闪闪的枪，瞄准那巨兽开火。如今，画上的传奇已经淡出想象，那枪已有名无实，成了一种信念。那头动物，对猎人长久的瞄准已感到厌倦，化成了一团没有形状的污迹。

这个地方叫做"安东尼奥饭店"，以其名字为佐证。那名字是镀金的，写在玻璃窗上，在透明的红光映照下显得很白。安东尼奥有一种承诺，让人有一种合理的企盼，对美味好酒，也许还有天使小声提醒的大蒜。不过，这名字的其余部分叫"奥里利"。安东尼奥·奥里利！

"金色卡宾枪饭馆"是沙特尔街一个声名狼藉的鬼魂。当年的这个小餐馆，比安维尔①和康蒂②吃过饭，一个王子掰过面包，现在却成了"家庭饭馆"。

饭馆的顾客，几乎清一色的男女劳动者。偶尔，你会看到从廉价剧院出来的合唱女演员，以及由于急剧变故不得不从事副业的男人。但在安东尼奥饭馆——从名字来看，放荡不羁的文人尽可以满怀指望，但实际上这里沉闷得可怜——温文尔雅、轻松活泼的举止，降格成了"居家"的标准。假使你想点根烟，我们的店主会碰碰你"肘子"，提醒你这有损礼节。"安东尼奥"用外部火一般的传奇把顾客勾引进来，而"奥里利"则在内部教以礼节。

正是在这家饭馆里，洛里森第一次看到了这位姑娘。那时，一个性

---

① 比安维尔(Bienville, 1680—1768)，法国探险家，北美洲拉巴马的莫比尔和路易斯安那的新奥尔良两城的建立者，曾任路易斯安那殖民地总督。
② 康蒂(Niccolodei Conti, 1395—1469)，威尼斯商人。

情暴烈、眼睛色迷迷的家伙，跟着她进去。她落座的小桌还有另一个位置空着，那人上前要去占领，但洛里森抢先溜进了那个座位。于是他们便开始相识，并渐渐密切起来。两个月来，两人每晚都坐同一张桌子，事先并没有约好，仿佛这是一连串愉快而偶然的巧合。吃完饭，他们会漫步在城市的一个小公园，或是林林总总的市场，那里无休止地上演着饱人眼福和耳福的活剧。八点钟，他们的步履常常会边向某个街角，她潇洒而坚决地向他道晚安，然后离去。"我住的地方离这儿不远，"她总是这么说，"余下的路，得让我一个人走。"

但现在，洛里森发现自己很想同她一起走完余下的路，不然幸福就会离去，把他撇在人生的一个孤独角落。与此同时，他被逐出上流社会的那层秘密，提醒了他，告诉他千万别这样。

男人是彻底的利己主义者，不可能又极端自负。他要是爱谁，被爱者必定知道。活着时，他尽可以使用权术和名誉来掩饰，但临死前，秘密会从嘴里崩出来，也顾不得会伤及邻居。然而众所周知，大多数男人不会等那么久才流露爱意。拿洛里森来说，他的道德观决不允许他公示情感，但他需要同这个对象调情，至少委婉地向她求爱。

这天晚上，他和伙伴照例在"卡宾枪饭馆"吃了饭，饭后沿着昏暗的老街，向河畔走去。

沙特尔街的尽头是古老的军队广场。街对面是古代市政厅，西班牙人曾在这里执法如山。大教堂俯瞰着沙特尔街，为本地的另一个鬼魂。市中心有一个小公园，用铁栏杆围着，里面是花圃和一尘不染的石子路，市民们在那儿呼吸夜晚的空气。一个将军的塑像，高踞于城市之上。他端坐于一匹奔马，朝下眺望，目光毫无表情地投向英国角，那里再也不会有英国人来轰击他的棉花包了。

两人常常坐在这个广场上。但今晚，洛里森领着她走过铺设着石阶的大门，一直朝河的方向走去。他一边走，一边暗自笑了起来，心想对她的全部了解——除了爱她——只不过是知道她的名字叫诺拉·格林韦，她和弟弟住在一起。洛里森和诺拉俩无所不谈，就是不谈自己。也许她的沉默是他少言寡语引起的。

最后，他们到了河堤上，在一根倒卧的大梁上坐了下来。空气因为生意场扬起的灰尘而刺鼻，大河泛着黄色奔流而过。河的对面是阿尔及尔，黑黑的一长条，衬着一团电流般振动着的烟雾，烟雾周围点缀着稀稀落落的星星。

姑娘年轻可爱，一种颇具亮色的忧郁，主宰着她的性格。她有着不加修饰的恬淡美，天生讨人喜欢。说话时，嗓音使话题相形见绌，而小小的话题却因为她的嗓音而大为增色。她很自在地坐着，富有女人味地轻轻触碰着裙子，十分安详，仿佛这肮脏的码头是一个夏日的公园。洛里森用手杖戳着腐烂的木头。

他开始说话，告诉她自己爱上了一个人，却又不敢启口。"那为什么？"她问。他借用第三人称这个稻草人，作了虚幻的陈述，而她欣然接受了。"我在世上的地位，"他回答，"决不能要求一个女人来分担。我被赶出了诚实人群，被冤枉犯了一种罪；而我相信，自己确实还犯了另一种罪。"

从这里，他开始讲述自己退出社会的故事。这个故事，如略去他的道德观，似乎不值一提。不过是一个赌徒的堕落史，丝毫没有新意。一天晚上，他赌输了，殃及碰巧带在身边的一笔款子，是他雇主的。他继续输钱，到最后一笔赌注才开始翻盘，歇手时赢了一大把。当晚，他雇主的保险箱被窃。经过一番搜查，在洛里森的房间里找到了那笔赢来的钱，数目与起诉被窃的钱相仿。他被带走并接受审讯，但由于证据不足而获释。意见分歧的陪审团，对他致以不怀好意的问候，但他从此留下了污点。

"我的心理负担，不在于冤枉的指控，"他对姑娘说，"而在于明白从把公司的第一块钱下作赌注起，我就是一个罪犯了——不管是输还是赢。你明白了，为什么我不能告诉姑娘我爱她。"

"那很让人伤心，"诺拉踌躇了一下说，"想起世界上竟还有那么好的人。"

"好人？"洛里森问。

"我刚才想着你说你爱的那个大好人，她一定也是个可怜的家伙。"

"我不明白。"

"差不多，"她往下说，"同你一样可怜。"

"你不明白，"洛里森说，脱下帽子，把浅色的细发撸到脑后。"设想她反过来也爱我，并且愿意嫁给我。你想想，接下来会发生什么。每打发一天日子，她都会想起所做的牺牲。我会在她的笑容中看到优越感，在她的爱慕中看到怜悯，这会让我发疯。不行。这件事会永远把我们隔开。门当户对才好成亲，我决不会求她下嫁给我。"

一道弧光隐隐照着洛里森的脸。他的内心也出现了亮光，映现在脸上。姑娘看到了苦行主义的狂喜表情，这是一张纯洁高尚，或是受人愚弄的脸。

"这位难以接近的天使，"她说，"很像星星，说实在高不可攀。"

"对我来说，是这样。"

她突然转向他。"我亲爱的朋友，你想要你的星星掉下来吗？"

洛里森使劲做了个手势。"你逼得我说实话了，"他说，"你并不赞同我的看法。不过我会这么回答你：要是能得到某颗星星，把它硬拉下来，我是不会干的。但要是它自己掉下来了，我会捡起来，同时感谢上天的恩赐。"

他们沉默了一会儿。诺拉颤抖了一下，将手深深插进外衣口袋。洛里森懊悔地叫了一声。

"我不冷，"她说。"我不过在思考。我应当把有些事告诉你。你选择了一个奇怪的知己。但你不能期望一个在可疑饭馆相识的人成为天使。"

"诺拉！"洛里森叫道。

"让我说下去。你同我谈了你自己，我们又那么要好。有些事，本来我是永远不想让你知道的，现在我得告诉你。我呀……比你还糟糕。我是个演员……唱合唱……我很坏，我呀……偷了女主角的钻石……他们逮捕了我……我交出了大多数钻石，他们放了我……我每夜都喝酒……喝得很多……我坏透了，不过——"

洛里森立刻在她身边跪了下来，握住她双手。

"亲爱的诺拉！"他说，高兴极了。"我爱的是你，就是你！你从来没有想到过，是吗？我指的一直是你。现在我可以说了。让我来使你忘记过去吧。我们彼此都受过苦，让我们脱离世俗，相依为命吧。诺拉，你听见我说我爱你吗？"

"即使我——"

"不如说，正因为你这样，我才爱你。你从过去中走出来了，高尚而又纯正。你有一颗天使的心，把这颗心给我吧。"

"刚才你还那么为自己的未来担心呢，连说都不敢说。"

"可那是为你着想，而不是为我。你能爱我吗？"

她一下子投进他怀里，拼命抽噎着。

"我爱你胜过自己的生命——胜过真理——胜过一切。"

"而我的过去，"洛里森不无担忧地说——"你能原谅而——"

"我告诉你爱你的时候，"她低声说，"就已经回答了你。"她转过脸去，若有所思地看着他。"要是我没有把自己的情况告诉你，你会不会——你会——"

"不会，"他打断她的话，"我决不会让你知道我爱你。我决不会向你这么提出来——诺拉，你愿意做我的妻子吗？"

她又哭了起来。

"啊，相信我吧，我现在变好了——再也不坏了！我会成为天底下最好的妻子。别再以为我坏了。要是你不这样，那我可别活了，还是死了好！"

他安慰她时，她面露笑容，急切而又冲动。"你愿意今天晚上娶我吗？"她问。"你愿意那么来证实吗？ 我有理由希望就在今天晚上。你愿意吗？"

这种极度的坦率，是以下两者之一造成的结果：胡搅蛮缠的厚脸皮，或是极度的天真。情人的视角只有一个。

"办得越快我越幸福，"洛里森说。

"该怎么办呢？"她问。"你还需要什么呢？ 说吧，你应该知道。"

她的活力激发了这位梦想者，使他投入了行动。

"先得有一本城市指南，"他高兴得叫了起来，"找到给幸福发证书的人的住处。我们一起去，把他挖出来。出租马车、汽车、警察、电话和牧师，都会帮我们的忙。"

"罗根牧师会为我们证婚，"姑娘热切地说。"我可以带你到他那儿去。"

一小时以后，两人来到了一条孤寂窄小的街道，站在一幢阴暗的砖砌大楼敞开着的门口，"证书"紧紧地攥在诺拉手里。

"你在这儿等一下，"她说，"我去把罗根牧师找来。"

她一头扎进了黑乎乎的过道，撇下她的情人兀自在外面站着，可以说，用的是一只脚。他并不觉得不耐烦。他好奇地盯着似乎通向阴曹地府的过道，一排灯光划破了过道尽头的黑暗，立刻让他放心了。随后他听见她叫了一声，并且像飞蛾一样向灯光扑去。她招呼他走过门厅，进了一间亮着灯光的房间。除了书籍，房间里几乎空无一物，书籍占据了所有空间。零零落落的小块地方，书上又堆着书。一个谢了顶上了年纪的人站在桌旁，目光极度孤傲镇静，手里拿着一本书，手指仍按着书页。他的衣服是素色的，属于教会的服饰。他富有洞察力的目光，露出遇见了熟人的表情。

"罗根牧师,"诺拉说,"就是他。"

"你们俩,"罗根牧师说,"想结婚?"

他们没有否认。他替他们证了婚。仪式很快结束了。谁要是目睹这一情景,并感受其规模的话,准会不寒而栗,因为比起这桩事情没完没了的严重后果来,这样的仪式实在太过简单了。

后来,牧师像背书一样从公民和法律的角度作了某些简要的补充,以便也许或者应该在日后使仪式更臻完美。洛里森要付费,却被婉言谢绝了。这对夫妇离去后门还没有关上,罗根牧师的书就啪地在手指按着的那一页打开了。

在黑暗的门厅里,诺拉转起圈来,紧偎伙伴,泪流满面。

"你永远,永远不会后悔吗?"

终于,她得到了保证。

他们走到街上灯光下时,按每晚的惯例,她问了一下时间。洛里森看了看表,时间是八点半。

洛里森以为她出于习惯,把两人的脚步引向平常分手的角落。但到了那里她犹豫了一下,随后,松开了他的胳膊。街角上有一家药店,明亮柔和的灯光照着他们。

"像平常一样,今晚就在这儿撇下我吧,"诺拉娇滴滴说。"我得——我宁可你这样。你不会反对吧? 明天晚上六点,我会在'安东尼奥饭店'同你见面,要和你再一次坐在那里。然后——我就跟你走。"她向他投去灿烂迷人的笑容,随即走掉了。

当然,这样的惊人之举,需要她使出浑身解数才能做到。洛里森开始头脑发晕,虽然这并不是对他脑力的怀疑。他双手插进口袋,茫茫然信步朝药店窗户走去,费力地琢磨起窗内成药的药名来。

他一回过神来便漫无目的地继续沿街走去,不经意过了两三个街区,不觉到了一条更加招摇的大街。平时他独自漫步,常来到这里。因为这儿开着一排排店铺，做着各类买卖，提供最多的品种供人选择——工艺精湛充满想象的手工艺品，来自不同地带的天然和人工的产品。

这儿，他在耀眼的橱窗前溜达了一会。窗内陈列着内地巧夺天工的珍品，映衬在密集的灯光下。路人很少，洛里森感到高兴。他不善交际，很久以来，接触自己的同胞，就像触碰坏了的齿轮，那齿轮所处的角度正确，却属于不同的轴心。洛里森已落入一条全新的轨道。厄运给他的打击，犹如某个精巧的玩具，譬如音乐陀螺，旋转时顶端被敲击了一下，结果，转速几乎没有减缓，音调却全变了。

他沿着平静的大街走去，内心不可思议地格外安宁，脑子却异常活跃，思忖着近来发生的事情。娶了朝思暮想的新娘，确信有一种幸福感，但也有些纳闷，自己怎么会缺乏激情。在做新娘的夜晚，她没有什么站得住脚的理由就把他撇下了，这种奇怪的举动，只不过使他隐隐然感到好奇。他再次陷入沉思，心里有一种殷切的宁静，想起了她轻松的职业的种种细节。很奇怪，他的视角似乎发生了变化。

他站在近街角的一个橱窗前，耳根响起了越演越烈的叫喊和骚动。他贴近橱窗，给喧闹的来源让出一条路来——一队人拐过角落，朝他方向过来。他看到了白晃晃银闪闪的中心人物，以及这人身上醒目的蓝色和闪光的铜饰，看到了跳动的黑色人影，喧嚷着紧随其后。

两个笨重的警察，夹着一个像是上了妆准备演出的女人，那女人穿着及膝的白色柔滑短裙，粉红色的长袜，和无袖紧身胸衣，衣上饰有盔甲似的闪光鳞片。在她浅色的头发上，栖息着一顶发亮的铁皮头盔，角度令人发笑。人们立刻明白，这身衣着是豪华芭蕾的发明者迫于竞争而想出的怪招。其中一个警察，胳膊上挂着一个长长的大氅，无疑原是想替他们耀眼的囚犯，遮挡赤裸裸的吸引力。但不知怎地，没有派上用场，倒使闹闹嚷嚷尾随队伍的人高兴不已。

突然，那女人使劲挣扎了一下，迫使队伍在洛里森站着的橱窗前停了下来。只见她很年轻，乍一看，他还上了当，因为她脸蛋儿看似漂亮，但仔细一瞧，却要差得多。她的目光大胆而鲁莽，脸上，青春的轮廓依然可见，但留下了夜生活——老年迹象的忠实传递者——的印记。

年轻女子向洛里森投来毫不收敛的目光，用一种含冤落难英雄的嗓子叫唤他：

"嗨，你看样子是个好人，来，把我保释出去，行吗？ 我没有犯什么罪够得上逮捕。完全是误会。瞧他们怎么待我！ 帮我脱身你是不会后悔的。想想看，要是你的姐妹，或者你的姑娘，在大街上那么给拖着！ 我说呀，快点来吧，行行好。"

尽管她的苦苦哀求并没有说服力，但也许洛里森脸上露出了同情，因为其中一个警察离开女人身边，朝他走来。

"没有关系，先生，"他说，声音嘶哑，口气却很知心，"逮她没有错。我们是在接到芝加哥警长的电话后，她在绿光剧院首次作案后逮捕她的。绿光剧院离警署只不过一两个街区。她的装束很糟糕，但她拒绝换掉，或者还不如，"警察笑了笑补充道，"再穿上一些衣服。我想该把事情向你解释清楚，免得以为是我们强加给她的。"

"犯了什么罪？"洛里森问。

"巨额偷窃，钻石。她的丈夫是芝加哥的一个珠宝商。她席卷了钻石橱窗，跟着一个滑稽剧团溜走了。"

这个警察一见整群看热闹的人把注意力都集中到了他和洛里森身上——因为他们的谈论可能引出新的纠葛来——便很乐意增加一点哲理性的评论，算作小小的余兴，来延长这样的局面，以显出他的重要来。

"像你这样的先生嘛，"他和气地接着说，"是决不会注意到的。不过我们的本行，就是观察这种结合——我指的是舞台、钻石和对幸福家庭都不满的轻浮女子的结合——会带来什么巨大的麻烦。告诉你吧，先生，自己的女人在干什么，男人白天黑夜都得知道。"

警察微笑着向他道了晚安，回到了在押人身边。他们交谈时，那女人密切注视着洛里森的面容，无疑是想看看，有没有打算救助的表情。此刻，她没有见到这样的表情，却看到了有动向要继续这丢脸的游街。于是她放弃了希望，直截了当地对他说：

"该死的白脸懦夫！你本来是想帮忙的，被那个警察一说，缩了回去。你这个公子哥儿，倒可以结亲。哎呀，要是你还能找到一个姑娘的话，她可快活了。她不让你够得上皇后的格调才怪呢！哎呀呀！"说完，她发出了尖利奚落的笑声，那笑声像锯子一样锯着洛里森的神经。警察们催着那女人往前走，一群随行者殿后，高兴得合不拢嘴。在押的悍妇接受了命运的安排，扩大了咒骂的范围，让听众们都不受冷落。

随后，洛里森的观点来了个一百八十度大转弯。也许是时机已经成熟，长久以来思想的反常状态，将回归正常。不过有一点可以肯定，几分钟之前的事，如果不是刺激了这样的改变，就是为此提供了途径。

警察接近了他，而且态度又很客气。比起这样的事来，起初的决定性影响显得微不足道了。警察同他打招呼的神态，让这个游荡的汉子恢复了原先的社会地位。霎那之间，他从一个徘徊于体面社会可疑的小街上，多少令人讨厌的家伙，变成了一个诚实的绅士。这样的人，连高傲的治安维护者，也要同他愉快地互致问候。

这先是驱走了迷住他的魔力，接着又激活了他的心愿：希望回归同类，希望善行得到报偿。他拷问自己，这种虚幻的自责，空洞的克制、道德的苛求，究竟为了什么目的？这一切已使他放弃人生的遗产，以及并非不该得的奖赏。严格说来，他并未被判罪，唯一的歉疚来自于思想，而不是行动，更不为别人所知。他这么鬼鬼祟祟，像刺猬那样在自己的影子面前退缩，踯躅于陈腐乃至缺乏活力的荒唐文化人生活圈子，在道德上或者感情上有什么好处呢？

　　但击中痛处并让他愤怒的，是在押的悍妇所扮演的角色。不到三小时之前，他同一个女人结了婚，而那人跟这个出奇的好斗者竟是一路货，至少在经历上很相似，据她自己供认，也远为堕落。在当时，这似乎很自然，她似乎值得拥有，而现在，却又显得多么可怕！　钻石小偷第二的话在他耳边作响："要是你还能找到一个姑娘的话，她可快活了。"那女人除了凭本能知道，他是她们可以蒙骗的对象，还能有别的什么意思呢？　而且警察那番睿智的话仍在回荡，增添了他的痛苦："自己的女人在干什么，男人白天黑夜都得知道。"呵，不错，他一直很傻，竟站在错误立场看问题了。

　　喧闹声中最嘈杂的音符，是痛苦之手嫉妒击打出来的。此刻，洛里森至少感到了尖利的刺痛——自己越来越热烈的爱，给了个不值得的人。不管她是干什么的，他都爱她。他把自身的命运装在心窝里。蓦地，他的窘境让他感到既烦恼又啼笑皆非。他嘻嘻笑着大摇大摆走去，街面上响起了回音。一种强烈的欲望攫住了他：要行动！　要与命运抗争！　他蹲下身来，得意地拍着手掌。他的妻子——在哪儿呢？　不过，具体的联系还在，还有一个可以通航的出口，他这条婚姻的弃船，也许还可以安全地拖出去。这个出口就是那位牧师！

　　像一切性格温顺充满想象力的人一样，洛里森要是惹急了，会非常暴躁。他怒火中烧，脚步折回刚才过来的交叉街道，匆匆地一路走到跟妻子分手的角落。对他来说，"妻子"是个苦涩的念头。凭着刺激起来的回忆，他记起了那场荒唐的婚姻后走过来的路，继续朝前走，经过一个不大熟悉的地区。他好多次走错了路，再摸索着返回原地，心中怒不可遏。

　　最后，他终于到了那幢给他带来灾难的黑色大楼，在这里他曾经疯到了极点。他找到了黑色的过道，一路冲过去，却不见灯光和响动，便拔直喉咙大声喊起来。他什么都不在乎了，一心只想找到那个搬弄是非的老家伙。当时那人两眼出神，根本看不到自己所造成的灾难。门开了，罗根牧师站在一排灯光下，手捧着书，手指按着读到的地方。

"呵！"洛里森叫道。"我正要找你。几小时之前，我从你这儿娶了个妻子。我并不想打搅你，但是我一时疏忽，没有注意是怎么回事。能不能请你告诉我，这件事是不是无法挽回了？"

"快进屋来，"牧师说。"楼里还有其他住户呢，就是你能满足好奇心，他们也宁可睡觉。"

洛里森进了房间，在牧师示意的椅子上坐了下来。牧师的目光殷勤中带着质询。

"我得再次道歉，"年轻人说，"那么快就要为自己不幸的婚姻来打搅你。但我妻子忘了给我留下地址，使我丧失了解决家庭纠纷的合法手段。"

"我是一个很普通的人，"罗根牧师愉快地说。"不知道怎样才能问个明白。"

"请原谅我那么绕弯子，"洛里森说。"我来问一个问题。就在这个房间里，今天夜里你宣布我成了丈夫。后来你又谈到，有些仪式或者活动，应该或者可以举行。当时我没有注意你说的话，可是现在，我急于听你再说一遍。从现实情况看，是不是我已经成婚，无法挽回了？"

"你们俩合法而紧密地结合了，"牧师说。"就像当着成千人在教堂里办的一样。我提到的附加仪式，从严格的法律行为来看，并没有什么必要，推荐给你们是为了防备将来——在涉及像遗嘱、遗产之类的偶发事件中，便于提供证据。"

洛里森发出了刺耳的笑声。

"多谢了，"他说。"那就对了，我该是幸福的新婚男子了。我想我得站在新娘角，我妻子上街卖淫的时候，会抬起头来看我。"

罗根牧师平静地打量着他。

"孩子，"他说，"一对男女上我这儿来结婚，我总是给他们证婚的。这样做是为了其他人，因为他们即使彼此不结合，也会跟别人结合的。你也明白，我并不想求得你的信任，不过对我来说，你的事似乎毫无兴趣可言。在我所经办的婚姻中，当事人很少有那么快就明确表示反悔的。我只想冒昧问一下：你是否觉得，结婚的时候你爱那个同你结合的女人？"

"爱她！"洛里森急切地说。"从来没有像现在这样爱过，尽管她告诉我骗过人，犯过罪，偷过东西。我从来没有像这会儿那么爱过，尽管她在讥笑上当的傻瓜，二话没说离开了他，回复到天知道什么愚蠢的老本行去了。"

罗根牧师没有回答。在随后的沉默中，他坐在那里，平静地期待着，面带微笑，两眼射出柔和的光。

"如果你愿意听的话——"洛里森开腔了。牧师举起手打断了他。

"像我所希望的那样，"他说。"我想你会信赖我。不过等一下。"他取来了一根土褐色的长烟杆，装好烟，点上火。

"请吧，孩子，"他说。

洛里森凑近罗根牧师的耳朵，把积了一年的心里话统统倒了出来。他什么都说了，没有姑息自己，也没有隐去他的过去，那晚的事件，或者他不安的推测和担忧。

"关键，"他讲完后牧师说，"我似乎觉得在于这点——你同这个女人结了婚，你确实肯定爱她吗？"

"为什么，"洛里森大声说，冲动地站了起来——"为什么我要否认呢？ 看看我吧——我是笨蛋，是色鬼，是禽兽吗？ 那才是关键，我可以向你担保。"

"我理解你，"牧师说着站了起来，放下烟杆。"你现在所处的情况，对年纪比你大得多的男人的忍耐力是一个考验，——说实在，尤其是年纪比你大得多的人。我会想法让你解脱，就在今天晚上。你得亲眼看一看，自己到底陷入了怎样的困境，怎样才可能摆脱。亲眼目睹胜过任何证据。"

罗根牧师在房间里走动起来，戴上一顶黑色软帽，把外套的钮扣一直扣到脖子，伸手按住了门把手。"我们走去吧，"他说。

两人来到街上。牧师朝街道望去，洛里森跟着他穿过一个肮脏的街区，那儿的房子高耸在他们头上，歪歪斜斜，一派凄凉景象。不久，他们转入了一条稍微有点活气的小街，那儿的房子要小些，尽管暗示很缺乏舒适，却也不见人口更为稠密的偏僻处那种浓缩的悲凉。

在一幢单独的两层楼房前面，罗根牧师停了下来，带着一个熟客的自信，登上了楼梯。他领着洛里森进了一条狭小的过道，过道上悬挂着一盏布满蛛网的灯，发出幽暗的光。右侧的一扇门，几乎立刻就开了，一个衣衫褴褛的爱尔兰女人探出头来。

"晚安，吉亨太太，"牧师说，似乎不经意地转换成了风味独特的爱尔兰土腔。"你呀，能告诉我吗，诺拉今天晚上是不是又出去了？"

"呵，是你呀，赐福的牧师！ 当然我照样可以告诉你。这美人儿出去了，跟往常一样，不过稍微迟了一点。而且她说，'吉亨妈妈，'她是这么说的，'这是我最后一个晚上出去了，今天晚上是去赞美圣人！'哎呀，尊敬的牧师，这回啊，她穿得像做梦一样可爱和漂亮！白色的绸呀，缎呀，丝带呀，脖子和胳膊上都挂了饰带——真是造孽呀，牧师大人，金钱就这么花掉了。"

牧师听见洛里森痛苦地吸了一口气，而他自己轮廓分明的嘴角，却隐约浮起了笑容。

"行呀，那么吉亨太太，"他说，"我就上楼，看一眼这个痛苦的孩子。我要带这位先生一起上去。"

"他醒着呢，瘦嶙嶙的，"这女人说。"刚才我还同他坐着，给他讲古老蒂龙郡那些有趣的故事，下来才一会儿。他这个小伙子呀，牧师大人，特别迷故事。"

"毫无疑问，"罗根牧师说，"我想，摇他也不见得让他这么睡得快。"

对他的回话，那女人尖声表示异议。这时，两个男人上了陡峭的楼梯，牧师推开靠楼顶房间的一扇门。

"是你已经回来了吗，姐姐？"黑暗中一个甜甜的童声带着拖腔问。

"是丹尼老牧师看你来啦，宝贝，还带了一位体面的先生拜访你呢。你倒是迟迟不肯睡，你的表现真丢脸！"

"呵，是丹尼牧师你吗？我很高兴。请你把灯点起来好吗？灯在门边的桌上。别像吉亨妈妈那么说话，丹尼牧师。"

牧师点起灯，洛里森看到了一个很小的男孩，剃了个雪橇头，长着一张瘦削稚嫩的面孔，坐在角落的小床上。同时，洛里森的目光很快扫视了一下房间和陈设。房间布置得极为舒适，四周的装饰分明显出一个女人高明的鉴赏力。另一头的一扇门开着，露出隔壁房内的一片漆黑。

孩子紧紧抓住罗根牧师双手。"很高兴你来了，"他说，"可是为什么夜里来呢？是姐姐派你来的吗？"

"去你的！到了我这样年纪，就像巴利马洪的特伦斯·麦克沙恩一样，还要人派吗？我是为尽职来的。"

洛里森也到了孩子床边，他喜欢孩子。这样一个小不点儿，独个儿躺在黑洞洞的房间里睡觉，不觉打动了他的心。

"你怕吗，小伙子？"他问，在孩子旁边弯下身子。

"有时怕，"孩子回答，羞涩地微微一笑，"就是老鼠太闹的时候。不过，差不多每天晚上，只要姐姐出门，吉亨妈妈就来陪我一会儿，给我讲有趣的故事。我不是老怕的，先生。"

"这位勇敢的小先生，"罗根牧师说，"是我这儿的学问家。每天从6点半到8点半他姐姐来接之前，他留在我书房，一块儿探究书里的东西。他知道乘法、除法、分数，还拿爱尔兰大历史学家的编年史来考我，就是克朗麦克诺斯的西兰、科勒拉克·麦克兰农和丘恩·奥洛凯恩这些人。"孩子显然已习惯于牧师凯尔特式的打趣。牧师所暗示的学究气，他并不在意，只不过微微咧嘴一笑，表示欣赏。

对洛里森来说，那些可能拯救自己的关键问题，紧紧萦绕在脑际，并没有得到回答，但他一个也无法问孩子。这小家伙很像诺拉，一样闪亮的头发，一样直率的眼睛。

"呵，丹尼牧师，"孩子突然叫道，"我忘了告诉你了！ 从今后，姐姐晚上再也不走开了！ 她离开时吻我，祝我晚安时对我说的。她说很幸福，然后哭了起来。那不奇怪吗？ 不过我很高兴，你呢？"

"是呀，小伙子。好了，傻瓜！ 快睡，说声晚安，我们得走了。"

"哪一件先做呢，丹尼牧师？"

"他又难住我了，千真万确！ 等我把英格兰人写进塔格鲁奇的编年史再说，就是那个圣徒传记撰写者的编年史。我要教他好多爱尔兰谚语，让他更受尊敬。"

灯灭了。黑暗的房间里，传来了细微而勇敢的道晚安声。他们摸索着下了楼，甩开了喋喋不休的吉亨妈妈。

牧师再次领着他穿过幽暗的路，不过这次是朝反方向走。引路者安详沉静，洛里森学着他的样，很少说话。但他无法安详，心在胸腔里跳动，近乎窒息。他这么跟随着，走在这条又危险又走不通的小路上，不知道路的尽头会暴露出什么丢脸的东西。

他们来到一条更为耀眼的街道，可以推测，这里白天的生意很兴隆。牧师再次停了下来，这回是在一幢高楼前，底层的大门和窗户都小心地关着和闩着。高处的窗孔也是黑黑的，只有三楼的窗子里灯火通明。洛里森听见远远传来一阵叩击声，很有规律，也很动听，仿佛上面响着的是音乐。他们站在大楼的一个角上。在离得最近的地方，架着一座铁铸楼梯。楼梯顶端是一个直立的平行四边形，灯点得很亮。罗根牧师停下脚步，凝神站着。

　　"我不多说了，"他思索着说道。"我相信你比你自己想的要好，比我几小时之前想的要好。但不要以为，"他微笑着补充说，"我是在夸奖你。我曾答应你，可能从不愉快的困惑中解脱出来。我得修正一下我的允诺。我只能消除强化困惑的秘密，至于解脱，那还得靠你自己。来吧！"

　　他领着这位同伴上了楼梯。走了一半，洛里森一把抓住他的袖子。"记着，"他喘息着说，"我爱那个女人。"

　　"你急于想知道。"

　　"我——往前走吧。"

　　牧师到了楼梯顶端的平台上。洛里森走在后面，看到亮着的房间有一扇门，那发光的四边形原来是门上半部的玻璃。他们近门时，节奏很强的音乐更响了，圆润的声音震动着楼梯。

　　洛里森踏上最高一级楼梯，停步喘息起来。牧师站在一旁，示意他往玻璃门内瞧瞧。

　　他的目光已习惯于暗处，一时间他直觉得眼花缭乱，过了一会才看清很多人的脸和身影，周围是花团锦簇的衣物，奢华地展示着——浪涛般的花边呀，鲜艳华丽的服饰呀，缎带呀，丝织物呀，梦幻般的纺织物呀。这时他才明白刺耳的嗡嗡声是怎么回事，也看到了自己妻子疲惫、苍白、幸福的脸。她像其余二十多人一样，身子俯在缝纫机上——缝呀，缝呀。这就是她干的傻事，也是他追寻的目标。

　　那时他尽管感到懊悔，却并没有解脱。他羞愧的灵魂，在消停下来，被另一个更好的灵魂替代之前再次颤动了。缎子的闪耀，饰品的微光，让他想起那个珠光宝气、令人不安的泼妇；脚灯的闪光和失窃的钻石，照亮了一样卑劣的历史。这一切都很使他扫兴。他的智慧不足以使自己解脱，他只是准备赞扬或是谴责男人。但这一回他的爱战胜了疑虑。他快步走向前，伸手去抓门把手。但罗根牧师动作更快，抓住他的手，把他拖了回来。

"你利用了我对你的信任，很值得怀疑，"牧师严厉地说。"你打算干啥？"

"我要到妻子那儿去，"洛里森说。"让我过去。"

"听着，"牧师说，紧紧抓住他胳膊。"我为你提供了这些情况，可是你没有证明你值得我这么做。我想你本来就不打算这样。这，我就不说了。你看到了，在那个房间里，你娶的那个女人在做工，为了给自己挣得一份简朴的生活，给她所宠爱的弟弟提供舒适的享受。这幢楼属于城里头号制衣商。几个月来，这里已经日夜开工，赶着完成狂欢节的服装订单。我亲自为诺拉找到了这份工作。每天晚上，她在这儿苦干，从 9 点一直忙到天亮。另外，她还把比较精致，离不开细活的服装带回家，白天再干些时候。不知什么缘故，很奇怪你们俩对各自的生活都一无所知。现在你相信了吗，你的妻子并不是一个妓女？"

"让我到妻子那儿去，"洛里森叫道，又一次挣扎着，"请求她原谅。"

"先生，"牧师说，"你还欠我什么吗？　别说话。上天似乎往往让最好的礼物落在那些学会怎么拿的人手里。听我说下去。你忘了，悔罪者只能企求赎罪，而决不能和最纯粹、最好的人混为一谈。你接近她，用的是编织巧妙的诡辩：双方都有罪，彼此就可以心安理得。她生怕失去心里渴望的东西，便不得不搬出十足的美丽谎言，认为付出这样的代价是值得的。从她出生的那天起，我就认识她了。无论在生活上，还是行为上，她都像圣人那样纯洁和清白。她居住的那条贫贱街道上，她是第一个看见早晨阳光的。她一直在那里住着，过着日子，为他人作出慷慨的牺牲。啊呀呀，你这个无赖！"罗根牧师往下说，愠怒地指着洛里森。"我有些纳闷，她为你这样的人甘做傻事，说谎话使自己美丽的灵魂蒙羞，究竟图的是什么？"

"先生，"洛里森颤抖着说，"随你怎么说我都行。尽管你必定怀疑我，我还是一定要证实我对你的感激，对她的忠诚。可是现在，让我同她说句话，让我跪在她脚边，还有——"

"啧！啧！"牧师说。"你想想，像我这样的老书虫能目睹多少幕爱情戏？ 此外，我们深更半夜偷看女子衣帽的秘密，像什么样子？ 按你妻子的吩咐，明天同她去见面吧，从今往后，听她的话。也许某一天我会得到宽恕，宽恕我今晚扮演的角色。现在，走吧，下楼去！ 时候不早了，像我这样的老头也该歇息了。"

变化无常的人生

　　治安法官贝纳加·维达普坐在办公室门内，吸着接骨木柄烟斗。坎伯兰峰峦的半腰，笼罩在下午的雾霭中，呈现出一片蓝灰色。一只芦花母鸡大摇大摆沿"社区"的大街走来，傻乎乎地咯咯叫着。

　　路的一头传来车轴的吱咯声，随后是慢慢扬起的一阵灰土，灰土之后是一辆牛车，上面坐着兰西·比尔布罗和他妻子。车子在治安法官的门边停了下来，两人爬下车子。兰西瘦长个子，身高六英尺，棕灰色皮肤，黄黄的头发。大山的阴冷之气，盔甲似的裹着他。那女的穿着花布衣服，弯着腰，不施粉黛，对那些莫明的欲望感到厌烦，隐约表示出对虚度年华的抗议。

　　治安法官为了维持尊严，把脚伸进鞋子，动了动身子，让他们进来。

　　"我们俩，"那女的说，声音像是风吹过松枝，"要离婚。"她打量了一下兰西，看看他对自己的陈述有没有注意到什么破绽，或是含糊、或是回避、或是偏见、或是故意闹别扭的地方。

　　"离婚，"兰西严肃地点了点头，重复了一遍。"这日子，我们俩没法一块儿过。住在这样的山沟里，就是夫妻恩爱，也是够冷清的。更何况她发起威来像呼呼的野猫，生起闷气来像关在小屋里的猫头鹰。这样的人，男人不要跟她过日子。"

　　"他可是个没用的家伙，"女的说，并不很激烈，"跟那些无赖和走私的酒贩鬼混，要不就躺倒，喝他的玉米威士忌，还弄了一大群烦人的饿狗来喂养。"

　　"她老是当着我摔锅盖，"兰西针锋相对，"把开水浇在坎伯兰最好的浣熊狗上，还不给男人做饭，说他这也不好，那也不行，嘀嘀咕咕，弄得他夜里没法儿睡。"

"他老是抗税，在山里落了个浪荡子的坏名声，夜里谁还睡得着？"

治安法官特意起身来履行职责，给了申诉人自己仅有的一把椅子和一条木凳子。他打开法规书，放在桌子上，扫视起索引来。马上又擦了擦眼镜，挪动了一下墨水台。

"法律和法规，"他说，"没有规定本法庭对离婚的管辖权，但是，根据公平原则，根据宪法和为人的准则，正反都适用的才是好规则。治安法官既然能让一对人结婚，自然也必定能让他们离婚。本院可以签发一个离婚判决令，并遵循高等法院决议让其生效。"

兰西·比尔布罗从裤子口袋里取出一个小烟袋来。从烟袋里往桌上抖出了一张五块钱。"卖掉一张熊皮，两只狐狸换来的，"他说。"我们就只有这么点钱。"

"本院办一次离婚的通常价格，"法官说，"是五块钱。"他装出一副不动声色的样子，把钱塞进土布背心口袋里。他费了好大劲，用了一番心思，在半张普通印刷纸上写下了法令，再把它抄到另外半张纸上。兰西·比尔布罗和妻子听他宣读了这个给他们以自由的文件：

> 本文件昭示，兰西·比尔布罗和其妻艾利埃拉·比尔布罗，今日特来本官面前承诺，从即日起，无论处境好歹已不再相敬、相爱、相尊。承诺者身心健康，并根据州治安法规接受离婚法令，决不食言，愿上帝保佑。
>
> 田纳西州皮特蒙县治安法官贝纳加·维达普

法官刚要把一份文件交给兰西，就被艾利埃拉的话打断了。两个男人都看着她。男子的迟钝遭遇了女人的突袭。

"法官，先别给他判决书，问题还没有完全解决呢。我得先要我的权利。我要赡养费。男人离掉了老婆不给一分钱，这可不行。我得上赫格贝克山埃德兄弟那儿，总还得要一双鞋，零零碎碎的小东西什么的。兰西既然离得起婚，也该让他付赡养费。"

兰西·比尔布罗像是当头挨了一棒，茫茫然哑口无言。事先她并没有暗示要赡养费。女人常常能提出令人吃惊和出其不意的问题。

贝纳加·维达普觉得，这个问题需要司法依据，但法律没有提赡养费。不过这女人赤着脚，而上赫格贝克山的路很陡，又全是石头路。

"艾利埃拉·比尔布罗，"他打着官腔问道，"在本案中，你认为需要多少赡养费才好？"

"我想，"她回答，"要一双鞋，还有别的，就说五块吧。作为赡养费，也不算多，不过我估计能让我赶到埃德兄弟那儿了。"

"这个数目，"法官说，"也还算合理。兰西·比尔布罗，本庭在签发离婚证书之前，责令你付给起诉人五块钱。"

"我没有钱了，"兰西一时喘不过气来。"我把所有的钱都付给你了。"

"不然，"法官说，从眼镜的上端射出严厉的目光，"你就是藐视法庭。"

"我想你就宽限我到明天吧，"丈夫恳求着，"也许我还能把钱凑起来，我压根儿没有想到要付赡养费。"

"本案延期到明天审理，"贝纳加·维达普说，"你们都出庭，听候宣判。之后颁发离婚判决书。"他在门边坐下，开始解起鞋带来。

"我们还是到齐亚叔叔那儿去过夜吧，"兰西做出了决定。他从一边爬上车；艾利埃拉从另一边爬上车。牛绳啪哒一响，小公牛便乖乖地慢吞吞转了个向，车子爬也似地走了，车轮扬起了一团尘雾。

治安法官贝纳加·维达普吸着接骨木柄烟斗。临近傍晚，他拿了周报看起来，直至天色昏暗，字迹模糊才停下来。随后他点着了桌上的脂油蜡烛，继续看报，一直到月亮升起，等着吃晚饭。他住在一幢双层木屋里，木屋坐落在靠近杨树林带的斜坡上。他回家去吃晚饭，经过月桂树丛中一条幽暗的小溪。一个黑色的人影蹿出月桂树林，把一支长枪对准了他胸膛。这人的帽子压得很低，还用什么东西遮住了大半个脸。

"拿钱来，"这人影说，"别说话。我很紧张，手指在扳机上直发抖。"

"我只有五块钱，"治安法官说，从背心口袋里掏出钱来。

"把钱卷起来，"他命令道，"塞到枪管里。"

这张纸币又新又挺括。尽管手指既笨拙又发抖，要把钱卷成一个圆筒，并从枪口塞进去（干这个时不那么镇定）却并不那么费事。

"现在，我想你可以走了，"强盗说。

治安法官不敢迟疑，拔腿就走。

第二天，一条小红公牛拖着车来到门口。治安法官贝纳加·维达普知道有人来访，没有脱下鞋子。当着法官的面，兰西·比尔布罗把五块钱交给了妻子。这位官员紧盯着这张钞票。这钱似乎卷起来塞进过枪筒。但治安法官耐着性子没有开口。说实在，别的纸币也可能卷起来的。他交给他们一人一张离婚判决书。两人尴尬地站着，没有说话，把这张自由的保证书慢慢地卷了起来。那女的腼腆而拘束地看了兰西一眼。

"你大概会回木屋，"她说，"坐着你的牛车。架子上的洋铁盒里有面包。我把熏咸肉放进了烧锅，免得让狗吃了。今晚别忘了给钟上发条。"

"你要上你兄弟埃德那儿吗?"兰西问道，口气有点漠然。

"我今晚得上那儿。我不是说，他们会不怕麻烦欢迎我，可是我没有别的地方可去。路远着呢，我这就走了。我要同你说再见了，兰西——当然，要你也愿意说才是。"

"我就像别人的猎狗一样，"兰西带着受屈者的口气说，"不会不说再见的——除非你急着要走，不要我说。"

艾利埃拉没有吱声。她小心地把那张五块钱和判决书折起来，塞进胸衣。贝纳加·维达普带着凄厉的目光，眼睁睁地看着这钱消失在别人的怀里。

他想着要说的话（他的思绪飘忽），让他要么与一大群世间的同情者为伍，要么加入一小撮大金融家行列。

"今晚你待在老木屋里会觉得冷清的，兰西，"她说。

兰西·比尔布罗往外凝视着阳光下蔚蓝的坎伯兰山，没有去看艾利埃拉。

"我知道会冷清的，"他说，"可是人家疯了，硬要闹离婚，你怎么能留得住呢？"

"有人是要离婚，"艾利埃拉对着木凳子说。"另外，也没有人叫人留下。"

"没有人叫人不留下。"

"也没有人叫人留下呀。我想还是现在就上路，到埃德兄弟那儿去好。"

"没有谁能给那个老钟上发条。"

"要我跟你一起坐了牛车回去，替你上发条吗，兰西？"

这山区人外表上不动声色。但他伸出一双大手，将艾利埃拉棕黄色瘦小的手一把抓住。她的心灵透过没有表情的脸往外窥视，露出一副神圣的面孔。

"那些狗不会再找你麻烦了，"兰西说。"我想我是没有出息。你去给钟上发条吧，艾利埃拉。"

"在木屋里，兰西，我的心跟你的想到了一块儿，"她耳语着。"我不发脾气了。我们现在就走吧，兰西，太阳下山的时候准能到家。"

他们忘了治安法官，朝门口走去时，法官干预了。

"我以田纳西州的名义，"他说，"不允许你们违抗法律和法规。本法庭十分乐意看到，两颗爱心之间前嫌冰释，但维持本州的道德和诚实是本法庭的责任。本庭提醒你们，根据法令，你们已经离婚，不再是夫妻。为此，无权享受结发夫妻的权益。"

艾利埃拉抓住兰西的胳膊。这难道是说，他们刚接受了生活的教训，她就得失去他吗？

"不过，本庭准备着，"法官继续说，"扫除离婚判决书造成的障碍。本庭可以到场举办庄严的结婚仪式，把事情办妥，使双方当事人能继续保持向往的崇高的婚姻状态。举办仪式的费用，就本案而言，为五块钱。"

从他的话里，艾利埃拉看到了希望的光芒。她的手立即伸进怀里。那张钞票像自由飞翔的鸽子一样，扑喇喇落到了法官的桌子上。她跟兰西手拉手站着，听着重新让他们结合的话，灰黄的脸上泛起了红晕。

兰西扶着她进了牛车，然后爬进去坐在她旁边。小红公牛再次掉过头来，他们紧握着彼此的手，朝山区出发了。

治安法官贝纳加·维达普坐在门边，脱掉了鞋子。再次摸了一下塞进西装口袋的钞票，再次吸起接骨木柄烟斗来，那只芦花母鸡再次大摇大摆沿"社区"的大街走来，傻乎乎地咯咯叫着。

菜单上的春天

3月的某一天。

你要是写故事，千万别这样开头。这种开头是最糟糕的，没有想象力，没有生气，枯燥乏味，还很可能全是废话。但我们这么开头却未尝不可。因为原来打算用作开头的下面这段话太夸饰，太离谱，不应该那么冷不丁塞给读者。

萨拉正对着一份菜单哭泣。

想象一下，一个纽约姑娘竟对着菜单哭哭啼啼!

要作出解释，你尽可以猜想，龙虾供应完了；或者她发过誓大斋节不吃冰淇淋；或者她已经叫了洋葱；或者她刚看完哈克特剧场的午场演出。但这些推测都不对，那就听我把故事讲下去吧。

一位绅士说，世界是一个蚝，可以用刀扒开。大家对说这话的人未免过奖了。用刀把蚝扒开并不难。可是你有没有看到过有谁用打字机扒开了人生的贝壳?　你愿意耐心等待，看看一打生蚝就这么扒开吗?

萨拉用她笨拙的工具把贝壳撬开了一点，正好尝到了里面一丁点冰冷的蛤蜊世界的滋味。她的速记能力，不会比商学院速记学科初次从业的毕业生高明，结果进不了杰出办公人才的群体。她成了自由打字员，同时还揽些抄写的零活。

萨拉在人世间搏击，取得的最辉煌业绩是同苏伦伯格家乡饭店达成的交易。她住在老红砖房的过道房间，饭店就在那房子的隔壁。一天晚上，她在苏伦伯格吃了四十美分五道菜的定价客饭（服务的速度，跟你在那位黑人头上扔五个棒球差不多）。萨拉带走了菜单。菜单上的字潦草得几乎难以辨认，既不是英文，也不是德文。而且前后次序颠倒，一不小心，你这顿饭准会以牙签和米饭布丁开始，以汤和星期的日子结束。

第二天，萨拉向苏伦伯格出示了一张整洁的菜单，是用打字机打的，字体很漂亮，所有菜肴都各就各位，十分诱人，从"冷盘"到"大衣和伞责任自负"，一概不缺。

苏伦伯格当场就服了，萨拉还没有走，便心甘情愿地和她达成了协议。萨拉得打好店内二十一桌菜单——每天的晚餐都是新菜单，中餐和早餐则随食品的变动和整洁需要而改变。

作为回报，苏伦伯格每天供应萨拉三顿饭，由侍者——尽可能低三下四的侍者——送到她的过道房间，同时每天下午给她提供用铅笔书写的菜单，也就是命运为苏伦伯格的顾客们准备的第二天的食品。

双方都对这一协议感到满意。苏伦伯格饭店的主顾们，尽管有时不知道吃的是什么，但现在都叫得出名堂来了。而萨拉呢，寒冷乏味的冬天已有食品果腹，对她来说，这是最要紧的。

然后，日历谎报春天来了。春天不是说来就来的。1 月里结冻的雪依然堆积在穿越小镇的街道上，像金刚石一般坚硬。手摇风琴以 12 月份的欢快和生动，仍奏着"昔日欢乐的夏天"。男人们提前三十天提醒自己要购买复活节衣装。门房关掉了暖气。从这些事儿可以知道，城市依然在冬天的掌控之中。

一天下午，萨拉在她高雅的过道卧房里瑟瑟发抖。墙上的条子写着："供应暖气，绝对干净，设施便利，请予爱护。"除了打苏伦伯格的菜单，萨拉无所事事。她坐在吱咯作响的柳条摇椅上，朝窗外望去。墙上的日历不停地叫唤："春天来了，萨拉——告诉你，春天来了。瞧瞧我，萨拉，我的数字写得明白。你的身材很匀称，萨拉——漂亮的春天身材——干吗那么伤心地看着窗外呢？"

萨拉的卧室在房子的后部，朝窗外望去，可以看到邻街盒子工厂的后砖墙，墙上没有窗子，但墙壁晶莹明净。萨拉俯视着长草的巷子，这里覆盖着樱桃树和榆树的树阴，周边是树莓和金樱子。

春的气息十分细微，耳朵听不到，眼睛看不见，必得有藏红花绽开，山茱萸星星点点，蓝鸟放声歌唱——甚至需要更明确的提醒，如萧飒的怀抱迎来"绿色夫人"之前，告别冬季食品荞麦和牡蛎。但是，最新的新娘给古老地球上最优秀的物种直接带来了好消息，告诉他们只要不自轻自贱，就不会受到冷遇。

上一个夏季，萨拉到了乡下，爱上了一个农民。（写小说时千万别用倒叙手法。那是一种拙劣的技巧，使读者索然无味。还是让故事不断往前发展吧。）

在森纳布鲁克农场，萨拉待了两周，爱上了老农弗兰克林的儿子沃尔特。农民们被人爱上，然后结婚，然后很快被逐出。但小沃尔特是个现代农民。他在牛栏里装了电话，还能准确算出明年加拿大的小麦收成会对月色晦暗时下种的土豆产生什么影响。

就在这条树阴遮蔽、长着树莓的小巷里，沃尔特向她求爱，并得到了同意。他们坐在一起，给她的头发编织一顶蒲公英皇冠。黄色的花朵衬着褐色的头发，他对那效果赞不绝口。她留下花冠，走回自己的房子，手里摇晃着一个稻草人。

他们准备春天结婚——春意初露就结，这是沃尔特说的。萨拉则返回城里打字。

敲门声驱散了萨拉对大喜日子的想象。侍者送来了家乡饭店次日菜单的粗略铅笔稿，是苏伦伯格用带角的老式字体写的。

萨拉在打字机前坐下，往滚筒里塞进一张卡片。她的手很灵巧，二十一桌的菜单，一般一个半小时就可以打好。

今天，菜单的变化比往常要大。汤的分量轻了。猪肉已经从主菜中剔除，只能混迹于烧烤的俄国萝卜之中。整个菜单弥漫着亲切的春天气息。近来，在冒出新绿的山边跳跃的羊羔，也被充分利用，加上佐料，以纪念其活跃的姿态。牡蛎之歌虽未停息，但爱的音符已经减弱。煎锅已不常用，因为烤炉更受欢迎。馅饼的需求量增大，更油腻的布丁消失了。香肠已被包裹起来，乐观地说，还能跟荞麦和无望的甜槭树汁共存。

萨拉的手指弹跳着，像夏天在溪中跳舞的小矮人。她一道道菜打下来，目光作出准确判断，按每道菜长短空出位置。

甜食之前是蔬菜单子。胡萝卜和青豆、芦笋配烤面包、常年不断的番茄和玉米、青玉米粒煮利马豆和白菜，以及——

萨拉对着菜单哭泣。因为极度的伤感，眼泪从内心深处涌出，积聚在眼睛里。她朝着小小的打字机低下头去，键盘嗒嗒响着，成了泪眼饮泣的枯燥伴奏。

她已经两个星期没有收到沃尔特的信了，而菜单上的下一道菜是蒲公英——蒲公英烧什么蛋——讨厌的蛋！——蒲公英，沃尔特曾用它金黄色的花朵做成皇冠，戴在他心爱的女皇和未来的新娘头上——蒲公英，春天的使者，她心底的最痛——让她想起了自己最幸福的日子。

女士呀，若是你去经受这样的试验，我看你笑不出来：把珀西在你的定情夜带给你的黄玫瑰，当着你面做成色拉，外加法国调料，在苏伦伯格饭店上桌。朱丽叶一见到自己爱情的象征物被玷污，就会立即寻找高明的药剂师，要一帖遗忘药。

但是，春天真是一个女巫！有一个信息必须送进铁铸石造的寒冷大城市。可是无人递送，只有田野里这个耐寒的小信使。他身穿粗劣的绿色外套，态度谦和。他是命运的真正卫士，这个蒲公英——法国厨师称他为狮子的牙齿。开花时，可以做成花圈，戴在女人栗黄色的头发上，有助于谈情说爱；含苞欲放，尚未长成时，可以进入沸腾的水壶，为至高无上的女主人传话。

渐渐地，萨拉强忍住了眼泪。卡片总得打好。但是，她仍沉浸在蒲公英梦里，眼前是朦胧的金黄色闪光，一时间，手指无心敲击着键盘，心脑随青年农民来到青草萋萋的小巷。不过，她很快返回到曼哈顿裹着石头的巷子。打字机嗒嗒响着，跳着，活像驱散游行队伍的摩托车。

6 点钟，侍者送来晚饭，拿走了打好的菜单。吃饭时她叹了口气，把那盘蒲公英连同调料推到一边。这堆黑黑的东西，由鲜艳的定情花朵，变成了不光彩的蔬菜，她夏天所怀的希望也随之幻灭。莎士比亚说得好，爱情能从自身得到滋养。可是萨拉无法让自己吃蒲公英，因为它曾作为饰品，使她爱情的第一道精神盛宴大添光彩。

7 点半，隔壁房间的夫妇开始吵架；楼上吹笛的男人寻找着 A 调；煤气供应不足；三辆煤车开始卸煤——留声机跟这声音难以相容。屋后栅栏上的猫们慢慢地朝沈阳①撤退。这些迹象让她知道，是读书的时候了。她取出《修道院和壁炉》，那本该月最佳非卖书，把脚搁在箱子上，开始和书中的主人公杰勒德闲荡起来。

前门的门铃响了。女房东去开门。萨拉撇下杰勒德和丹尼斯被熊驱赶上树的细节，倾听着。呵，不错，要是你，也会像她这么做的！

随后，楼下大厅里传来了一个响亮有力的声音。萨拉跳起来朝门边扑去，书本掉到了地板上，那第一回合，熊轻而易举地战胜了。

你猜对了。她刚走到楼梯顶部，她的那位农民已经上来了，一跳就是三个台阶，早把她收割并储存好，什么也没有留给拣稻穗的人。

"你为什么不写信呢——啊，为什么？"萨拉叫道。

"纽约这个城市那么大，"沃尔特·弗兰克林说。"一周之前，我去了你原来的住处，发现你星期四就搬走了。那倒给了我一点安慰，因为排除了星期五，那个不走运的日子。但尽管这样，你还是让我和警察，或者我一个人，找到现在！"

"我写过信！"萨拉激烈抗辩。

"从来没有收到过！"

"那你怎么找到我的？"

---

①这篇小说写于日俄战争期间，沈阳近当时的战场，作者信手拈来，有揶揄之意。

青年农民绽开了春日的笑容。

"今天晚上，我碰巧进了隔壁的家乡饭店，"他说。"我不在乎这家店的名声大小。一年的这个时候，我想吃些蔬菜。我的眼睛扫过打得很漂亮的菜单，在上面寻找着什么。我看到了甘蓝菜下面这一行，兴奋得把凳子都打翻了，叫喊着要见老板。他告诉我你住在什么地方。"

"我还记得，"萨拉叹了口气，愉快地说。"甘蓝菜下面是蒲公英。"

"我知道，你打字机上的大写'W'真古怪，无论在哪儿，都要高出同一行字一大截，"弗兰克林说。

"啊呀，蒲公英这个字里，可没有'W'这个字母①，"萨拉惊奇地说。

年轻人从衣袋里掏出一张菜单，指着其中的一行。

萨拉认出来这是那天下午打的第一张卡片。右上角她掉落眼泪的地方，还有一个放射状污渍。可是，在本该读到草地植物名字的地方，因为心里尽想着那金黄色的花朵，手指居然不可思议地触到其他键上去了。

于是，在红甘蓝和青椒塞肉之间出现了这样一道菜：

"最最亲爱的沃尔特烧水煮蛋。"

---

① 蒲公英的英文为"dandelion"，内中确无"w"这一字母。

无赖骗子小说

催眠术高手杰夫·彼德斯

杰夫·彼德斯挣钱的路子，就像南卡罗来纳州查尔斯顿地方做饭的方式那样，多得不计其数。

我最爱听他说早年的生活，在街角兜售药膏和咳嗽药，日子过得紧巴巴，始终以诚待人，拿最后一分钱跟命运打赌。

"我轰动了阿肯索的费希尔·希尔城，"他说，"一身鹿皮装，穿着软帮鞋，披一头长发，戴着三十克拉的钻石，是从德克萨肯纳的一个演员那儿，用我的小刀换来的，不知道那把小刀后来派了什么用处。

"我是沃胡医生，一个印度名医。当时，我什么也没有带，只有一件最好的赌注，起死回生药，药料是一种能救命的草本植物，被塔夸拉偶然发现的。塔夸拉是乔克托国酋长的妻子，长得很漂亮。当时，她正在采集野菜，装饰狗肉盘子，为一年一度陈腐的舞会做准备。

"前面一个镇上生意不好，只赚了五块钱。我到了费希尔·希尔城的药商那里，赊来了半箩八盎司瓶子和瓶塞，旅行包里还有标签和原料，是前一个镇子留下的。我进了旅馆房间，自来水龙头哗哗流出水来，桌上排列着成打起死回生药，生活又充满了希望。

"假货？ 不，先生。那半箩起死回生药里，有价值两块的奎宁汁和十块的苯胺。几年以后，我走过各城镇，还是有人要那些东西呢。

"那天晚上，我雇了一辆马车，开始在大街上抛售起死回生药。费希尔·希尔城地势低，流行疟疾。一种既治疗假想的肺心病，又抗坏血病的综合补剂，正是我诊断的人群所需要的。一开始，起死回生药就像素席上的烤杂碎那么受欢迎。我卖了二十多瓶，每瓶五毛钱。这时有人拉了拉我的衣角。我明白那意思，便爬下车来，把一张五块的钞票偷偷塞进一个人手里，这人的衣领上有一颗德国银星。

"'警官，'我说，'晚上天气真好。'

"'有城市执照吗？'他问，'你非法出售骗人的香油，花言巧语把它说成药品。'

"'我没有，'我说。'我不知道你们还有个城市。如果我明天能找到，只要需要，我会开出一张执照来的。'

"'等你开出来了，我才准你卖，'警官说。

"我歇手不卖了，回到旅馆，同房东谈起了这件事。

"'在费希尔·希尔城，你可站不住脚了，'他说。'霍斯金斯医生是城里唯一的医生，又是市长的内弟，他们不允许江湖医生在城里行医。'

"'我不行医，'我说，'我有一张州发的小贩执照。需要的话，我随时可开出城市执照来。'

"第二天早晨，我赶到市长办公室，他们告诉我他还没有来，也不知道什么时候会来。沃胡医生便又返回旅馆，耸起肩坐在椅子上，点上一支曼陀罗雪茄，干等着。

"过不了多久，一个系蓝色领带的青年坐到了我旁边的椅子上，并问我几点钟了。

"'10点半，'我说，'你是安迪·塔克吧。我见过你干活的样子。在南方各州搞爱神大套卖的不是你吗？ 让我想想，一个智利钻石订婚戒指，一个婚戒，一个土豆粉碎器，一瓶镇痛膏，一瓶多萝茜酒——统统合在一起，只卖五毛钱。'

"见我还记得他，安迪很高兴。他是个出色的街头小贩。不仅如此，他还很珍惜自己的职业，满足于百分之三百的利润。很多人请他去干非法的药品买卖和花园种子生意，他都不受诱惑，一条路走到底。

"我需要一个搭档，安迪和我约定联手去干。我同他谈了费希尔·希尔城的情况，告诉他由于地方上政治和泻药相混，经济很不景气。那天早晨，安迪刚从火车上下来，手头也很紧。他想去游说市镇，拿出些钱来，采用公众捐赠的办法，在尤里卡温泉建造一艘军舰。于是我们到了外面，坐在走廊上商议了一番。

"第二天早上 11 点，我正独自坐着，一位汤姆叔叔拖着脚步，踢踢踏踏进了旅馆，请医生去给班克斯法官治病。那位法官好像就是市长，病得很重。

"'我不懂医术，'我说。'你为什么不去请医生呢？'

"'老板，'他说。'霍斯金斯医生到乡下出诊去了，离这儿二十英里。城里只有他一个医生，而班克斯先生病得很厉害。他让我来请你去，先生。'

"'将心比心，'我说，'我这就过去给他看看。'于是我把一瓶起死回生药放进口袋，爬上山坡，到了市长大厦。那是城里最好的房子，折线形屋顶，草地上蹲着两条铁铸的狗。

"除了胡子和脚，这位班克斯市长都埋在床里了。他的肚子咕咕直响，那响声真会把所有旧金山人吓得逃往公园。一个年轻人站在床边，端着一杯水。

"'医生，'市长说，'我病得很厉害，快要死了。难道你不能救救我吗？'

"'市长先生，'我说，'我不是个正宗的医生，从来没有上过医学院，'我说。'我是作为一个同胞过来，看看能不能帮上点忙。'

"'我很感激，'他说。'沃胡医生，这是我的侄子，比德尔先生。他已经想法减轻我的痛苦，但没有见效。哎呀，上帝呀！ 哎哟！ 哎哟！ 哎哟！'他呻吟着。

"我朝比德尔先生点了点头，在床边坐下，搭了一下市长的脉搏。'让我看一下你的肝脏——我的意思是舌头，'我说。随后我翻开他的眼睑，仔细瞧了瞧眼珠。

"'你病了多久了？'我问。

"'我是——唉哟哟——昨天夜里得病的，'市长说。'开点药治治吧，医生，行吗？'

"'菲德尔先生，'我说，'把窗帘拉高一点，行吗？'

"'是比德尔，'年轻人说。'你想吃点火腿和鸡蛋吗，詹姆斯叔叔？'

"'市长先生，'我把耳朵贴在他的右肩上，听了听说，'你的右锁骨肌腱重度发炎了！'

"'我的天哪！'他呻吟着说。'你不能擦点什么东西上去，或者想点其他办法治一治吗？'

"我拿起帽子，朝门口走去。

"'你走了，医生？'市长吼叫着。'你不会就这么走掉，让我死于这个——什么锁骨肌腱炎吧？'

"'共同的人性，瓦哈医生，'比德尔先生说，'决不会让你不顾死活抛弃同类。'

"'是沃胡医生，看你说话那么吃力，'我说。然后我回到床边，把长发往后一甩。

"'市长先生，'我说，'你只有一个希望了。药品对你已经没有用处。尽管药品已经够有效了，但还有一种东西更有效。'我说。

"'什么东西？'他问。

"'科学论证，'我说。'精神战胜菝葜①。相信你没有病痛，病痛不过是人不舒服时的感觉。宣告你自己已经落伍了吧，现在开始演示。'

"'你说的随身物品是什么意思，医生？'市长说。'你不是社会主义者吧？'

"'我说的是，'我说，'通过精神的方法来集资的伟大学说——说的是一个启蒙学派，采用远距离潜意识手段，来医治虚妄症和脑膜

---

① 菝葜(sarsaparilla)，叙述者胡编乱造，故意用冷僻的词汇来骗人。市长听错了，把它说成 paraphernalia (随身物品)。

炎——说的是一种称为催眠术的奇妙室内运动。'

"'你在行吗，医生？'市长问。

"'我是犹太教公会和内部布道坛的成员，'我说。'我一施催眠术，瘸子就能走路，瞎子就能重见光明。我是个巫师，花腔催眠师和精神掌控者。在安阿伯最近举行的一次降神会上，通过我，醋酸公司已故董事长才重返人间，同他的妹妹简对话。你看到我在街上把药卖给穷人，'我说，'我不给他们施催眠术。我不勉强行事，'我说，'因为他们没有钱。'

"'我的病你治吗？'市长问。

"'听着，'我说。'我无论到哪里，医学学会总跟我过不去。我并不行医。不过，为了救你的命，要是你作为市长同意不追究执照问题，我可以给你做心理治疗。'

"'我当然同意，'他说。'现在就动手吧，医生，疼痛又发作了。'

"'诊疗费是二百五十块，保证两次见效，'我说。

"'好吧，'市长说。'我付。我的命这点钱总值吧。'

"我在他床边坐下，目光直视他的眼睛。

"'现在，'我说，'别去想你的病。你没有病。你没有心，没有锁骨，没有奇怪的骨头，没有脑袋，什么也没有。你不觉得痛。说吧，你有罪过。现在，你觉得疼痛消失了，那疼痛本来就没有，是不是？'

"'确实感觉好一点了，医生，'市长说，'妈的，确实是这样。你再撒几个谎吧，说我的左腰没有肿胀。这样我就可以让人搀扶起来，吃些香肠和荞麦糕了。'

"我挥了几下手。

"'现在，'我说，'炎症消失了。右边发炎最严重的地方消肿了。你想睡了，你眼睛都睁不开了。你的病现在已经得到控制。现在，你睡着了。'

"市长慢慢地闭上了眼睛，开始打起呼噜来。

"'你看到了吧，梯德尔先生，'我说，'现代科学的奇迹。'

"'是比德尔，'他说。'你什么时候再给叔叔治疗呢，普普医生？'

"'是沃胡，'我说。'我明天11点再来。他醒来后，你给他吃八滴松节油，三磅牛排。再见。'

"第二天早上，我按时返回。'嗨，里德尔先生，'他打开卧室门时我说，'今天早上你叔叔怎么样了？'

"'他好像好多了，'年轻人说。

"市长的气色和脉搏都不错。我又给他做了治疗，他说，终于一点都不痛了。

"'好吧，'我说，'你最好再躺一两天，那就全好了。幸亏我恰好在费希尔·希尔城，市长先生，'我说，'正规医疗学派尽管有多多少少方子，可是都救不了你。而现在，既然你的罪过已消失在九霄云外，你的疼痛原来是子虚乌有，那就让我们提一提更愉快的话题吧——说一下二百五十块的费用。请不要付支票。在支票背部签名，对我来说，跟在正面签名一样讨厌。'

"'我这儿有现金，'市长说，从枕头下拉出一个钱包来。

"他数出了五张五十块钱的钞票，拿在手里。

"'拿收据来，'他对比德尔说。

"我在收据上签了字后，市长把钱交给了我。我小心地把钱放进里面的口袋。

"'现在执行你的任务吧，警官，'市长说，咧开嘴笑起来，完全不像一个生病的人。

"比德尔先生的手搭在我的胳膊上。

"'你被捕了，沃胡医生，别名彼德斯，'他说'根据州的法律，你属于非法行医。'

"'你是谁?'我问。

"'我来告诉你他是谁,'市长说,从床上坐起来。'他是州医学学会雇用的侦探。他已经跟踪你五个国家了。昨天,他上我这儿,我们便设下这个圈套来逮你。我想你再也不会在这一带给人治病了吧,骗子先生。你说我得了什么病啦,医生?'市长大笑,'综合征——嗯,我想无论如何不会是头脑软弱吧。'

"'一个侦探,'我说。

"'不错,'比德尔说。'我得把你交给治安官了。'

"'看你怎么下手吧,'我说着抓住了比德尔的脖子,差一点把他扔到窗外去。但是他拔出枪来,顶住我下巴,我便站着不动了。随后他给我上了手铐,从我口袋里把钱取走了。

"'我作证,'他说,'那是你和我原来做了记号的钞票,班克斯法官。到了治安官的办公室,我会交给他的,他会给你一个收据。这些钱会用作这个案子的物证。'

"'行啊,比德尔先生,'市长说。'还有,沃胡医生,'他继续说,'你干吗不显一显身手? 为什么不能用你的催眠术魔法把手铐卸掉?'

"'走吧,警官,'我说,神气十足。'我还是用到最该用的地方去吧。'随后我转向老班克斯,把手铐弄得叮当响。

"'市长先生,'我说,'你相信催眠术是成功的招数那一天,很快就会到来。而且,你可以肯定,在这个病例中也是成功的。'

"而我想也是成功的。

"我们差不多走到大门口时,我说:'现在,我们可能会碰上什么人,安迪。你还是把手铐拿掉吧,而且——'嗨呀,怎么回事? 当然,他是安迪·塔克。这是他的计谋。那就是我们如何搞到资金,一块儿做生意的经过。"

艺术良心

"我的搭档安迪·塔克，我可永远无法规范他的哄骗行为，让他光行骗，不违法，"一天，杰夫·彼德斯对我说。

"安迪太富有想象力，所以不诚实。他总是想出各种花招来搞钱，全是欺诈手段，金额又很大，连铁路回扣细则上也规定不允许。

"我呢，从来不随便拿别人的钱，除非我可以给点什么——包金首饰呀，花籽呀，腰痛药水呀，证券呀，炉子擦洗剂呀，要不砸破脑袋给人看，来换取人家的钱。我猜想自己的祖先一定是新英格兰人，而且我继承了他们的某些品质，对警察始终怀有畏惧之心。

"但是安迪的家谱却不同。我想他的血统恐怕只能追溯到一个公司。

"一年夏天，我们从中西部沿俄亥俄山谷下来，一路活动，带着家庭照相册、头痛粉、灭蟑螂药之类的东西，安迪提出了一种可能引起诉讼的大诈骗。

"'杰夫，'他说，'我一直在想，应该放弃那些一块钱的小骗术，关注一下赚头大、获利厚的大买卖。要是继续那么快得手，尽弄些乡巴佬拿鸡蛋换来的小钱，人家会把我们归入没本事的小骗子。为什么不钻进摩天大楼的要害，咬住某头大驯鹿的胸部呢?'

"'哎呀，'我说，'你知道我的脾气。我喜欢光明正大合法的生意，就像我们现在做的。我拿了钱，总是给人家手里留下点看得到的东西，也好转移他们的视线，不来注意我的骗术，即使不过是一只能把香水喷到朋友眼睛里的滑稽戒指。但要是你有什么新点子，安迪，'我说，'拿出来一起瞧瞧。我倒不是热衷于小打小闹，有好办法也不同时采用的。'

"'我想，'安迪说，'去打一下猎，不带猎狗，不喧不闹，目标

是一大群美国富豪，一般人说的匹兹堡百万富翁。'

　　"'在纽约？'我问。

　　"'不，先生，'安迪说，'在匹兹堡。那是他们的居住地，他们不喜欢纽约，偶尔上那里是因为有事情。'

　　"'一个匹兹堡百万富翁到了纽约，就像一个苍蝇掉进了一杯热咖啡里——很受人注意和议论，但他自己并不喜欢。纽约讥笑他们把那么多钱挥霍在那个城市，那里全是些偷偷摸摸、刻薄无情的势利小人。事实上，他在那儿时不花什么钱。我看到过一个身价一千五百万的匹兹堡人，十天游邦克姆镇的费用备忘录。根据他的记载：

```
往返火车票 ······························ 21 块
往返旅馆出租车费 ···················· 2 块
旅馆住宿费（5 块一天）············ 50 块
小账 ···································· 5 750 块
合计 ···································· 5 823 块
```

　　"'这就是纽约的声音，'安迪继续说。'这个城不过像是个旅馆领班。你给的小费太多，他就会走过去，站在门口，当着衣帽服务生取笑你。匹兹堡人要花钱和享受，总待在家里，我们正要去那里把他们逮住。'

　　"行了，长话短说，我和安迪把我们的颜料、解热镇痛药和相册藏在一个朋友的地窖里，然后乘火车到了匹兹堡。怎么行骗，如何动手，安迪都心中无数。不过，他总是信心十足，那种不循规蹈矩的天性，到时候总能让他想出法子来。

　　"我始终认为，要维护自我，坚持操守。作为对这一想法的让步，安迪答应，要是我积极参与相关的冒险小生意，我们一起策划的那种，他会给受害者某种实实在在的东西，摸得着，看得见，尝得到，闻得着，来换取对方的钱。这样，我在良心上也会好受些。之后，我感觉好多了，更愉快地参与了肮脏的把戏。

"'安迪，'我说。这时我们在一条叫做史密斯费尔德的街上溜达，沿着煤渣路，穿过扬起的尘雾。'你想过没有，我们怎么跟这些焦炭大王和生铁吝啬鬼打交道呢？我不是自贬身价，或者诋毁客厅礼数，攻击使用吃橄榄的叉子和吃馅饼的刀子，'我说，'但是，这些吸细支雪茄的人规矩很多，你要走进他们的客厅，不是比想象中难得多吗？'

"'要是有什么障碍的话，'安迪说，'倒在于我们自己，我们缺乏教养和文化素质。匹兹堡的百万富翁，是很好的一批人，朴实、真诚、不摆架子、十分民主。

"'他们的举止粗俗不文明，表面上高声大气，不加修饰，骨子里都很粗鲁无礼。他们几乎每个人都是在默默无闻中一举成名的，'安迪说，'而且还会这么默默无闻地生活下去，直到这个城市开始清除烟雾。只要我们举动朴实自然，不远离沙龙，不断吵吵嚷嚷，譬如叫着要给进口的铁轨上税，我们可以毫不费力地在社交场合碰上一些人。'

"于是，安迪和我在城里游荡了三四天，摸清楚方向。我们看到了几个百万富翁。

"其中的一位，过去常把车停在我们的旅馆前面，叫人拿来一夸脱香槟。侍者打开盖子，他拿了瓶子，放到嘴边就喝。由此可见，他发财之前是个玻璃吹制工。

"一天晚上，安迪没有来旅馆吃晚饭。大约 11 点钟，他进了我房间。

"'找到一个了，杰夫，'他说。'身价一千二百万。经营石油、轧钢厂、房地产和天然气。他是个好人，没有架子。最近五年才发的财。如今他找来了一些教授，帮他提高素质——艺术、文学、男子的服饰和诸如此类的东西。

"'我见他的时候，他刚跟一个钢铁公司的人打赌，说今天阿勒格尼轧钢厂会有四个人自杀。结果他赢了，赚了一万块。在场的人纷纷走上前去，让他请客喝酒。他开始喜欢我，邀请我同他一起吃晚饭。我们去了钻石巷一家饭店，坐在高凳上，饮着冒泡的摩泽尔白葡萄酒，喝了海鲜杂烩汤，吃了苹果馅炸面团。

"'然后他要我去自由街，看看他的单身公寓。房间在一个鱼市场上头，一共十间。在另一层上，还特地设了洗澡间。他说，装修公寓花了他一万八千块。这，我相信。

"'在一个房间里，他有着价值四万块的画；另一个房间里，是价值二万块的古玩。他的名字叫斯卡德，今年 45 岁，在学钢琴。每天有一万五千桶油从他的油井中冒出来。'

"'不错，'我说，'初次出马就满意而归。可是啊呀呀！艺术垃圾对我们有什么用？还有石油，有什么用呢？'

"'那个人嘛，'安迪说，沉思着坐到了床上，'不是你平常说的一般废物。他让我看那个艺术古玩室的时候，满脸生光，就像焦炭炉的炉门。他说，要是做成某笔大生意，他会让约·皮·摩根收集的血汗工厂挂毯，缅因州奥古斯塔的珠饰品，统统看上去像幻灯片上鸵鸟胃囊中的食物。

"'接着他给我看了一个小小的雕刻，'安迪继续说，'谁都看得出来，那是个无价之宝。他说，好像是有二千年历史的东西。那是一朵荷花，花中是一个女人的脸，由一整块象牙雕刻而成。

"'斯卡德查了一下目录，描述了一下。大约在公元前，埃及一个名叫卡夫拉的雕刻家，为国王拉美西斯二世创作了两个。另一个已无处查找。古董店和古玩迷们找遍整个欧洲，却不见此货。斯卡德花了二千块钱，弄到了手里的那个。'

"'呵，行呀，'我说，'对我来说，像潺潺溪流那么动听。我想我们上这儿是教百万富翁做生意，而不是向他们学艺术，是不是？'

"'耐心点，'安迪和气地说。'也许我们很快能看到希望。'

"第二天早上，安迪一直在外面活动。临近中午，我才见到他。他进了旅馆，叫我到他隔着客厅的房间里去。他从口袋里掏出一个鹅蛋大小的包裹，把它打开。这是个象牙雕刻，在我看来，跟他描绘百万富翁的那个一模一样。

"'一会儿工夫之前，我进了一家旧货店和当铺，'安迪说，'看见这东西埋在一大堆短剑和杂物下面。当铺老板说，他拿到这东西已经几年了，想来是以前住在河下游的一些阿拉伯人，或者土耳其人，或者某些外国笨蛋典当的。

"'我说愿意出两块钱买下。我一定是看上去急于要买，因为他说，要是谈不成三百三十五块的价格，那等于是抢去他孩子嘴里的面包。最后，我二十五块成交。

"'杰夫，'安迪往下说，'这和斯卡德的雕刻完全是一对，跟他的一模一样。他会很爽气地付二千块，就像把餐巾塞到下巴底下一样快。而且干嘛不是那个老吉普赛人雕刻出来的另一个真货？'

"'说实在，为什么不呢？'我说。'我们怎么迫使他自愿来购买呢？'

"安迪早已胸有成竹。让我告诉你我们是怎样实施计划的。

"我搞来了一副蓝眼镜，穿上我的黑礼服大衣，弄乱了头发，成了皮克曼教授。我到了另一家旅馆，登了记，发了一个电报给斯卡德，让他立刻来看我，洽谈重要的艺术品生意。不到一小时，电梯就把他卸到了我这儿。他是一个轮廓不清的人，声音洪亮，身上散发着康涅狄格雪茄和石脑油的味儿。

"'嗨，教授！'他大声说。'你好吗？'

"我把头发弄得更乱些，透过蓝色的镜片瞪了他一眼。

"'先生，'我说。'你是科尼利厄斯·特·斯卡德？宾夕法尼亚的匹兹堡人？'

　　"'我就是，'他说。'出来喝一杯吧。'

　　"'对这类有伤身体的娱乐，'我说，'我既没有时间奉陪，也没有欲望享受。我从纽约赶来，'我说，'为的是一桩生意——艺术品生意。

　　"'听说，你有一件埃及拉美西斯二世时代的象牙雕刻，那是荷花中的伊西斯皇后的头像。这样的雕刻只有两件，一件已经失踪多年；另一件，我最近在一家当铺——维也纳的一家不起眼的博物馆——发现，并买了下来。我想购买你的，说个价吧。'

　　"'嘿，那可不行，教授！'斯卡德说。'你找到了另外一个？　把我的卖掉？　不。我想科尼利厄斯·斯卡德不需要出卖他想收藏的东西。你带了雕刻品了吗，教授？'

　　"我把它给斯卡德看。他仔仔细细检查了一遍。

　　"'就是那件藏品，'他说。'跟我的完全一样，每根线条，每根曲线都像。把我的打算告诉你吧，'他说。'我不卖，我要买。我出价二千五百块，买你的。'

　　"'你不卖，我来卖，'我说。'请给大票子。我这人不爱唠叨。今天晚上，我就得回纽约，明天在水族馆作讲座。'

　　"斯卡德送来一张支票，旅馆给兑成了现金。他带了古董走了，我根据事先的安排，急忙赶回安迪的旅馆。

　　"安迪正在房间里走来走去，看着手表。

　　"'怎么样？'他问。

　　"'二千五百块，'我说。'现金。'

　　"'我们只有十一分钟了，'安迪说，'去赶巴尔的摩到俄亥俄的西行火车。快拿好行李。'

　　"'干嘛那么急？'我说。'这是一桩公平的买卖。即使那是原件的复制品，他也要过些时候才能发现。他似乎很肯定，那是件真货。'

　　"'确实是真货，'安迪说。'是他自己的东西。昨天，我在看他

的古玩时，他走开了一会儿，我便把那东西放进了口袋。行了，拿起你的手提箱，快点好不好？'

　　"'既然这样，'我说，'那你为什么要编造故事，说是在当铺找到了另外一个呢？'

　　"'啊，'安迪说，'出于对你的良心的尊重。走吧。'"

将功赎罪

在监狱制鞋工场，吉米·瓦伦丁正卖力地缝制着鞋帮，一个狱警走了进来，把他带到了前厅办公室。典狱长交给他一张赦免证，那天早上由州长签字的。吉米懒洋洋地接过证书。四年的徒刑，他已经在牢里挨过了近十个月。他本以为最多只待三个月。像吉米·瓦伦丁那样外面有很多朋友的人，在牢里受到款待，是没有必要把头剃掉的。

"喂，瓦伦丁，"典狱长说，"今天早上你可以出去了。振作起来，像个男子汉。你心地并不坏。别去砸保险箱了，堂堂正正过日子。"

"我？"吉米吃惊地说。"哎呀，我这辈子从来没有砸过保险箱。"

"嘎，没有，"典狱长笑着说。"当然没有。让我们来瞧瞧。你怎么会因为斯普林菲尔德的勾当而坐牢呢？难道是因为你怕连累一个上流社会的人，而不愿证明自己不在犯罪现场？要不，干脆在这个案子中卑鄙的老陪审团跟你过不去？像你这样清白的牺牲品，原因非此即彼。"

"我？"吉米说，仍是茫茫然一副无辜的样子。"哎呀，典狱长，我这辈子可从来没有去过斯普林菲尔德！"

"把他带回去，克罗宁，"典狱长微笑着说，"让他穿上外出的衣服。早晨7点放他出来，让他到大囚室。还是考虑一下我的忠告吧，瓦伦丁。"

第二天早上7点1刻，吉米站在典狱长办公室外间。他穿着一套现成的衣服，跟他的恶相很般配，一双硬邦邦吱吱作响的鞋，那是州政府提供给撵走的不速之客的。

办事员交给他一张火车票和一张五块钱的钞票，内中寄托着法律的希望，期待他重新做人，发家致富。典狱长给了他一根雪茄，同他握手告别。瓦伦丁，9762 号，在簿册上登记为"受州长赦免"。詹姆斯·瓦伦丁走出监狱，步入阳光之中。

吉米对花香鸟语，绿树摇曳，都无动于衷，却直奔饭馆。在那儿，他尝到了获得自由后的第一份愉悦，那是一只烤鸡，一瓶白葡萄酒——过后是一支雪茄，比典狱长给他的那支要高一个级别。从那里，他一路闲荡到了车站，把二十五分币扔进坐在门口的盲人的帽子里，登上了火车。三小时后，他到了一个靠近州铁路线的小镇。他走进迈克·多兰咖啡馆，同只身在吧台后面的迈克握了手。

"对不起，我们没能办得更快些，吉米，好兄弟，"迈克说。"但是我们得对付来自斯普林菲尔德的抗议，州长差一点退缩了。感觉好吗？"

"好，"吉米说。"我的钥匙在吗？"

他拿好钥匙，上了楼，打开后房门。一切跟他离开的时候一样。本·普赖斯的领扣仍留在地板上，那是吉米被压在身子底下遭逮捕时，从著名侦探衬衫衣领上撕下来的。

吉米从墙上拉出一张折叠床，把墙板推到一边，拖出一个布满灰尘的手提箱。他打开箱子，深情地凝视着东部最好的一套盗窃工具。一个整套，由经过特殊冶炼的钢制成。最新式的钻头、冲头、手摇曲柄钻、撬棍、钳子、螺旋钻一应俱全，以及两三件吉米自己发明，并且很得意的新花样。他花了九百多块钱，在一个专为这一行打造的地方，定制了这些工具。

半小时后，吉米下楼走出咖啡馆。此时，他已穿上了有品位、很合身的衣服，手里提着抹去了灰尘，干干净净的手提箱。

"有目标了吗？"迈克·多兰和颜悦色地说。

"我？"吉米说，口气里透出了迷惑。"我不明白。我是纽约点心饼干和麦片联合公司的代表。"

他这么一说，迈克非常开心，弄得吉米只好当场喝了矿泉水和牛奶，因为他从来不碰"硬"饮料。

9762 号瓦伦丁获释后一周，印第安纳州的里士满发生了一起保险箱撬窃案，罪犯干得很利索，线索一点也没有。损失的钱不多，才八百块。那以后两周，在洛根斯伯特，一个持有专利、经过改进的防盗保险箱，像切奶酪一样被打开了，窃去了总计一千五百块现金，证券和银货丝毫未动。这一案子，让捉拿恶棍的人来了劲头。接着，杰斐逊市的一个老式银行保险箱被引爆，从爆炸口里喷出了多达五千块钱。损失之大足以让本·普赖斯他们卷入此案的侦破。经过比对，办案人员注意到了作案方式的相似性。本·普赖斯调查了现场，发表了这样的看法：

"那是花花公子吉姆·瓦伦丁亲手干的。他又重操旧业了。瞧那个组合球形把手——拔出来不费吹灰之力，就像雨天拔萝卜一样。只有他有干这活的钳子。再瞧瞧，那些锁栓子，掏出来时多干脆！ 吉米向来只要钻一个洞就行了。是的，我要找瓦伦丁先生。下回得让他坐牢，不减刑，不干宽大为怀的傻事。"

本·普赖斯熟悉吉米的习惯，是在办斯普林菲尔德案子时了解到的。他跳得远，逃得快，没有帮凶，喜欢结交上流社会——这些手段使他成功地逃避了惩罚，这是人所皆知的。消息传出，本·普赖斯已经侦查到了这狡猾的保险箱窃贼的踪迹。拥有防盗保险箱的其余事主，觉得安心了不少。

一天下午，吉米·瓦伦丁和他的手提箱爬出了埃尔摩邮车。埃尔摩是个小镇，离铁路五英里，在阿肯色乡间，那里长满了马利兰橡树。吉米看上去像个年轻体健的高年级生，从大学回家来，顺着木板人行道朝旅馆走去。

一个年轻女子穿过街道，走过他身旁，进了一扇门，门上挂着"埃尔摩银行"的牌子。吉米·瓦伦丁深深地看了她一眼，便忘了自己的身份，成了另外一个人。那女子低下头，脸上泛起了红晕。在埃尔摩，难得看到像吉米这身打扮，这样容貌的年轻人。

一个男孩在银行的台阶上闲逛，吉米拽住了他的衣领，仿佛他是一个持股人，开始向他打听镇上的情况，间或给他点小钱。过了一会儿，年轻女子走了出来，一副贵族派头，意识到了这个拿手提箱的年轻人，却顾自走她的路。

"那个年轻女子是波利·辛普森小姐吗？"吉米假惺惺地问。

"不，"男孩说。"她是安娜贝尔·亚当斯。那家银行是她爸开的。你到埃尔摩来干什么呀？ 那是条金表链吗？ 我要去找一条叭喇狗，还有分币吗？"

吉米进了种植园主旅馆，登记为拉尔夫·德·斯潘塞，订了个房间。他倚在桌边，对旅馆职员宣告了自己的计划。他说，来埃尔摩是想找个地方做生意。镇里的鞋子生意现在怎么样？ 他想要做鞋子生意，有机会吗？

那职员对吉米的衣着和风度印象很深。埃尔摩青年不大讲究穿着，他算得上引领时装的潮流。但此刻他自叹不如了。他一边想着吉米打活结领带的方式，一边热情地提供情况。

是的，鞋业应该会有很好的机会。这地方没有一家鞋子专卖店。纺织品和百货行业很发达。各行各业都不错。希望斯潘塞先生在埃尔摩落脚。他会发现住在镇上很愉快，这儿的人爱交际。

斯潘塞先生想，他会在镇上逗留几天，看看情况。不了，职员不必叫唤仆役了，他自己拿手提箱就是，箱子可不轻。

拉尔夫·斯潘塞先生，从吉米·瓦伦丁灰烬中化出的凤凰——突如其来的爱情火焰所留下的灰烬——留在了埃尔摩，并且发迹了。他开了一家鞋店，生意做得很红火。

在社交方面，他也很成功，结交了不少朋友，还了却了心愿，跟安娜贝尔·亚当斯小姐见了面，并越来越被她的魅力迷住了。

到了年底，拉尔夫·斯潘塞的境况如下：他赢得了社区的尊敬；他的鞋店生意兴隆；他和安娜贝尔已经订婚，两周后成亲。亚当斯先生是

151

个典型的乡村银行老板，很乏味，却认可了斯潘塞。安娜贝尔既为他感到骄傲，又对他怀着深情，两者不相上下。他在亚当斯先生的家里，和在安娜贝尔已婚的姐姐家里一样自在，仿佛他已经是家庭的成员了。

一天，吉米坐在房间里写信，寄给圣·路易斯一个老朋友，地址很安全。

亲爱的老友：

　　我要你在下星期三晚上 9 点，赶到小石城沙利文家，帮我了却一桩小事。同时，我要把自己的一套工具送给你。我知道你很乐意接受——你就是花一千块也买不到同样的东西。呵，比利，我已经退出江湖——那是一年前的事了。我开了一家生意不错的商店，老老实实过着日子。两周后，我要同世上最好的姑娘结婚。这是我唯一能过的日子——过得清清白白。即使给我一百万，我也不会再去碰人家的一块钱了。结婚后，我会卖掉家当，到西部去，那里不会有太多危险，翻我的老账。告诉你吧，比利，她是个天使，很信任我。欺诈的勾当，我是无论如何不会再干了。你务必要到沙利文家，因为我一定要见你。我会随身带着工具。

　　　　　　　　　　　　　　　　　　你的老友：吉米

吉米写了这封信后的星期一夜里，本·普赖斯租了一辆马车，一路颠簸，人不知鬼不觉地进了埃尔摩。他在镇上闲逛，不露声色，直至发现了想要知道的事。从斯潘塞鞋店对面的药店，他把拉尔夫·德·斯潘塞看个清清楚楚。

"要跟银行老板的女儿结婚了，是吗，吉米？"本小声地自言自语说。"嗯，我还不知道呢！"

第二天早晨，吉米在亚当斯家吃了早饭。那天，他要去小石城订他的婚礼服，还要为安娜贝尔买些好东西。来埃尔摩后，这还是他第一次离开城镇。上次干了那个拿手绝活以后，至今一年多了，他想可以冒险外出，而且很安全。

早饭后，一大家子人一起去了城里——有亚当斯先生、安娜贝尔、吉米、安娜贝尔的已婚姐姐，以及她的两个女儿，一个五岁，一个九岁。他们路过吉米依然住着的旅馆。吉米上了自己房间，取了手提箱。随后，他们继续往前，朝银行走去。马和马车，以及车把式多尔夫·吉布森已在那儿等候，要把他送往火车站。

大家都到了高高的橡木雕刻栏杆里面，走进了银行工作室——包括吉米在内，亚当斯先生未来的女婿到处都受欢迎。这位要娶安娜贝尔小姐，英俊和气的年轻人，同职员们打着招呼，职员们很是高兴。吉米放下手提箱。安娜贝尔心里洋溢着幸福和青春的朝气。她替吉米戴上帽子，伸手去提箱子。"我像不像一个出色的旅行推销员？"安娜贝尔说。"妈呀！ 拉尔夫，这多重呀！ 像是装满了金砖。"

"里面有好多涂镍的鞋楦，"吉米沉着地说，"我要还给人家。我想随身带着，省掉快运费。我可能太节俭了点。"

埃尔摩银行最近才装了一个保险箱和金库。亚当斯先生很得意，坚持大家都得去看一看。金库虽小，新装的门却很特别。门上有三个坚固的钢门闩，同时固定在一个门把手上。此外，还有一把定时锁。亚当斯先生笑容满面，向斯潘塞先生解释着运作过程。斯潘塞先生显得谦恭有礼，却并不太上心。两个孩子，梅和阿加莎，见了闪亮的金属，以及有趣的钟和把手，都很开心。

他们这么忙着的时候，本·普赖斯闲荡着走了进来，肘子倚在柜台上，随意往栏杆里瞧着。他告诉出纳，没有什么事，只不过等一个熟人。

突然，女人们发出了一两声尖叫，接着是一阵骚动。原来，在大人们不注意的时候，9岁的姑娘梅，觉得好玩，把阿加莎关进了金库。随后，她学亚当斯先生的样，推上门栓，转动了把手的暗码。

老银行家扑向把守，使劲拉了一会儿。"门打不开了，"他抱怨说。"定时钟和暗码都还没调好。"

阿加莎的母亲再次歇斯底里叫了起来。

"嘘！"亚当斯先生举起颤抖的手说。"大家静一静。阿加莎！"他用足力气大声叫着。"听我说。"接着是一阵沉寂，孩子在黑暗的金库中恐惧地尖叫着，大家只能隐约听见她的叫声。

"我的宝贝蛋呀！"孩子母亲号啕大哭。"她会吓死的！ 把门打开！ 啊，把它砸开！ 你们男人呀，就一点办法都没有了吗？"

"要找人开门，至少要赶到小石城，"亚当斯先生说，声音颤栗。"我的天哪！ 斯潘塞，我们怎么办？ 那孩子——在里面挺不了多久。空气不足，另外，她会吓得抽搐的。"

阿加莎的母亲吓疯了，双手死命捶着金库门。有人荒谬地建议使用炸药。安娜贝尔转向吉米，大眼睛里充满了痛苦，但并无绝望的表情。对一个女人来说，是没有什么能够难倒她所崇拜的男人的。

"你不能想些办法吗，拉尔夫——试一下，好不好？"

他瞧着她，嘴唇上和急切的眼神里，露出古怪而温柔的微笑。

"安娜贝尔，"他说，"把你戴着的玫瑰给我好吗？"

安娜贝尔几乎不相信自己的耳朵。她从衣服前胸摘下玫瑰，放在他手里。吉米将它塞进背心口袋，甩掉外套，卷起衬衫袖子。就这么一个动作，拉尔夫·德·斯潘塞不见了，取而代之的是吉米·瓦伦丁。

"别靠近门，你们所有的人，"他命令道，口气很唐突。

他把手提箱放在桌上，将它完全打开。从这一刻起，他似乎忘记了周围在场的人，迅速有序地打开这些亮闪闪的古怪工具，轻声吹着口哨，跟往常干活时一样。在一片深沉的寂静中，其余的人一动不动地瞧着他，仿佛着了魔。

不一会，吉米的宝贝钻头顺利地钻进了钢门。十分钟后——他打破了自己的盗窃纪录——他拉开门闩，把门打开了。

阿加莎几乎吓瘫了，却平安无事，被母亲一把搂在了胳膊里。

吉米·瓦伦丁穿上外套，步出围栏，朝前门走去。他一面走，一面想是听见了一个遥远而熟悉的声音，叫他"拉尔夫"。但是，他毫不犹豫地往前走去。

门口站着一个身材高大的人，挡住了他的去路。

"你好，本！"吉米说，仍然带着奇怪的笑容。"你终于赢了，是不是？好吧，一起走吧。我知道，现在并没有什么两样。"

接着，本的举动却有些奇怪。

"想必你搞错了，斯潘塞先生，"他说。"别以为我认识你。你的马车等着你呢，是不是？"

本·普赖斯转过身，沿着街道走去。

牵线木偶

警察站在第二十四街和一条漆黑的小巷的角落，那儿附近，有一条高架铁路越过街道。时间是清晨2点。看样子，这渐渐沥沥寒冷无情的黑暗，将持续到天明。

一个穿着长大衣，帽子往前奄拉着的男人，一手提着什么东西，走出黑乎乎的小巷，轻手轻脚，步履匆匆。警察同他打了招呼，态度礼貌，神态却刻意显得威严。这样的时辰，小巷的恶名，行人的匆忙，他携带的东西——这一切很容易让人觉得"情况可疑"，需要向警官说清楚。

"疑犯"立刻停下脚步，将帽子往后一歪，在摇曳的电灯光下，露出一张光滑而没有表情的脸来，鼻子稍长，眼睛乌黑沉着。他带着手套，把手伸进大衣侧袋，抽出一张名片，交给警察。警察就着闪耀的灯光，看见名片上写着"查尔斯·斯潘塞·詹姆斯医生"的名字。那街道和地址的号码，属于一个殷实体面的邻近街区，丝毫不容置疑。警察低头瞥了一眼医生手中的东西——一个漂亮的黑皮医疗箱，衬着小小的银底座——进一步证实了名片的内容。

"行啦，医生，"警官说着往旁边让道，神态彬彬有礼，却显得笨拙。"上方命令我们要格外小心。近来发生了多起撬窃案和抢劫案。这样的夜晚，出行很难受，尽管不算太冷，却是潮粘粘的。"

詹姆斯医生一本正经地点了点头，说了一两句话，证实警官对天气的估计，便继续匆匆赶路了。那天晚上，巡查员三次把他的职业名片，他医疗箱完美的外表，当作他为人诚实，目的清白的保证。如果某个警官觉得，需要在第二天证实一下他的名片，就会发现充足的证据：漂亮的门牌上有他的名字，他会从容沉着、西装革履地出现在设备良好的诊疗室——要是不太早的话，因为詹姆斯医生习惯于晚起——邻居们可以证明，他生活在他们中间的两年里，是个良民，执着于自己的家庭，行医十分成功。

因此，要是那些热情维护社会安定的人，窥视一下那个完美的医疗箱，谁都会大吃一惊。箱子一打开，第一件可以看到的东西，是最近设计的一套精美的工具，是"开箱人"使用的。灵巧的保险箱盗贼如今称自己为"开箱人"。这些工具是专门设计和制造的，包括短小有力的撬棍，一套式样新奇的钥匙，冶炼得最好的蓝色钻头和打孔机，这种器材钻进冷处理过的钢，像耗子咬进奶酪一样。还有钳子，能像水蛭一样贴在光滑的保险箱门上，把暗码门把手拔出来，好似牙医拔牙。在医疗箱内层的一个小袋里，有一小瓶四盎司硝酸甘油，这会儿只剩下了半瓶。工具底下是一堆揉皱了的钞票，和几捧金币，这些钱共计八百三十块。

在有限的朋友圈里，大家都知道詹姆斯医生是个"时髦的希腊人"。这个神秘的称呼，一半是对他从容的绅士风度的赞扬；另一半，用他们称兄道弟的切口来说，是指头儿，策划人，凭着他有威望的谈吐和地位，能搞到作出部署并铤而走险所需的消息。

在这个精选的圈子里，其他成员是斯基茨·摩根和古姆·德克尔，两人都是"开箱专家"，还有利奥波德·普雷茨菲尔德，他是城里的一个珠宝商，负责处理"晶莹的珠宝"和三个出力气的所搜集的饰品。他们都忠心耿耿，为人不错，嘴巴很紧，也从不变心。

公司认为，那天晚上的辛苦活并没有得到可观的回报。两层楼上一个带边栓的老式保险箱，属于一家富有的老式纺织品公司，装在暗洞洞的办公室里。星期六晚上动的手，本该不止吐出两千五百块钱来。但是，他们找到的就只有这点钱。照例，三人当场平分了。他们原来估计有一万到一万两千。但其中一个业主，有些老派，天刚黑，就把大部分手头的现金，放在一个衬衫盒里，带回家去了。

詹姆斯医生沿着第二十四街走去，街道上空无一人。甚至那些喜欢把这里当作居住区的戏子们，也早已上了床。细雨在街上积起了水，石子间的水潭映出火一般的弧光，反射出去，粉碎成无数液体的闪烁。一阵难以对付的寒风，夹着雨，从房屋之间的喉管里咳吐出来。

医生的脚步均匀地落在一幢高高的砖砌大楼角落时，这幢特别显眼的房子正门砰的一声开了，一个大叫大嚷的黑人女子，噼噼啪啪下了楼，来到人行道上。她嘴里叽里咕噜，可能是自言自语——她的族人独处而恶魔附身时，求助于这样的手段。她像是南方那个仆从阶层的一分子——健谈、亲热、忠实、难以自控。她本人就是这副样子——肥胖，整洁，系着围裙，戴着头巾。

这个幽灵突然从静谧的房子里冒出来，到了台阶的底部，正好与詹姆斯医生打了个照面。她的大脑把能量从声音转为目力，停止了叫嚷，那双鼓起的眼睛，盯住了医生拿着的箱子。

"谢天谢地！"一见到箱子，她就觉得福气来了。"你是医生吗，先生？"

"是的，我是医生，"詹姆斯医生停下脚步说。

"那就看在上帝面上，来看看钱德勒先生的病吧，先生。他好像发作了什么病，像死人似地躺着。艾米小姐叫我去找医生。要不是遇上你，先生，辛蒂真还不知道该从哪里强拉一个来呢。要是老爷得到一点风声，准会动起枪来呢，先生——用手枪射击——叫我用脚先在地上量好步子，如今人人都决斗。可怜的羊羔，艾米小姐——"

"你要找医生，"詹姆斯医生说，一只脚踩在台阶上，"那就带路。要找个听你叨咕的，我可没那份闲心。"

黑女人带着他进了房子，爬上铺了厚地毯的楼梯。他们经过两条灯光幽暗的分叉过道。到了第二条，这位气喘吁吁的带路人转入门厅，在门前停下，把门打开。

"我把医生叫来了，艾米小姐。"

詹姆斯医生进了房间，朝着站在床边的少妇欠了欠身。他把医疗箱放在椅子上，脱去大衣，扔到医疗箱和椅子背上，镇定自若地走到床边。

床上躺着一个人，四肢伸开，仍是原先倒下时的样子——穿着华丽时髦的衣服，只不过脱去了鞋子，浑身松弛，像死人一样一动不动。

詹姆斯医生的身上散发出一股气息，蕴含着镇定和力量。对某些沮丧软弱的主顾来说，这无异于沙漠中天赐的食品。尤其是女人，常常被他在病室中的风度所吸引。那不是时髦医师刻意为之的儒雅，而是一种风度，内中透出了沉稳、自信、虔敬、敬业、庇护力和战胜命运的能力。在他沉着明亮的棕色眼睛里，有着一种探索性的磁力；在他无动于衷，甚至牧师般平静光滑的面容上，有一种潜在的威信。他的这种外表，很适宜于扮演知己和抚慰者的角色。有时候，他初次出诊，女人们就会告诉他，夜里把钻石藏在了什么地方，免得窃贼光顾。

詹姆斯医生那双不需游移的眼睛，以一种久经训练的安闲自在，估量出了房间装饰的等级和质量。这里的陈设豪华昂贵。就是这一瞥，也注意到了那女子的外貌。她小个子，几乎不满 20 岁。她的脸称得上漂亮而楚楚动人，此刻，却被一种固有的沉郁所淹没，而不是突发的伤心事留下的烙印（你会这么说）。在她的额角，一侧的眉毛上方，有一块乌青，根据医生的眼睛判断，是六小时之内留下的。

詹姆斯医生的手指搭在那男人的手腕上。他几乎能说话的眼睛，询问着少妇。

"我是钱德勒太太，"她回答，口气哀伤，还带有南方腔和模糊音。"你来之前十分钟左右，我丈夫突然犯病了。他以前发过心脏病——有几次很严重。"他和衣而睡，时间又这么晚了，这提醒少妇需要作进一步解释。"他在外面逗留得很晚——在吃晚饭，我估计。"

这时，詹姆斯医生把注意力转向他的病人。他碰巧从事的两种职业，无论是"看病"，还是"干活儿"，他都全神贯注。

病人看上去约摸 30 岁。他的脸上有一种大胆放荡的表情，五官相当匀称，还有细细的皱纹，是幽默的情调留下的，多少弥补了自身的不足。他的衣服上有一股泼洒的酒味。

医生将病人的外衣松开。随后，用一把小刀割开衬衫，从正面领口一直撕到腰上。清除了障碍以后，他把耳朵贴在病人的心上，仔细听了起来。

"二尖瓣回流是吗？"他站起身来，轻声说。话的结尾是表明没有把握的升调。他又听了好久。而这回，他用诊断确凿的口气说，"二尖瓣狭窄。"

"夫人，"他开始说话，完全是安慰的口吻，那常常能消除焦虑。"有一种可能性——"他慢慢地向少妇转过头来，却看见她脸色煞白，晕倒在老黑人的怀里。

"可怜的羊羔！ 可怜的羊羔！ 是他们杀死了辛蒂姑妈神圣的孩子吗？ 但愿上帝会动怒，摧毁偷走她的人，那个让天使心碎的人，造成了——"

"把她的脚抬起来，"詹姆斯医生说，一面扶着这个浑身乏力的人。"她的房间在哪儿？ 得把她放到床上去。"

"在这里面，先生，"那裹着头巾的女人朝门点了点头。"那是艾米小姐的房间。"

他们把她抬进房间，放在床上。她的脉搏很微弱，但跳得有规律。她昏了过去，没有恢复知觉，却转入了熟睡。

"她太累了，"医生说。"睡眠是一贴补药。等她醒过来给她一杯甜热酒——放一个鸡蛋，要是她能吃。她额头上的乌青是怎么来的？"

"她撞了一下，先生。这可怜的羊羔倒了下来——不，先生"——这个老妇多变的种族脾气发作了，她蓦地勃然大怒——"老辛蒂不会为这魔鬼撒谎。是他打的，先生。但愿上帝让这只手烂掉——啊呀，该死！ 辛蒂答应过可爱的羊羔，不说出去。艾米小姐的头，是撞伤的，先生。"

詹姆斯医生走近灯架，架子上点着一盏漂亮的灯。他把火焰调小了。

"跟你的女主人待在这儿，"他吩咐道，"保持安静，这样她能睡着。她醒了，就给她一杯甜热酒。要是她更加虚弱了，告诉我一声。这件事有些蹊跷。"

"这里还有比这更奇怪的事呢，"黑女人开口了，但医生让她闭嘴了，口气难得这么霸道和强烈，但他常用这种口气来缓解歇斯底里。他回到另一个房间，轻轻地关上门。床上的人没有动弹，却睁开了眼睛。他动着嘴唇想说话。詹姆斯医生低下头去听。"钱！ 钱！"他轻声说着。

"能懂我说的话吗？"医生问，声音很低，但很清楚。

这人微微点了点头。

"我是医生，你太太叫来的。他们告诉我，你是钱德勒先生。你的病很重。你千万别激动，或者太伤心。"

病人的眼睛似乎在向他示意。医生弯下腰来，想听清同样微弱的话。

"钱——二万块钱。"

"钱在哪儿？ ——在银行？"

他露出了否定的眼神。"告诉她"——那耳语变得越来越微弱——"二万块——她的钱。"——他的目光在房间里徘徊。

"你把钱放在某个地方了？"詹姆斯医生竭力把口气装得像迷人的妖魔，想通过魔力把秘密从神志衰竭的人那里掏出来——"是在这个房间里吗？"

他想，从这人渐渐暗淡的眼睛里，看到了赞同的激动表情。他手指底下的脉搏，像游丝一样细小和微弱。

詹姆斯医生的脑海里和心底里，涌起了另一种职业本能。像做别的事一样，他说干就干，决定打听到这笔钱的下落，就是明知要出人命也干。

他从口袋里掏出一本空白处方笺，凭经验对症下药，在一张纸上潦草地写了个方子。他走到内室门口，轻声叫唤了老妇人，把方子交给她，叮嘱她上药房把药配来。

她嘟嘟囔囔走了以后，医生来到少妇床边。她依然睡得很熟。脉搏稍微好了一些。额头上凉凉的，还有点湿润，只不过乌青块有点发炎。要是不去打扰，她可以睡上几小时。他找到了房门的钥匙，再次回房时，锁上了门。

詹姆斯医生看了看手表。他有半小时自由支配时间，因为半小时之内，那老妇人几乎不可能干完差使回来。他找到了一个水壶和杯子，水壶里有水。他打开医疗箱，拿出一个小瓶，里面是硝化甘油——他偷鸡摸狗的同伙们，管这叫"特种油"。

他把这种淡黄色发粘的液体，滴了一滴在杯子里；取出一个银色的皮下注射针筒，旋上针头。他用标有刻度的玻璃针筒，小心地度量着每一滴水，用差不多半杯水稀释那一滴油。

那晚两小时之前，詹姆斯医生曾用这个针筒，把未经稀释的液体注射进保险箱锁上一个钻好的洞里。一阵沉闷的爆响，炸毁了控制门闩的机械。现在，他打算用同样手段，震撼一个人的首要机械——撕裂其心脏——每次震动都是为了随后搞到钱。

同样的手段，不同的伪装。那位是个巨人，粗暴野蛮，力敌万军；而这位是个弄臣，胳膊虽同样致命，却裹着丝绒和花边。杯中的液体，以及医生小心装进针筒的东西，是一种硝化甘油溶液，医药界共知的心脏强力兴奋剂。两盎司已经撕裂了铁制保险箱坚实的门，现在，最小量的五十分之一，将足以让一个人复杂的机制永远停止工作。

不过，没有立即停止，本来就不打算这样。开始会迅速增加活力，强有力地刺激每个器官和官能。心脏会对这种致命的刺激勇敢地做出反应，血管里的血随之会更快地流向心脏。

然而，詹姆斯医生十分明白，用这一方式过分刺激心脏，就像被步枪子弹击中一样，肯定导致死亡。夜盗所用的"油"，增加了注进动脉的血液的流速，使本来就堵塞的动脉产生拥堵，迅速变成"死胡同"，于是，生命之泉也就停止了流动。

钱德勒已没有知觉，医生裸露出他的胸部，轻巧地把针筒里的溶液，采用皮下注射的办法，打进心脏区域的肌肉。他在两种职业中都保持着整洁的习惯，所以接着仔细地揩干针头，重新穿上细铁丝，不用时保持针眼畅通。

三分钟之后，钱德勒睁开眼说话了，声音微弱而清晰，问起谁在照料他。詹姆斯医生再次解释了为什么他在那里。

"我妻子在哪儿？"病人问。

"她睡着了——因为过度劳累和担忧，"医生说。"我不想叫醒她，除非——"

"没有——必要，"由于某个恶魔作祟，钱德勒呼吸急促，话语之间出现了停顿。"她不会——因为我的——缘故去打搅她——而领你情的。"

詹姆斯医生拉了把椅子，坐到他床边。废话少说，时间宝贵。

"几分钟之前，"他开腔了，是他另一种职业严肃直率的口气，"你要告诉我关于一笔钱的事。我并不想要你推心置腹，但作为医生，我有责任告诉你，焦虑和忧心会妨碍你恢复。要是你想说什么——了却你的心事——二万块钱，我想这是你提到的数目——你还是说出来吧。"

钱德勒转不过头来，但他的眼珠朝说话人的方向动了动。

"我说过——钱在哪儿吗？"

"没有，"医生回答。"我是推测的，你的话几乎听不清楚，但我感觉到你担心这笔钱的安全。要是在这个房间里——"

詹姆斯医生打住了。在病人讥嘲的表情中，他似乎觉察到了一种领悟，一丝怀疑？他是不是有点操之过急？说得太多了？钱德勒接下来说的话让他恢复了信心。

"除了——保险箱，"他喘着粗气，"还应该——在哪儿呢？"

他用眼睛指了一下房间的角落，这时，医生才第一次看到一个小小的铁制保险箱，半掩在窗帘末端的流苏中。

他站起来，抓住了病人的手腕。病人的脉跳很强，间或出现险象。

"把你的胳膊举起来，"詹姆斯医生说。

"你知道——我动不了，医生。"

医生立即走到过道门，把门打开，听了一下。没有丝毫动静。他径直走到保险箱旁边，细察了一下。保险箱很原始，设计也简单，对付轻手轻脚的仆人，还能起点作用。但在他这样的高手看来，这不过是个玩具，一个稻草和硬板纸做的玩意儿。这钱是稳落在他手里了。花上两分钟时间，他就能用钳子拉出号码盘，凿穿制栓，把门打开。用另一种方法，也许只需要一分钟。

他跪在地板上，耳朵贴着暗码盘，一面慢慢地转着号码。如他所料，门是使用"白昼暗码"，锁在一个数字上的。触到制栓时，他灵敏的耳朵听到了轻微的咯嗒警告声。他利用了这个线索——结果把手转动了。他把门全打开。

保险箱里空无一物——铁制的立方体里，空空如也，连一张纸都没有。

詹姆斯医生站起来，走回床边。

这个奄奄一息的人，眉宇间出现了一滴厚厚的汗珠。但嘴唇上和眼睛里，浮起了阴冷的嘲笑。

"我以前——从来没有见过，"他痛苦地说，"行医和——盗窃攀亲！你难道是要——两相结合——从中获利，亲爱的医生？"

这是对詹姆斯医生伟大个性的考验，没有任何时候比此刻的考验更严峻了。他的猎物恶狠狠的嘲弄，让他陷入了既可笑又不安全的境地。但是，他保持着冷静和尊严。他取出手表，等待这人死去。

"你对——这笔钱——太——急——了一点。不过,这钱——不会有危险——不会——落在你手里,亲爱的医生。很安全,百分之百安全。钱——都在——赌注登记人——手里。二万块——艾米的钱。我在赛马上下了赌——输得精光。我是个不肖子孙,盗贼——对不起——医生,不过,我是个光明正大的赌徒。我想——在我接触的人中——我从来没有——碰到过——你这种次等恶棍,医生——对不起——盗贼,给你的猎物——对不起——你的病人——倒杯水,是不是——违背——你们这一行的——行规,盗贼?"

詹姆斯医生给他倒了杯水。他几乎难以吞咽。药物在他身上出现了严重反应,很有规律地一阵紧似一阵。但是,尽管快要死了,他还是要扔过一句刺耳的话,出口恶气。

"赌徒——酒鬼——败家子——我都沾边,可是,居然还有做贼的医生!"

对他的刻薄讽刺,医生只有一个回答。他俯身抓住了钱德勒很快变得木然的眼神,指了指那女人熟睡的房间,做了个手势,表情严肃而意味深长。结果,这个趴着的男人,用足剩余的力气,微微抬起头来瞧了一瞧。他什么也没有看到,只听见了医生一句冷冰冰的话——他听到的最后的声音:

"我从来——不打女人。"

这样的人是没法研究的,什么学问都对付不了他们。提起这些人,人们会说,"他会干出这件事来,""他会干出那件事来,"他就属于这种人。我们只知道他们存在,可以观察他们,相互谈起他们赤裸裸的表演,就像孩子们观看并说起牵线木偶一样。

这两个人,一个是谋杀犯和盗贼,俯视着他的受害者;另一个的过错更为卑劣,但犯的罪要轻,此刻令人厌恶地躺在被他摧残、糟蹋、殴打过的妻子的房里。一个如虎,另一个如狼。彼此讨厌对方的丑恶,明明掉在赤裸裸的罪恶泥坑中,却偏要挥舞洁白的旗帜,标榜自己的行为

（如果不是荣誉）。去估量这样两个人，研究这样的利己主义，不免让人忍俊不禁。

另一位毕竟还有点羞耻感和男子气，詹姆斯医生的反驳触到了他的痛处，成了致命的一击。他的脸涨得通红——临死前耻辱的红斑。呼吸停止了，几乎没有抖动，他就咽了气。

他刚断气，那黑女人就取好药回来了。詹姆斯医生伸出手来，轻轻地摸了一下死者合上的眼皮，把事情结果告诉了她。她动情了，伴随着常有的悲哀，凄楚地擤起湿漉漉的鼻子来，不是出于悲哀，而是出于抽象意义上同死亡的和解，这种观念是一代代流传下来的。

"哎呀！ 这全在上帝手里。他判定谁有罪，谁有难，该支持。现在，他要支持我们了。这瓶药花掉了辛蒂最后一个子儿，可是永远派不上用场了。"

"我是不是可以这样理解，"詹姆斯医生问，"钱德勒太太没有钱了？"

"钱，先生？ 你知道艾米小姐为什么倒下来，身体那么衰弱吗？她是饿坏的，先生。这个家，除了点饼干屑，已经三天没有东西吃了。几个月前，这可爱的人儿变卖了戒指和手表。这里的房子很漂亮，还有红地毯，光亮的梳妆台，可全是租来的。人家催交房租，什么坏话都说。这死鬼——对不起，天哪——现在，他在你手里受到了审判——他撒手走了。"

医生沉默不语，她便说得更起劲了。从辛蒂混乱的独白中，他搜集到了他们的家史，无非是老生常谈，离不开幻想、任性、灾难、残酷和自尊。她唠唠叨叨绘出的模糊全景中，出现了一个个清晰的小小画面——遥远的南方，有一个理想的家庭；但很快为这桩婚姻感到悔恨；接着是一段含冤受虐的不幸时期；不久前，她继承到了一笔钱，有望从此得到解脱；可是这条恶狼把钱抢走了，两个月不见，已经被他挥霍一空；最后，他在见不得人的狂欢后回到了家里。言语之间，这个污秽扭曲的故事中，自然而清晰地贯穿着一条纯洁的白线——那就是黑人老妇纯朴、高尚、持久的爱，因为她矢志不移地忠于自己的女主人。

她终于刹住话头时，医生开口了，问她家里有没有威士忌，或者任何一类烈酒。老妇人告诉他，餐具柜里有半瓶白兰地，是那条恶狼喝剩下来的。

"按我吩咐，调制一杯甜热酒，"詹姆斯医生说。"把你的女主人叫醒，让她喝下去，告诉她发生了什么。"

约摸十分钟后，钱德勒太太由老辛蒂扶着进来了。睡了一会儿，喝了那杯助兴奋的酒后，她显得精神了些。床上的尸体，詹姆斯医生已经用被单盖好。

这妇人忧伤的眼睛，带着几分恐惧的目光，朝尸体看了一眼，她和自己的保护人便贴得更紧了。她的眼睛干涩而明亮，似乎伤心到了极点。泪泉已经干枯；情感已经麻木。

詹姆斯医生站在桌子旁边，穿上了大衣，戴好了帽子，手里提着医疗箱。他脸色沉着，没有表情。多年的行医，使他对人类的痛苦司空见惯了。只有他柔和的褐色眼睛，谨慎地表达了职业的同情。

他说话和气简洁，告诉他们，时候很晚了，肯定找不到人帮忙，他会派适当的人过来，了结必要的事情。

"最后，还有一件事，"医生说，指着依旧敞开着的保险箱。"你丈夫钱德勒先生，临终前知道自己活不了啦，叫我把保险箱打开，还将密码告诉了我。以后你万一要用，记着，密码是四十一。先朝右面转几圈，再朝左面转一圈，停在四十一这个数字上。尽管他知道快不行了，他还是不让我叫醒你。

"在那个保险箱里，他说他放了一笔钱，数目不大——但还是足够实现他最后的请求的。也就是说，求你回到老家去。往后，时过境迁的时候，请你原谅他对你犯下的罪过。"

他指了指桌子，上面整整齐齐地放着一叠钞票，钞票上是两堆金币。

"钱在那儿（如他所描述）——八百三十块。请允许我把名片留给你，万一以后可以为你效劳。"

这样，他在生命的最后时刻想到了她——那么周到！ 却又来得那么晚！ 然而，那谎言煽起了生命中最后一点温情，尽管她已经认为，那儿的一切已化为灰烬和尘土。她大叫"罗布！ 罗布！"转过身去，扑在她忠仆的怀里，用宽慰的眼泪稀释忧伤。另外，不妨想一想，在以后的岁月中，谋杀犯的谎言像一颗小星星那样，照耀着爱的坟墓，安慰着她，同时也得到了宽恕，不管是不是祈求来的，这本身就是件好事。

在黑黑的胸怀里，在絮絮叨叨充满同情的低吟中，她像小孩那样安静下来了，得到了抚慰。她终于抬起头来——但医生已经走掉了。

精确的婚姻科学

"我以前就同你说过，"杰夫·彼德斯说，"我不大相信女人肯背叛。即使是最清白的诈骗行当，让女人做合伙人，或是合作教育者，也是很不可靠的。"

"这样的恭维，她们受之无愧，"我说。"我认为，她们称得上诚实的性别。"

"为什么不是呢？"杰夫说。"她们有另一个性别的人替她们哄蒙拐骗，或者累死累活。在生意场上，她们还挺行，但一动感情，或者卿卿我我就完了。因此你需要一个脚板平，呼吸粗，胡子黄，有五个孩子，一幢抵押出去的房子的男人，备着做她的替补。现在，安迪和我雇了一个寡妇，协助我们实施小小的婚介计划，地点在凯罗。

"只要你拿得出广告钱——像马车辕杆小头那么粗的一卷钞票——婚介所就可以挣钱了。我们有六千块左右，希望两个月里翻一番。两个月正适宜于实施我们的计划，而又不必拿到新泽西州的执照。

"我们拟了一份广告，内容如下：

"迷人寡妇，32 岁，貌美，顾家，有现款三千元，及乡间值钱房产，现欲再婚，觅贫穷重感情者为伴，不计较财产，因自知美德多见于卑贱者。年龄稍大或长相平庸无妨，唯求专情诚实，善理家产，精于投资。有意者请告详细地址。

孤独者 谨启

联系办法：伊利诺斯州，凯罗，

代理人彼德斯和塔克代转

"'看来，够损的，'书面策划完成后，我说。'现在，'我说，

'哪儿去找那个寡妇？'

"安迪看了我一眼，有点恼火，却不动声色。

"'杰夫，'他说，'我认为，在艺术上，你丧失了现实主义观。干吗需要寡妇？ 你在华尔街抛售大量掺水股票时，难道期望里面有美人鱼？ 征婚广告跟女人有什么关系？'

"'你听着，'我说。'你知道我的原则，安迪，若要违背法律条文干非法行当，出售的东西必须看得见，摸得着，拿得出。正因为那样，加上我仔细研究过城市法规和火车时刻表，所以警察没有来找我麻烦，这些警察不是塞五块钱，递一根雪茄就能摆平的。现在，要执行我们的计划，就得实实在在找个迷人的寡妇，或者相应的主儿，漂亮不漂亮，有没有目录和更正条目中写的不动产和附带财物，都没有关系。要不然，总有一天我们会落在治安法官的手中。'

"'是呀，'安迪说，修正了自己的想法，'万一邮局或是治安委员会要调查我们的机构，也许会更安全些。可是，'他说，'哪儿能希望找到一个寡妇，甘愿为这个没有婚姻的婚姻计划浪费时间呢？'

"我告诉安迪，我认识一个这样的人。我有个老朋友，名叫齐克·特罗特，过去在马戏场里卖苏打水和拔牙。一年前，在一个老医生那儿喝了治消化不良的药水，而不是常喝的外用药剂，结果撒手归天，他的妻子成了寡妇。我以前常在他们家过夜，我想我们可以找她帮忙。

"这儿离她住的小镇只有六十英里。我便跳上火车，找到了她，见到了同样的茅屋，同样的向日葵，同样的鸡站在洗衣盆上。也许除了美貌、年龄和家产，特罗特太太跟我们广告的要求完全吻合。一眼看去，她显得很适宜，很值得赞许。另外，给她这份工作也是表达对齐克的怀念。

"'你们搞的交易光明正大吗，彼德斯先生？'我把意图告诉她后，她问。

"'特罗特太太，'我说，'安迪和我已经估算过，通过广告，在这个广阔美丽的国家，将有三千人会尽力要和你成亲，想拿到谎称的钱财。这些人要是能获得你的芳心，约有三千人会回报给你一个行尸走肉的家伙，一个懒惰的、唯利是图的浪荡子，一个没有出息的东西，一个骗子和追逐财富的混蛋。

"'我和安迪，'我说，'打算教训一下这些社会的蟊贼。'我说，'安迪和我，好不容易才放弃建立这样一个公司，名称叫伟大的道德和美满的有害婚介公司。这下你满意了吗？'

"'满意了，彼德斯先生，'她说，'我其实也知道，你不会去干不光彩的事。可是你要我干什么呢？ 我得拒绝你说的三千个混蛋吗？要不，把他们成批撵走？'

"'你的活儿，特罗特太太，'我说，'实际上是扮演诱饵的角色。你就住在一个清静的旅馆里，什么事儿也不干。通讯和生意这一头，自有安迪和我来对付。'

"'当然，'我说，'有些热情性急的求婚者，会筹集车费亲自来凯罗催逼，且不管穿的是什么衣装。在那种情况下，就得麻烦你当面把他们轰走。我们会付你二十五块一周，再加旅馆费。'

"'给我五分钟，'特罗特太太说，'整理一下化妆盒，把前门钥匙交给邻居，你就开始计我工资吧。'

"于是我把特罗特太太弄到凯罗，安顿在一个家庭旅馆里，同我和安迪的住处保持一定距离，既不会引起怀疑，又可以随叫随到。同时把这一切都告诉了安迪。

"'好极了，'安迪说。'现在诱饵已经近在眼前，触手可及，你的良心也得到了安慰。也许我们得撤开诱饵，专心捉鱼了。'

"于是，我们开始在报纸上插广告，覆盖远近地方。我们只用了一个广告。广告一多，雇用的职员和梳波浪形头发的随从势必也多。那样，嚼口香糖的声音就会惊动邮政部长。

"我们在银行里给特罗特太太存了二千块钱，把存折交给了她，万一有人对公司的诚信产生疑问，可以当场出示。我知道特罗特太太正直可靠，把钱记在她名下十分安全。

"凭那一个广告，就够安迪和我一天花十二小时答复来信了。

"一天大约有一百封来信。我从来不知道，这个国家有那么多心地宽厚而又贫穷的人，看上一个迷人的寡妇，并乐意承担责任，用她的钱去投资。

"他们大多数人都坦言，失去了工作，蓄着胡子，被社会所误解。但是全都很肯定，自己很有爱心和男子汉气质，那位寡妇一定会以身相许。

"彼德斯和塔克公司给每个应征者回了信，说是他坦诚有趣的来信给寡妇留下了深刻的印象，并请他提供更详细的情况，如方便，附寄一张照片。彼德斯和塔克公司还通知应征者，第二封信转给委托人的费用为二块钱，随信附寄。

"你看到了吧，这个计划简易巧妙。大约90%在国内的外国绅士都筹集了费用，把钱寄来了。就是那么回事。只是苦了我和安迪，得割开每个信封，把钱取出来，不胜麻烦。

"少数顾客亲自找上门来。我们就打发他们去特罗特太太那儿，由她去处理。有三四个人回来找我们要车费。农村邮资免费地区也开始寄信来以后，安迪和我每天可收到二百块钱。

"一天下午，我们正忙得不可开交，把钱一张两张塞进雪茄盒子，安迪吹着'不给她敲响结婚的钟声'的口哨。这时，一个精明的小个子男人闯了进来，眼睛不住地打量着墙上，仿佛在跟踪被盗的盖恩斯巴勒①的一两幅画。我一见他，就觉得有一种自豪感，因为我们做生意很本分。

---

① 盖恩斯巴勒（Thomas Gainesborough，1727—1788），英国画家，肖像画和风景画大师。

"'我看你们今天的邮件很多,'这人说。

"我走过去,拿起帽子。

"'来吧,'我说。'我们正盼着你呢。我把货色给你看吧。你离开华盛顿的时候,特德怎么样?'

"我把他带到河景旅馆,让他同特罗特太太握了手。随后,给他看了一下银行存折,上面存了二千块钱。

"'好像还挺行,'特工处的人说。

"'就是嘛,'我说。'要是你没有结婚,我可以让你跟那位小姐谈一会儿,两块钱就免了。'

"'谢谢,'他说。'假如我是单身,我会的。再见,彼德斯先生。'

"到了三个月结束的时候,我们拿到了大约五千多块钱,觉得也该洗手不干了。很多人都投诉我们,特罗特太太对这活儿也厌倦了。不少求婚者上门来看她,她似乎并不喜欢这样。

"因此我们决定收场,我赶到特罗特太太的旅馆,付给她最后一周的工资,说了声再见,并取回了二千块钱的存折。

"我到那儿时,见她哭得像一个不愿上学的孩子。

"'哎呀,哎呀,'我说,'这是怎么回事? 是有人对你无礼了,还是你想家了?'

"'不,彼德斯先生,'她说。'我告诉你吧,反正你一直是齐克的朋友,我不在乎。彼德斯先生,我恋爱了,那么爱一个男人,简直非要得到他不可。他是我理想中的男人。'

"'那就嫁给他呗,'我说。'要是两厢情愿,不就成了。他有没有根据你描绘的细节回报你的感情?'

"'他这么做了,'她说。'不过,他是为广告的事亲自来见我的男人之一,我不给他二千块钱他就不娶我。他的名字叫威廉·威尔金森。'然后,她再次爱得要死要活,歇斯底里大发作。

"'特罗特太太,'我说,'没有谁比我更怜惜女人的感情了。且不说,你曾经是我最好的朋友的终身伴侣。要是让我来处理这件事,我会说,你就拿着这二千块钱,高高兴兴嫁给你的意中人吧。

"'我们付得起,因为已经从想要娶你的吸血鬼身上赚了五千块钱。不过嘛,'我说,'还要同安迪·塔克商量一下。

"'他是个好人,不过做生意很精明。经济上,他是我的同等合伙人。我会跟安迪谈的,'我说,'看看该怎么办。'

"我返回旅馆,向安迪提起了这件事。

"'我一直预料会发生这样的事情,'安迪说。'任何计划,凡有女人参与,涉及她们的情感和偏爱,你就不能相信她们会死心塌地跟你走。'

"'安迪,'我说,'我们竟然让一个女人心碎,想起来挺难过的。'

"'是呀,'安迪说,'告诉你吧,我愿意怎么办,杰夫。你为人向来温厚大方。也许我心肠太硬,太世故,太多疑。这一次,我就顺着你吧。你上特罗特太太那儿,告诉她从银行提取二千块钱,给那个她迷恋上的男人,心里该痛快些。'

"我跳了起来,握着安迪的手,足有五分钟。随后回到特罗特太太那里,把安迪的话告诉她。她高兴得大哭,就像当初伤心得大哭一样。

"两天后,我和安迪收拾行装准备上路。

"'我们走之前,你不打算去看一下特罗特太太吗?'我问他。'她很想见你,表示一下对你的赞扬和感激。'

"'哎呀,我不想去了,'安迪说。'我们还是快点走,去赶那班火车吧。'

"我像往常一样,正把我们的资金放进腰带,捆在身上,安迪从口袋里取出一卷高额票面的钱,叫我放在一起。

"'这是怎么回事?'我问。

"'那是特罗特太太的二千块钱，'安迪说。

"'怎么会落到你手里？'我问。

"'是她给我的，'安迪说。'一个多月来，我每周三个晚上去看她。'

"'那你就是威廉·威尔金森了？'我说。

"'是的，'安迪说。"

灌木丛中的王子

　　终于，9点钟到了，一天的辛苦活结束了。莉娜爬上采石场旅馆二层半，进了自己的房间。天一亮，她就像奴隶一样忙开了，干的是成年女人的活，擦地板呀，清洗很重的陶瓷盘子和杯子呀，整理床铺呀，以及为那个混乱而沉闷的客栈，无休止地供应水和木头。

　　一天的采石喧闹声停止了——爆炸声和打洞声，吊车的吱咯声，工头的叫喊声，平板车运送大块石灰岩倒退和转向的声音。在旅馆一头的办公室，三四个工人因为跳棋游戏迟迟没有开始，在嘟嘟囔囔，骂骂咧咧。炖肉味儿，热腾腾的油腻味儿，廉价咖啡的味儿，又浓又重，像一阵令人郁闷的雾，弥漫在房子周围。

　　莉娜点起半截蜡烛，坐在摇晃的木椅上。她11岁，瘦津津的，营养不良。她的腰背和手脚，又酸又痛，可是她的心，疼得最难受。最后一根稻草，压到了不堪负担的小小肩膀上，因为他们拿走了她的格林童话。晚上，她就是再累，也常常会到格林童话里寻找安慰和希望。格林童话总会对她耳语，王子或是小精灵会来，帮她解脱可恶的魔力。每天晚上，她都从格林童话中汲取新的勇气和力量。

　　无论读到哪一个童话，她都会觉得跟自己的处境很相似。伐木工失去的孩子、不幸的牧鹅女、受虐待的继女、囚禁在巫婆小屋里的小女仆——所有这些，对莉娜，对采石场旅馆这位过劳的厨房女工来说，只不过隔着一层透明的纸。而且，每当情况危急的时候，善良的精灵或者英勇的王子总会来搭救。

　　于是，在这个吃人妖魔城堡里，莉娜受制于可恶的魔法，依赖着格林童话，期盼善的势力终将获胜。然而，一天前马洛尼太太在莉娜的房间里发现了这本书，并把它拿走了，恶狠狠地说，仆人们晚上不可以读书，否则，会造成睡眠不足，第二天干活没有劲。难道一个只有11岁的人，远离妈妈，没有时间玩，没有格林童话能过日子吗？ 你不妨试一下，看看这有多困难。

莉娜的家在得克萨斯，佩德纳尔斯河岸边的一个小山窝里，住在一个叫弗雷德里克斯堡的小镇上。镇上的居民都是德国人。一到晚上，他们就围坐在人行道上的小桌旁，喝喝啤酒，玩玩皮纳克尔牌，唱唱歌。他们都很节俭。

最节俭的是彼得·希尔德斯莫勒，莉娜的父亲。正因为这样，莉娜被送到了三十英里外的采石场旅馆去工作。她每周赚三块钱。彼得把她的工资也投进了他经营有道的小铺子里。他雄心勃勃，一心想要像邻居雨果·赫弗尔堡那么有钱。雨果吸着三英尺长的海泡石烟斗，一周里，每天的晚餐都吃维也纳炸小牛排和辣味兔杂碎。如今，莉娜已经不小，可以去工作，帮助他积攒财富了。然而，要是你能够，你就想象一下，一个11岁的人，被判决离开愉快的莱茵河小村的家，到恶魔的城堡去服苦役，在那里，你得飞跑着服侍这些恶魔，他们吞吃着牛羊，凶恶地咆哮着，一面从大鞋子上抖落白色的石灰岩灰尘，让你用疼痛无力的手指去掸掉擦掉——而且还从你那儿取走了格林童话！

莉娜掀开了一个空盒的盖子，那个盒子原本是装听头玉米的。她从盒子里拿出一张纸和一支铅笔，打算写封信给妈妈。汤米·瑞恩会把信带到巴林杰邮局，替她寄掉。汤米17岁，在采石场干活，每天夜里回到巴林杰家去。此刻，他候在莉娜窗下的暗影里，等她把信扔给他。只有用这个办法，她才能把信送到弗雷德里克斯堡。马洛尼太太不喜欢她写信。

这一截蜡烛幽幽地燃着，莉娜急忙咬开铅笔周围的木材，开始写信了。下面就是她写的信：

最最亲爱的妈妈：

我多么想见你。还有格雷特尔，还有克劳斯，还有海因里希，还有小阿道尔夫。我累死了。我很想见你。今天，马洛尼太太打了我耳光，还不许我吃晚饭。我的手很疼，没法拣够木柴。昨天，她没收了我的书。就是里奥叔叔送给我的《格林童话故事》。我看书没有碍着别人。我拼命干活，可是有那么多活要干。每天晚上我只读一点点。亲爱的妈妈，告诉你我打算怎么办吧。除非你明天派人来带我回家，否则我要到一条我知道的河里，一个很深的地方去，淹死算了。我猜想，投河是很可恶的，但我很想见你，而没有别的人。我累极了，汤米等着这封信。要是我这样做了，你会原谅我的，妈妈。

你的恭敬的爱你的女儿　莉　娜

信写好的时候，汤米仍老老实实等着。莉娜把信扔到外面，看着汤米拣起来，朝陡峭的山边走去。莉娜没有脱衣服便吹熄了蜡烛，蜷缩在地板上的床垫上。

10 点 30 分，巴林杰老人穿着长裤，走出屋子，倚在门上吸起烟来。他朝月光下雪白的大路上张望着，用一只脚的脚趾擦着另外一只脚的脚踝。这一时刻，弗雷德里克斯堡邮车该啪嗒啪嗒沿路过来了。

巴林杰老人才等了几分钟，就听到了弗里茨的小黑骡车队响亮的蹄声。不一会，一辆带篷的轻便货车便停在了门前。弗里茨的大眼镜在月光下闪闪发亮，他的大嗓门吆喝着，招呼巴林杰邮局的局长。送信人跳出车外，从骡子上卸下辔头，照例在巴林杰邮局给骡子喂燕麦。

趁着骡子在饲料袋子里吃食，巴林杰老人取出邮袋，扔进车里。

弗里茨·伯格曼是一个有三种感情的人——或者更确切些——四种，两头骡子得单独考虑。那些骡子是他的命根子，是他生活的乐趣。排在骡子之后的是德国皇帝和莉娜·希尔德斯莫勒。

"告诉我，"弗里茨准备出发时说，"邮袋里有采石场的小莉娜给弗劳·希尔德斯莫勒的信吗？　上次的邮袋里有一封，说是有点不舒服。她妈妈急于知道她现在怎么样了。"

"是的,"巴林杰老人说,"倒是有一封写给赫尔特斯格尔特太太的,或者类似这样的名字。汤米·瑞恩带回来的。你说,这个小姑娘在那边干活?"

"在旅馆里,"弗里茨好不容易找到了想说的话,大声喊道,"11岁,还没法兰克福香肠大。那个彼得·希尔德斯莫勒是个小气鬼——说不定哪一天,我会用一根大棒,敲打这个大傻瓜——从城里打到城外。兴许,莉娜在这封信里说她好一点了,她妈妈会很高兴的。再见,赫尔·巴林杰——夜里有寒气,脚露在外面会着凉的。"

"再见,弗里茨,"巴林杰老人说。"夜晚凉快,倒是赶车的好天气。"

小黑骡子踏着稳健的步子上路了,弗里茨时不时直着嗓子,对骡子说些温存愉快的话。

这个送信人一路胡思乱想,到了离开巴林杰邮局八英里的一大片星毛栎树林。这时,突然间枪声大作,火光闪闪,喊声四起,仿佛整个印第安部族都已经出动,一下子把他的思绪搅散了。一伙人骑着马疾驰而来,团团围住了邮车。其中一个朝前轮弯下腰,把枪对准赶车人,命令他停车。其他人抓住了骡子的辔头。

"他妈的!"弗里茨拔直喉咙大喊一声——"怎么回事?别碰那些骡子。这是美国邮政!"

"快点,德国佬!"一个阴沉的嗓音慢吞吞地说。"你知道吗,你被打劫了? 让你的骡子掉过头去,你从车上下来。"

汉多·比尔劣迹多端,声势很大,打劫弗雷德里克斯堡邮车这类事,对他来说算不上什么大动作。就像一头狮子,在追赶同自己一样勇猛的猎物时,也许会对半路上的一只兔子,轻浮地动一下脚爪。于是,汉多·比尔一伙围着弗里茨先生和平的运输工具,叫嚷着开始取乐。

他们骑马夜袭,干完了凶险的正事。弗里茨和他的骡子,便成了轻松的娱乐，在经历了本行的辛苦之后，这伙人反而感到快慰了。东南面二十英里的地方，停着一列火车，车头被毁，旅客们歇斯底里，快运车和邮车遭劫。这就是汉多·比尔一伙的正经职业。现钞与银货收获不小，强盗们便兜了个大圈子，往西穿过人口稀少的乡间，取道格兰德河上一个可以涉水而过的地方，想去墨西哥躲避。火车上的"战利品"把这些走投无路的林中强盗，变成了欢乐无比的云雀。

弗里茨气得发抖，一是因为伤了尊严，二是出于忧虑。他把突然取下的眼镜重新戴上，爬出车子，到了路上。这伙人已经下了马，在唱呀，跳呀，喊呀，表达着对亡命生活的满足和欢愉。响尾蛇罗杰斯站在骡子前头，扯了一下一头嫩嘴骡子的缰绳，落手重了一些，那头骡子疼得后腿蹶起，大声打了个鼻息，表示抗议。弗里茨顿时怒气冲冲地大叫起来，扑向身材魁梧的罗杰斯，开始用拳头猛击惊呆了的抢劫犯。

"坏蛋！"弗里茨喊道，"狗东西，你没有救了！那头骡子嘴上有伤痛。看我不把你的头从肩膀上扭下来才怪呢——强盗！"

"哈哈！"响尾蛇嚎叫着，放声大笑，一面低头躲避。"有人帮我治好了肩上的酸痛！"

这伙人中的一个拉住弗里茨的衣角，把他拽了回去。随后，林子里响起了响尾蛇吵吵嚷嚷的议论。

"去他的，法兰克福小香肠，"他喊叫着，还算和气。"就德国人来说，他还不太讨厌。他一心护着牲口，是不是？我喜欢看到别人那么爱自己的马，即使是一头骡子也罢。这块臭烘烘的小干酪，虽然父亲不喜欢，倒是对我胃口，是吧？嘎，嗨，骡子哎——我可不会再伤着你的嘴了。"

要是中尉本·穆迪不独具慧眼，希望有更多油水，这些邮件是不会遭殃的。

"嗨，头儿，"他对汉多·比尔说，"这些邮袋里，可能有值钱的货色。我曾同弗雷德里克斯堡一带的德国人做过马匹交易，了解这些家伙的习惯。他们把大量的钱，通过邮局寄到镇上。德国人宁可冒很大险，把一千块钱包在纸里送出去，也不愿出钱让银行来受理。"

汉多·比尔，身高六英尺二，说话和气，行为冲动，穆迪的话还没有说完，他已经把邮袋从车子后头拖过来了。他手里拿着一把闪亮的刀，对准厚实的帆布袋刺了进去，只听见邮袋吱吱裂开了。亡命之徒们围了上来，卅始把信件和包裹撕开，不动声色地咒骂着写信人，说他们好像是串通一气来驳斥本·穆迪的预言，这倒是给这种体力活添了点生气。在弗雷德里克斯堡邮袋里，没有发现一块钱。

"你应该感到惭愧，"汉多·比尔口气严肃地对送信人说，"装了那么一大堆废旧纸。可是，这算什么意思？ 你们德国佬把钱放到哪儿去了？"

在汉多的刀下，巴林杰的邮袋像破壳的茧一样被撕开了。里面只装着几封信。弗里茨气嘟嘟的，又急又怕，眼看要轮到这个邮袋了。此刻，他记起了莉娜的信。他对这伙人的头儿说，请他免了这封特殊的信。

"多谢你的关照，德国佬，"他对惶惶不安的送信人说。"我估计这就是我们所要的那封信。有钱在里面，是不是？ 信在这儿。点个火，孩子们。"

汉多找到了这封给希尔德斯莫勒太太的信，把它撕开了。其余的人零零落落站着，把这些揉乱了的信一封封照亮。汉多面露不悦，默默地盯着这单张纸的信，信中的德文书写很生硬。

"你用来骗我们的这东西是什么，德国佬？ 你把这叫做重要的信？ 这是你对朋友们耍的卑劣花招，趁机想把信发出去。"

"那是中文，"桑迪·格伦迪在汉多背后偷看着，说道。

"你胡说八道，"另一个家伙说。他年轻能干，戴着丝围巾，穿着涂镍的盔甲。"那是速记，我在法庭上看见他们写过。"

"哎呀，不，不，不，——那是德文，"弗里茨说。"不过是一个小女孩写给妈妈的信。一个可怜的小小女孩，生着病，离开家在累死累活干。呵！ 真遗憾。好强盗先生，你们行行好，把这封信给我吧。"

"活见鬼，你把我们当作什么人了，德国老家伙？"汉多突然说，口气严厉得惊人。"你是不是暗示我们，这些先生连起码的礼貌都没有，对小姐的健康不感兴趣？ 好吧，你别停下，把那些潦草的字大声念出来，用简单的美国话，翻译给这群受过良好教育的人听听。"

汉多抓住扳机保险，旋转着六发手枪，站在瘦小的德国人面前，显得又高又大。弗里茨开始读信，并把这些简单的词语翻成英文。这群游民默默地站着，听得很专心。

"这孩子几岁了？"信读完后，汉多问。

"11 岁，"弗里茨说。

"她在哪儿？"

"在采石场——干活。啊，我的天哪——小莉娜说要跳河。我不知道她是不是会跳，要是真的跳了，我会拿枪把彼得·希尔德斯莫勒杀了。"

"你们德国佬，"汉多·比尔说，口气很不屑，"我真感到厌烦，竟让自己的孩子给人雇去干活，他们哪，照例该在沙滩上玩玩偶。你们这帮人真糟糕。我想你还是等一等吧，我们要让你看看，你们这个古老蹩脚的国家，我们是怎么看待的。来呀，伙计们！"

汉多·比尔在旁边跟同伙商量了一会儿，随后他们抓住弗里茨，把他带离大路到了一边，用两根套绳把他绑在一棵树上，又将他的骡队拴在附近的另一棵树上。

"我们不会伤害你的，"汉多安慰他说。"在这里绑一会儿也不碍你什么。现在跟你打好招呼，我们得离开一下。别不耐烦。"

弗里茨听见这伙人上了马，马鞍发出响亮的咯吱声。然后是喊叫声和咔嗒咔嗒的马蹄声，他们乱糟糟地沿着弗雷德里克斯堡的路疾驰而去。

弗里茨靠在树上，坐了两个多小时，尽管绑得很紧，却并不太疼。险情之后心里一松弛，便沉沉地睡着了。他不知道自己睡了多久，但最后被人粗暴地摇醒了。有人在解开绑他的绳子。他被拉着站了起来，但他眼睛发花，脑子糊涂，身体疲惫。他擦了擦眼睛，看了看，发现自己还是在同一群可怕的匪徒中间。他们把他推上马车的座位，把缰绳交在他手里。

"你回家去，德国佬，"汉多用命令的口吻说。"你给我们带来了很大麻烦，我们很高兴看到你还好好的。玩儿去吧！喝两杯啤酒！快走！"

汉多伸出手，狠狠地给了弗里茨的骡子一马鞭。

小骡子们蹦跳着往前，因为能再次活动起来，都高兴得不得了。弗里茨一路催赶着，脑子却依旧昏昏沉沉，对这场可怕的冒险糊里糊涂。

按规定，他得在天亮时赶到弗雷德里克斯堡。实际上，他赶着车走在小镇的长街上时已经11点了。到邮局之前，他要经过彼得·希尔德斯莫勒的房子。他停下车，叫了一声。但是希尔德斯莫勒太太正盼着他。他们一家人都冲了出来。

希尔德斯莫勒太太，胖胖身材，满脸通红，问他有没有莉娜的信。随后，弗里茨提高了嗓门，把他的冒险经历说了一遍，同他们说了一下信的内容，因为强盗们让他读过。随后，希尔德斯莫勒太太放声大哭。她的小莉娜跳河淹死了！他们干嘛打发她离开家去干活？现在该怎么办呢？再要叫她回来恐怕已经晚了。彼得·希尔德斯莫勒的海泡石烟斗掉到了人行道上，抖动了一下跌得粉碎。

"女人家！"他对妻子咆哮着，"你干嘛让孩子走呢？她如果再也不回家了，那是你的错。"

人人都知道，这是彼得·希尔德斯莫勒的过错，所以他们并不理睬他的话。

过了一阵子，只听得隐隐约约有一个奇怪的声音在叫："妈妈！"

开始，希尔德斯莫勒太太还以为莉娜的灵魂在叫喊。于是，她冲到了弗里茨的带篷车后头，高兴得尖声叫了起来，原来她看到了莉娜本人。她在她苍白的小脸上亲了起来，紧紧拥抱她，弄得她喘不过气来。莉娜倦得死死地睡了一觉之后，这会儿眼皮很沉重。但是她笑了，躺在渴望见面的人旁边。她睡在邮袋中间，身上盖了一套奇怪的毯子和被子，直到被周围的声音吵醒了。

弗里茨瞪着她，双眼在眼镜后面鼓鼓的。

"天哪！"他喊道。"你怎么跑进车子里来的？ 今天我是不是疯了，还是给强盗谋杀了，绞死了？"

"是你把她带来给我们的，弗里茨，"希尔德斯莫勒太太叫道。"我们该怎么感谢你才好呢？"

"告诉妈妈，你是怎么坐着弗里茨的车子来的，"希尔德斯莫勒太太说。

"我不知道，"莉娜说。"可是我知道是怎么离开旅馆的。是王子带我来的。"

"我的天哪！"弗里茨喊道，"我们都疯了。"

"我一直知道他会来的，"莉娜说，一屁股坐在人行道上的一堆床单上。"昨天晚上，他带着全副武装的骑士来了，攻下了恶魔的城堡。他们打碎了盘子，踢倒了门。他们把马洛尼先生扔进一个接雨水的桶里，把面粉撒到马洛尼太太身上。骑士们一开枪，旅馆里的工人便跳出窗子，往森林里逃跑。我被他们吵醒了，从楼梯上朝下看。然后，王子上来了，用床单把我裹起来，带我出去了。他那么高，那么强壮，那么好。他的脸像板刷那么粗糙，但说话那么轻，那么和气，还有一股酒味。他把我放在马上，让我坐在他前面，我们夹在骑士们中间，骑着马走了。他把我紧紧搂着，我就这么睡着了，到家才醒过来。"

"胡说！"弗里茨叫了起来。"完全是童话！ 你是怎么从采石场到我车上来的？"

"王子带我来的，"莉娜很自信地说。

直到今天，弗雷德里克斯堡的好心人还是没有办法让她作出别的解释。

探案推理小说

侦探们

在大城市，一个人会像吹灭的蜡烛一样，霎那间消失得无影无踪。一切侦查力量——跟踪的猎犬、城市迷宫的侦探、运用推理和归纳的私探——都动员来破案。这人往往从此不露面了。有时候，他会再次出现在希博伊根或者特雷霍特的荒野，称自己为"史密斯"的同名者，却记不起某一时段的事儿，包括杂货铺的账单。有时候，在河里打捞了一阵子，或是在饭店里查访了一下，看他是不是在等候一块烧得恰到好处的牛排，后来却发现，他已经搬到隔壁住下了。

一个人像从黑板上擦掉粉笔画那么死去，是戏剧艺术最出彩的主题之一。

手头这个玛丽·施奈德案件，是颇有意思的。

一个中年人，名叫米克斯，从西部来到纽约，找他的姐姐玛丽·施奈德太太，一个52岁的寡妇，她在一个拥挤地段的经济公寓里已经住了两年。

在她的住地，人家告诉他玛丽·施奈德一个月之前搬走了。没有人知道她的新址。

米克斯先生走出房子，把自己的困境告诉站在街角的警察。

"我的姐姐很穷，"他说，"我急于找到她。最近，我在一个铅矿里赚了不少钱，想让她分享我的财富。刊登寻人启事广告不管用，因为她不识字。"

警察扯了扯胡子，一脸沉思默想，无所不能的样子，让米克斯几乎感到，姐姐玛丽愉快的眼泪已经落到他鲜艳的蓝色领带上了。

"你到运河街地段，"警察说，"找一份工作，驾驶你能找到的最大的卡车。那儿常常有老太婆被卡车轧死的。你可能在她们中间看到她。要是你不高兴这么做，那就到局里去要个便衣侦探，寻找老人。"

在警察总局，米克斯马上得到了帮助。告示发出去了，她弟弟提供的玛丽·施奈德的照片，散发到了各个车站。在马尔伯里街，警长把这一案子交给了马林斯侦探。

侦探把米克斯叫到一边说：

"这个案子不难破。你剃掉胡子，口袋里装满上等雪茄，今天下午3点钟在沃尔多夫饭馆同我碰头。"

米克斯答应了。他在那里找到了马林斯。他们要了一瓶酒，侦探问了几个关于失踪女人的问题。

"你知道，"马林斯说，"尽管纽约是个大城市，但是我们的侦探业务是一体化的。有两个办法找你的姐姐。我们先试一个。你说她52岁？"

"稍稍过了一点，"米克斯说。

侦探把这个西部佬带到了一家最大的报纸的广告办公室分部。在那里，他拟了下面这个广告，交给了米克斯。

"急招——一百名迷人的合唱队姑娘，参加新音乐喜剧演出。二十四小时接待。地点：百老汇大街——号。"

米克斯勃然大怒。

"我姐姐，"他说，"是个卖力干活的穷老太婆。我不明白这样的广告怎么会帮助我找到她。"

"好吧，"侦探说。"我想你不了解纽约。不过既然你抱怨这个计划，我们就试一下另外一个吧。那个很有把握，但你花的钱更多。"

"别在乎费用，"米克斯说，"我们来试试。"

侦探又把他带回沃尔多夫饭馆。"订下两个房间和一个客厅，"他建议道，"我们到上面去吧。"

一切安排定当。两人被带到了四楼一个高级套间。米克斯一脸莫名其妙的样子。那侦探一屁股坐进丝绒扶手椅，掏出了雪茄盒子。

"我忘了向你建议了，好家伙，"他说，"你本该按月订下房间。要不然，他们不会那么容忍你。"

"按月！"米克斯喊道。"你这是什么意思？"

"啊，这场游戏这么玩法很费时间。我告诉过你，会让你花更多钱。我们得等到春天。到那时，新的城市指南出来了，很可能你姐姐的名字和地址都在里面呢。"

米克斯立刻把城市侦探打发走了。第二天，有人建议他向萨姆洛克·乔尔尼斯咨询一下。他是纽约有名的私人侦探，要价高得惊人，但在解决疑案和犯罪案件方面，却屡创奇迹。

米克斯在这个大侦探公寓的前厅等了两个小时，才被领到他面前。乔尔尼斯穿着紫色晨衣，坐在一张镶嵌的象牙棋桌旁，面前放了本杂志，在苦苦地解谜。这个著名侦探瘦削睿智的脸庞，富有穿透力的眼睛，以及一字千金的价格，已是人所共知，不必再描绘了。

米克斯说明了来意。"要是成功，费用是五百块，"萨姆洛克·乔尔尼斯说。

米克斯点头同意这个开价。

"我愿意接你这个案子，米克斯先生。"乔尔尼斯最后说。"这个城市有人失踪，对我来说，这始终是个有趣的问题。我记得有个案子，一年前我成功地破了。一个姓克拉克的家庭，突然从他们居住的一小套公寓中消失了。我对公寓大楼细看了两个月，想找到个线索。一天，我突然发现一个送牛奶的人和一个杂货铺帮工送东西上楼时总是倒着走。顺着这一观察得到的思路，通过归纳，我立刻找到了这个失踪的家庭。原来他们已经搬到了过道对面的公寓里，而且把姓改成了克拉尔克。"

萨姆洛克·乔尔尼斯和他的顾客到了玛丽·施奈德住过的经济公寓。侦探要求带他去看她原来的房间。自从她失踪后，这里还没有房客搬进来过。

房间又小又暗，没有什么陈设。米克斯沮丧地在一条破椅子上坐了下来，而这位大侦探在墙上、地板上和几个摇晃的旧家具上搜寻着线索。

半小时后，乔尔尼斯收集到了几件似乎令人费解的东西——一根廉价的女帽饰针、从剧院节目单上撕下的一角纸头，以及一小张撕毁的名片的碎片，上面写有"左"字和字母"C12"。

萨姆洛克·乔尔尼斯在壁炉上倚了十分钟，脑袋靠在手上，睿智的脸上露出专注的表情。末了，他兴奋得叫了起来：

"过来，米克斯先生，问题解决了。我可以直接带你去她的住地。你不必担心她的生活，因为她不缺钱用——至少目前是这样。"

米克斯惊喜交集。

"你是怎么知道的？"他问，钦慕之情溢于言表。

也许，乔尔尼斯的唯一弱点，在于对自己高明的归纳有一种职业的自豪感。他随时准备描绘自己的方法，让他的听众吃惊和着迷。

"采用排除法，"乔尔尼斯说，把他的线索摊到了桌面上，"我排除了城市的部分地区，认为那些地方施奈德太太是不可能搬去住的。你看到了这枚饰针了？ 那就排除了布鲁克林地区。每个想登上布鲁克林桥汽车的女人都很有把握，知道该戴着怎样的饰针去找自己的座位。现在，我要演示给你看，她不可能搬到哈勒姆地区。这扇门后面的墙上有两个钩子。一个是施奈德太太挂帽子的；另一个挂她的披肩。你会观察到，悬挂的披肩下端，天长日久在粉墙上留下了一长条污迹。印子的周边很整齐，说明披肩没有流苏。那么，一个中年妇女，围着披肩，登上了哈勒姆火车，披肩上居然没有流苏来勾住大门，以挡住身后的旅客，这种情况可能吗？ 因此我们排除了哈勒姆地区。

"为此，我们得出结论，施奈德太太并没有搬到离这儿很远的地方去。在这张撕下来的名片上，你看到了'左'字，看到了字母'C'和号码‘12’。而我恰恰知道 C 大街 12 号是一幢一流的寄宿房，远远超出你姐姐的经济条件——我猜想。但是，我发现了这一角剧院节目单，揉成了奇怪形状。这传达了什么信息呢？对你来说，很可能什么也没有，米克斯先生。但是，对一个训练有素，养成了习惯的人来说，是很有说服力的，因为他能识别最细小的东西。

"你告诉过我，你姐姐是个清洁女工，清洗办公室和门厅的地板。让我们设想，她找到了剧院这份工作。值钱的珠宝，在什么地方最可能经常遗失呢，米克斯先生？当然是剧院。看看那个节目单残片吧，米克斯先生。观察一下纸片上圆圆的凹陷。这个纸片曾经包过一个戒指——也许是昂贵的戒指。施奈德太太在剧院干活的时候发现了戒指，匆匆撕下节目单，小心地把它包起来，塞进怀里。第二天，她把戒指处理掉了。随着收入的增加，她环顾左右，想找一个更舒适的地方居住。当我深入这一连串事情的时候，就觉得去 C 街 12 号居住不是不可能的。在那儿，我们会发现你姐姐，米克斯先生。"

萨姆洛克·乔尔尼斯像一个成功的艺术家那样微微一笑，结束了他令人信服的讲话。米克斯的佩服之情难以言表。两人一起到了 C 街 12 号。这是一幢老式的褐色石头房子，坐落在一个富裕体面的地区。

他们按了门铃，经询问，得到的回答是，不知道有施奈德太太这个人，新来的房客住进去还不到六个月。

他们返回人行道，米克斯把来自姐姐老房子的线索又研究了一遍。

"我不懂侦探这一行，"他将节目单残片凑近乔尔尼斯的鼻子，说，"但是我好像觉得包在纸里的不是戒指，而是圆圆的薄荷糖。而这个印有地址的纸片，在我看来像是座位票的一截，写着：左边过道，C 排 12 号。"

萨姆洛克·乔尔尼斯双眼神情恍惚。

"我想你还是咨询一下贾根斯吧，"他说。

"贾根斯是谁？"米克斯问。

"他是，"乔尔尼斯说，"新现代侦探派的领袖。他们采用的方法跟我们的不同，但据说，贾根斯破了几桩极其疑难的案件。我带你上他那儿去。"

他们在贾根斯的办公室找到了这位更伟大的侦探。他小个子，浅色头发。正专心地看着纳撒尼尔·霍桑的一部小资作品。

两个不同派别的大侦探，礼节性地握了握手，米克斯受到了引见。

"说一下事实吧，"贾根斯说，继续看他的小说。

米克斯刚把话说完，这个更伟大的侦探便合上书说：

"你看我这么理解对吧，你的姐姐 52 岁，鼻子一边有一颗大痣。是一个很穷的寡妇，靠当清洗工勉强过日子，相貌和身材都很一般。"

"那正是我姐姐的样子，"米克斯承认。贾根斯站起来，戴上了帽子。

"十五分钟后，"他说，"我会拿了她现在的地址回来。"

萨姆洛克·乔尔尼斯一下子脸色发白了，但挤出了一个笑容。

在答应的时间内，贾根斯回来了，手里拿了一个小纸条，看了看上面的内容。

"你的姐姐玛丽·施奈德，"他不动声色地宣告，"可以在奇尔顿街 162 号找到。她住在靠后面过道的房间里，五个台阶之上。她的房子同这儿不过相隔四个街区，"他继续对米克斯说。"你不妨去核实一下，然后再回到这儿来。乔尔尼斯先生会等你的，我敢说。"

米克斯匆匆离开了。二十分钟后，他回来了，笑容满面。

"她确实在那儿，而且很好！"他叫道。"说一下费用吧！"

"两块钱，"贾根斯说。

米克斯付了钱走掉后，萨姆洛克·乔尔尼斯拿着帽子，站在贾根斯面前。

"如果这不是多嘴，"他吞吞吐吐——"要是你能给予方便——你不会反对——"

"当然不会，"贾根斯愉快地说。"我告诉你我是怎么做的。你还记得对施奈德太太的描绘吗？ 你碰到过这样的女人吗，她拥有一张自己的蜡笔肖像画，而且是放大的，却又不必每周分期付款？ 国内制作这类画像最大的工厂就在附近街角。我去了那里，从登记簿上找到了她的地址。就是这么回事。"

萨姆洛克·乔尔尼斯的冒险经历

我很幸运，能把纽约大侦探萨姆洛克·乔尔尼斯归入朋友之列。乔尔尼斯是城市侦探队伍的所谓"知情人"。他是位使用打字机的高手。一旦有"谋杀谜案"需要解决，他的职责就是坐在总部的台式电话机旁，记下那些"怪人"传来的信息，这些人往往打电话进来，交待自己所犯的罪行。

但是，在"休息日"，来交待的人不很频繁，而且三四家报纸也追查到了同样数量的各类罪犯，于是乔尔尼斯就会带了我在街上晃悠，显示一下他惊人的观察力和推断力，也使我感到很愉快，并深受教益。

几天以前，我闯进了总部，发现大侦探若有所思地盯着一根紧紧绕着小手指的绳子。

"早安，瓦茨阿普，^①"他说，没有抬头。"很高兴，我注意到你家终于装了电灯。"

"请你告诉我，"我惊奇地说，"你怎么知道的？ 我肯定没有向谁提起过这件事，布线也是紧急订货，早上才完成的。"

"再容易不过了，"乔尔尼斯亲切地说。"你进来的时候，我闻到了你吸的雪茄烟味儿。我熟悉昂贵的雪茄，也知道在如今的纽约，能吸得起雪茄又付得起煤气账单的人不会超过三个。这太简单了。但我刚才思考的是自己的小问题。"

"你手指上怎么绕了一根绳子？"我问。

"问题就在这儿，"乔尔尼斯说。"今天早上，我太太在我手指上扎了这根绳子，提醒我把一件东西送回家。坐下，瓦茨阿普，请原谅我耽搁你一会儿。"

这位名侦探走到挂壁电话那儿，把听筒贴着耳朵，有十来分钟。

"你在听人交代吗？"他回到椅子上的时候，我问。

"差不多，"乔尔尼斯笑了笑说，"可以算作这类事。坦白告诉你吧，瓦茨阿普①，我戒掉了毒品。好长一段时间以来，我在增大剂量，结果吗啡对我已不起什么作用。我得有更刺激的东西。我刚才去听的电话，连接着沃尔多夫的一个房间，那里有人正朗读着作品。好吧，回到这根绳子上来吧。"

经过五分钟的沉思默想，乔尔尼斯瞧着我笑了笑，点了点头。

"多了不起的家伙！"我喊了起来，"已经解决了？"

"很简单，"他说，抬起手指。"你看到那个结了？那是为了防止我忘记。因此，就是毋忘我，'毋忘我'是一种花。那就是叫我送一袋面粉②回家！"

"精彩！"我佩服得禁不住叫了起来。

"我们出去走一走吧，"乔尔尼斯建议。

"现在，手头只有一个重要案件。麦卡迪老人，104 岁，因为香蕉吃得太多，死了。但有明显证据，这是黑社会干的。警察包围了二号街卡曾加莫·甘布林纳斯第二俱乐部，几小时之后就可抓住凶手，没有向侦探力量求援。"

乔尔尼斯和我出门到了街上，朝一个可以乘到地面车辆的角落走去。

走了半个街区，我们碰上了一个熟人，叫莱因捷尔德，他在市政厅供职。

"早安，莱因捷尔德，"乔尔尼斯说，停下脚步。

"今天，你吃的早饭不错。"

我始终留意侦探杰出的推断能力，看见乔尔尼斯的眼睛一闪，落在

---

①瓦茨阿普：原文为"Whatsup"意为"什么事"。此处作者有意用作人名，影射《福尔摩斯探案》中的 Watson。
②面粉，英文为 flour 与 flower（花）同音，所以此处由"花"想起了面粉。

对方胸前衬衫上溅着的一长条黄色污渍，以及下巴上更小的黄点——无疑，两者都是蛋黄污渍。

"啊呀，这是你们的侦察天性，"莱因捷尔德说，笑得身子直摇晃。"行啊，我用饮料和雪茄打赌，你猜不出我早饭吃了什么。"

"好，"乔尔尼斯说，"香肠、黑面包和咖啡。"

莱因捷尔德承认，他的推测是对的，并付了赌注。我们继续往前走的时候，我对乔尔尼斯说：

"我想，你是看了溅在下巴上和衬衫前胸上的鸡蛋汁了。"

"我是看到了，"乔尔尼斯说。"也正是从这里开始推断的。莱因捷尔德是个省吃俭用的人。昨天市场上鸡蛋的价格，跌到了二十八美分一打。今天的报价是四十二美分。莱因捷尔德昨天吃了鸡蛋，今天又回到了往常的食品。这样的区区小事算不得什么，瓦茨阿普，属于初等数学课的内容。"

我们上车时发现已没有空位——占座的主要是女人。乔尔尼斯和我站在车后部平台上。

靠近车子中间的地方，坐着一个上了年纪的男人，蓄着灰白的短胡子，看上去十足是个穿着讲究的纽约人。一连几个街角，有女人上车。很快便有三四个女人耸立在那男人面前，抓住手把，眼睛意味深长地瞟着这个人，就是他占了别人都看想的座位。但是，他端坐不动。

"我们纽约人，"我跟乔尔尼斯议论道，"几乎丧失了礼貌，看他们在公共场合的举动就知道。"

"也许如此，"乔尔尼斯轻描淡写地说，"不过显然你指的那个人，恰恰倒是个谦恭有礼的绅士，来自古老的弗吉尼亚，同妻子和女儿在纽约待了几天，今天晚上动身去南方。"

"你认识他？"我吃惊地问。

"上这辆车之前，我从来没有见过他，"侦探微笑着说。

"啊，真神哪!"我叫道，"要是从他的外表，就能推断出这些，你干的就是黑人艺术了。"

"爱观察的习惯使然——没有别的原因，"乔尔尼斯说。"要是这位老先生在我们之前下车，我可以演示给你看我推断的正确性。"

过了三条街，这位先生站起来准备下车。乔尔尼斯在门边对他说:

"对不起，先生，你是弗吉尼亚州诺福克的亨特上校吗?"

"不是，先生，"回答很有礼貌。"我的名字，先生，叫埃利森——温菲尔德·R·埃利森少校，菲尔法克斯县人，同是弗吉尼亚州。我认识诺福克的很多人——古德里奇夫妇、托里弗夫妇和克雷布特里夫妇，先生，但无缘见你的朋友亨特上校。我很高兴地说，先生，我和妻子及三个女儿，在你们的城市度过了一周，今天晚上要回弗吉尼亚了。十天后，我要到诺福克。要是你能把你的大名告诉我，我会很乐意寻找亨特上校，告诉他你问候他，先生。"

"谢谢，"乔尔尼斯说，"请你告诉他，雷诺兹问他好。"

我瞥了一眼这位纽约大侦探，看见他清晰的面容露出极为懊恼的神色。细小的失误也总是让萨姆洛克·乔尔尼斯恼火。

"你说你的三个女儿?"他问这位弗吉尼亚先生。

"是的，先生，我的三个女儿。在菲尔法克斯，都是很出色的，"他回答。

说完，埃利森少校让车子停下，开始走下踏步。

萨姆洛克·乔尔尼斯抓住了他的胳膊。

"等一等，先生，"他请求道，说话的口吻彬彬有礼，只有我能觉察出内中的焦急——"我想其中的一个女儿是领来的，我说得对吗?"

"对，先生，"少校承认。这时他已下了车。"不过，我倒说不上来，你究竟怎么知道的，先生。"

"连我也说不上来呢，"车子往前开动后，我说。

乔尔尼斯从明显的失败中攫取了胜利，恢复了镇定、平静和洞察力。于是，下了车后他邀请我进了一家咖啡店，答应向我披露他最近的不朽功绩。

"首先，"我们舒舒服服地坐定后，他开口了，"我知道这位先生不是纽约人，因为尽管他没有起立让座，但面对站着的几个女人，还是涨红了脸，显得坐立不安。从他的外表我断定他是南方人，而不是西部人。

"其次，我想到了他为什么很想让座给一位妇女，却并没有觉得非做不可。我很快做出了判断。我注意到，他的一只眼角被严重刺伤，出现红肿，脸上布满了没有削过的铅笔般大小圆点。而且，在他的漆皮皮鞋上，有几个深深的印子，呈椭圆形，但末端是方的。

"如今，纽约只有一个地区可能让男人出现这类伤疤、伤痕和印记——那就是第二十三街的人行道，以及它南面第六大道的一部分。从他脚上留下的法国鞋跟的印记，以及脸上被购物区妇女用雨伞和阳伞戳下的累累伤痕，我知道，他跟一群好斗的家伙发生过冲突。像他这样外表聪明过人的男子，除非被自己的女人硬拖进去，是不会甘冒这种危险的。所以，他上车的时候，仍然为刚才的遭遇憋着一肚子气，于是也就不顾南方传统的骑士风度，坚持不让座了。"

"这都言之有理，"我说，"可是你为什么咬住他女儿呢——特别是两个女儿？ 为什么他妻子单独就不能带他去购物呢？"

"必须得有女儿，"乔尔尼斯镇静地说。"要是只有妻子，没有别人，年龄又同他相仿，他尽可以哄她让她一个人去。如果他俩是老夫少妻，那他妻子会喜欢自己一个人去。这就是解释。"

"这我同意，"我说，"可是，现在，为什么两个女儿呢？ 还有，我始终不明白，他告诉你有三个女儿时，你怎么猜中有一个是养女？"

"别说'猜'，"乔尔尼斯说，不无得意之情。"在推理词典中没有这样的词汇。埃利森少校的钮孔中，插着一朵康乃馨、一个玫瑰花蕾，衬着一片天竺葵叶子。没有一个女人会把康乃馨和玫瑰花蕾组成钮孔花。闭上你的眼睛，瓦茨阿普，运用一下你想象的逻辑。你难道看不到，可爱的阿黛尔把康乃馨系在爸爸衣服翻领上，让他上街的时候开心些，然后，伊迪丝·梅闹闹嚷嚷，带着姐妹常有的嫉妒跳着来到跟前，在原有的装饰上加了玫瑰花蕾？"

"还有，"我叫道，开始来了劲，"他说有三个女儿时——"

"我明白，"乔尔尼斯说，"躲在后面的一位，没有添什么花。我知道，她一定是——"

"养女！"我插嘴了。"我完全相信。可是你怎么知道他今晚动身去南方？"

"在他的胸袋里，"大侦探说，"隆起了一个又圆又大的东西。火车上不大有好酒，而从纽约到费尔法克斯路程又很长。"

"我又得佩服你了，"我说。"还有这件事，你也说给我听听，消除我最后一丝疑虑。你是怎么断定他来自弗吉尼亚的？"

"没有明显的迹象，我承认，"萨姆洛克·乔尔尼斯回答，"但是受过训练的观察者肯定会发现车内薄荷的味道。"

推理和猎狗

我有个老朋友，名叫 J·P·布里杰，是热带地区人，当了美国驻拉顿纳岛的领事，不久之前来到城里。我们开怀畅饮，尽情狂欢，看到了熨斗大楼，却两个晚上都没见到那伙不喝鸡尾酒的人。然后，曲终人散，我们沿着一条仿造的百老汇大街走去。

一个女人从我们身旁走过，容貌标致，带有几分俗气，手里牵着一条黄毛哈巴狗。这条狗摇摇摆摆，一副凶相，呼哧呼哧喘着粗气。哈巴狗缠住了布里杰的腿，气咻咻地咆哮着，在他脚踝上咬了一小口。布里杰露出愉快的笑容，踢了这畜生一脚，弄得它透不过气来。那女人立刻将考虑周全的形容词，雨点般洒向我们，明确表达了我们在她心目中的地位。我们继续往前走，十码远的地方有一个老太婆，头发又白又乱，在乞讨，而破烂的披肩下秘藏着银行存折。布里杰停下脚步，从假日西装背心里，好不容易摸出 25 分币给了她。

在下一个街角，站着一个体重足有四分之一吨的男人，衣着考究，搽了粉的下颏又白又胖，手里牵着一条面目狰狞的叭喇狗，前腿短小，跟达克斯猎狗差不多，很是少见。一个矮小的女人，戴一顶上个季节的帽子，对着那男人哭泣，显然是无可奈何，而他则用低沉、甜蜜、老练的声调咒骂那女人。

布里杰又笑了——完全是暗笑——这一回，他掏出了一本记事簿，作了一下记录。按理，不作适当解释他无权这么做，我照实说了。

"这是一个新推理，"布里杰说，"是我在拉顿纳的时候捡来的。我一面转悠，一面为此收集证据。时机还没有成熟，但是——嗯，我会告诉你，然后你可以回忆一下碰到过的人，看你从中能悟出个什么道理来。"

于是，我执意与布里杰面谈，地点在一个有人造棕榈树和酒的地方。他把下面的故事告诉我，我用自己的话叙述，但故事内容由他负责。

一天下午3点，在拉顿纳的一个岛上，一个男孩在沙滩上奔跑着，大声尖叫，"飞鸟号到了，嗨！"

这么一来，他让人知道了他听觉的灵敏，以及分辨音调的准确性。

在拉顿纳，谁第一个听到并口头宣布轮船驶近的汽笛声，而且还准确地叫出了轮船的名字，谁就是小英雄，直到第二艘轮船到来。为此，拉顿纳的赤脚少年你争我夺，竞当英雄，不少人还上了当，错把帆船柔和的海螺号当作了汽笛声。因为帆船进港时发出的声音，同遥远的汽笛声惊人地相似。可是有人却不一样，在你迟钝的耳朵听来，船只的叫声并不比吹过椰子树的飒飒风声更响时，他已经能告诉你这艘船的名字了。

但在今天，宣布飞鸟号到来的人获得了这份荣誉。拉顿纳人侧耳倾听。很快，深沉的汽笛声越来越响，越来越近。最后，拉顿纳人目光越过"低洼地"的棕榈树，看到了缓缓向港口驶来的水果船的两个黑色烟囱。

你得知道，拉顿纳是个岛屿，在某个南美共和国南面二十英里，是该共和国的一个港口，甜甜地沉睡在微笑着的海面上，纹丝不动，热带地区丰富的生物哺育着它，那儿一切都"成熟，停滞，走向坟墓"。

八百人远离尘嚣，聚居在绿阴遮蔽的小村里，做着生活的梦。那个小村分布在小巧的港口马蹄形曲线上。他们大多为西班牙人和印第安人的混血儿，少数为圣地亚哥的黑人，极少数为纯血统西班牙官员，还有寥寥三四个华而不实的白人先驱者。没有别的船，只有水果运输船抵达拉顿纳，载着路过这里去沿海的香蕉检查员。他们在岛上留下星期日报纸、冰块、奎宁、熏咸肉、西瓜和牛痘苗，这就是拉顿纳与外部世界的全部联系。

飞鸟号停泊在港口，在浪涛上沉甸甸地摇晃着，送出白色的浪花，在船与岸之间光滑的水面上追逐。来自村里的两艘划艇，朝轮船驶来，已经到了半路。一艘运送水果检查员；另一艘呢，来什么装什么。

运送检查员的那条划艇，被拉到了大船上。飞鸟号离岸驶向大陆，装载水果。

另一艘划艇回到拉顿纳，装载着从飞鸟号上卸下的货物——冰块、和往常一样的一卷报纸，以及一个旅客—— 泰勒·普伦基特，肯塔基州查塔姆县的治安法官。

美国驻拉顿纳领事布里杰，在他的小棚屋官邸擦着枪。小棚屋建在一棵面包树下，离海港水域二十码。这位领事居于自己政党游行队伍的尾部，隐约听得见远处乐队车的音乐，而掌权的油水落到了别人手中。布里杰所得的好处——拉顿纳的领事——不过是一个李子——一颗来自公共粮仓寄宿舍的干李子。但是，九百块钱的年薪在拉顿纳是丰厚的。另外，布里杰爱去领馆附近的咸湖，射杀鳄鱼，所以也自得其乐。

他仔细检查了枪保险，抬起头来，看到一个身材魁梧的人堵住了房门。这人虎背熊腰，行动迟缓，没有声响，晒黑的脸就像用染料染过一样。45岁年纪，穿着整洁的土布衣服，淡色的头发已十分稀少，棕灰色的胡子剪得很短，淡蓝的眼睛里透出和善与单纯。

"你是布里杰先生，这儿的领事吧，"虎背熊腰的人说。"他们把我引到这里来了。水边那些看上去像羽毛掸子的树上，长了大串葫芦一般的东西，能告诉我那是什么吗？"

"坐在那张椅子上吧，"领事说，一面把擦枪布重新蘸了油。"不，另外一张椅子——那张竹椅撑不住你。呵，那是椰子——青椰子。还没有成熟的时候，椰子壳总是淡绿色的。"

"谢谢，"另一个男人说，小心地坐了下来。"我不想告诉国内的人这是橄榄，除非很有把握。我的名字叫普伦基特，肯塔基州查塔姆县的治安法官。我口袋里有引渡证，有权逮捕岛上的一个人。证件由国家总统签字，已经完备。这人名叫韦德·威廉斯，从事椰子种植业。之所以要逮捕他归案，是因为两年前他杀了妻子。什么地方能找到他呢？"

领事眯起眼睛，从枪筒里看出去。

"岛上没有人自称为'威廉斯'的，"他说。

"我也并不指望有，"普伦基特和气地说。"只要是他，就是用了其他名字也一样。"

"除我之外，"布里杰说，"在拉顿纳只有两个美国人——鲍勃·里夫斯和亨利·摩根。"

"我要找的人是卖椰子的，"普伦基特提示说。

"看到了吗，那条椰子大道一直伸展到岬角？"领事说，朝开着的门挥了挥手。"那儿属于鲍勃·里夫斯。摩根占有岛上背风处一半的椰子树。"

"一个月之前，"治安法官说，"韦德·威廉斯写了一封绝密信，给查塔姆县的朋友，告诉他自己在什么地方，日子过得怎么样。这封信丢了，捡到的人泄露了秘密。他们派我来追踪他，我带了文件。我估计，他肯定是你这儿做椰子生意的人。"

"当然，你有他的照片喽，"布里杰说。"可能是里夫斯，也可能是摩根。不过我讨厌这么想。他们就像你整天开车出行碰到的人那样，都是好人。"

"没有威廉斯的照片，"普伦基特疑惑地回答，"一张都找不到了。我也没有见过他本人。我当治安法官才一年。不过，我掌握这人确切的容貌特征。身高大约五英尺十一，黑头发，黑眼睛，罗马鼻子。肩膀厚实，牙齿齐全，又白又坚固，爱笑，健谈，很能喝酒，却从不喝醉。说话时直视对方眼睛，年龄35岁。你这儿的人有谁符合这样的特征？"

领事咧开嘴笑了。

"我告诉你怎么办，"他说，放下枪，套上褪了色的黑羊驼毛外衣。"来吧，普伦基特先生，我带你去看看小伙子们。要是你能分辨出其中一个比谁都像你描绘的那个人，那你就赢了。"

布里杰带着治安法官出了门，顺着坚硬的海滩走去。村子里的房子很小，都分布在近海滩的地方。紧靠村后，树木茂密的小山拔地而起。领事带着普伦基特，踏上从坚硬的泥土中开出来的台阶，往一座小山爬去。山崖上，栖息着一座木屋，里面有两个房间，屋顶是茅草盖的。一个加勒比女人在房子外面洗衣服。领事把治安法官带到俯瞰港口的房间门口。

两个穿衬衫的男人，正要在铺好的晚餐桌旁坐下。彼此在细微处并不很像，但两人都符合普伦基特指认的大体容貌特征。身高、发色、鼻形、身材、举动，都很吻合。他们是这样一类很不错的美国人：心情愉快，头脑机敏，心胸开阔，在异国的土地上相互吸引，结为伙伴。

"你好，布里杰！"他们一见领事便异口同声说。"来，一起吃晚饭！"随后，他们注意到了紧跟其后的普伦基特，便既好奇又殷勤地走上前来。

"先生们，"领事用不大习惯的一本正经口气说，"这是普伦基特先生。普伦基特先生，这是里夫斯先生和摩根先生。"

椰子大王们高兴地跟来客打着招呼。里夫斯似乎比摩根高一英寸，但他的笑声却没有摩根的响亮。摩根的眼睛深棕色，里夫斯的是黑色。里夫斯是主人，忙着给客人端椅子，叫加勒比女人添餐具。他们解释说，摩根住在"背风"的竹子披棚里，但两个朋友天天一起吃饭。主人忙着照应的时候，普伦基特一动不动站着，淡蓝色的眼睛随和地东张西望。布里杰看上去既抱歉又不安。

两套新添的餐具终于摆好，宾主排定了座位。里夫斯和摩根并排站着，与客人隔着桌子。里夫斯和善地点了点头，示意所有的人入座。接着，普伦基特突然举起手，做了个官气十足的手势，目光直逼里夫斯和摩根。

"韦德·威廉斯，"他平静地说，"你犯谋杀罪被捕了。"

里夫斯和摩根立刻欢快地交换了眼色，其实是表示疑问，也夹杂着一丝惊异。随后，他们同时转向说话人，目光里透出了困惑和直率的抗议。

"我们不明白你的意思，普伦基特先生，"摩根愉快地说。"你是说'威廉斯'吗？"

"开什么玩笑呀，布里杰？"里夫斯笑着转向领事。

布里杰还来不及回答，普伦基特又开腔了。

"我来解释，"他不动声色地说。"你们中的一个已经不需要解释，我要说的是针对另外一个的。这个人，是肯塔基州查塔姆县的韦德·威廉斯。两年前的5月5日，你谋杀了妻子。在此之前，你虐待和侮辱她达五年之久。我口袋里带了有关文件，要押你回去，你得走。我们要乘水果运输船回去，船明天过来，经过这个岛屿，放下水果检查员。我承认，先生们，我没有把握，你们哪个是威廉斯。不过，韦德·威廉斯明天必须回查塔姆县。我要你们明白这点。"

摩根和里夫斯捧腹大笑，声音在静静的港口回响。停泊在那儿的帆船上，两三个渔人抬头看着小山上美国佬的房子，不知道是怎么回事。

"亲爱的普伦基特先生，"摩根压下刚才的兴奋劲儿叫道，"晚饭要凉了，我们坐下来吃吧。我正急着要把调羹伸到鱼翅汤里呢。公事等会儿再谈。"

"请坐下，先生们，"里夫斯愉快地补充道。"我敢肯定，普伦基特先生是不会反对的。也许多一点时间有利于他确定想要拘捕的人。"

"不会反对，毫无疑问，"普伦基特说，重重地坐在椅子上。"我也饿了。我得把丑话说在前头，才能领受你们的好客，就这么回事。"

里夫斯把酒瓶和杯子放在桌上。

"有法国白兰地，"他说，"茴香酒、苏格兰'冒牌酒'和黑麦威士忌酒，你随意挑选。"

布里杰选了黑麦威士忌，里夫斯给自己倒了三指深的苏格兰"冒牌酒",摩根取了同样的酒。治安法官不顾别人的再三反对,从水瓶里倒了一杯水。

"为威廉斯先生的胃口而干杯,"里夫斯举起杯子说。摩根大笑,碰杯之际咯咯地笑得喘不过气来。大家都埋头用饭,菜烧得十分可口。

"威廉斯!"普伦基特猛地厉声叫道。

大伙儿全都惊奇地抬起头来。里夫斯发觉治安法官温和的目光落在他身上,不由得微微涨红了脸。

"你明白,"他没好气地说,"我名叫里夫斯,我不要你——"然而,这件事的喜剧色彩帮了忙,他终于一笑了之。

"我想,普伦基特先生,"摩根说,一面小心地给鳄梨加调味品,"你心中有数,要是你抓错了人——也就是说,任你抓谁回去,都是自找麻烦,肯塔基州后患无穷。"

"谢谢你的谨慎,"治安法官说。"啊,我得带个人回去。这人就是你们两人中的一个。不错,我知道,出了差错,我的损失可大了。不过,我会尽力抓该抓的人。"

"我告诉你怎么办,"摩根说,往前探了探身子,眼睛里闪着愉悦的光。"你把我带走吧。我走不碍事。今年的椰子生意不好,我想从保证人那儿赚点外快。"

"那不公平,"里夫斯插话了。"上一批货,一千个只拿到十六块。还是把我带走吧,普伦基特先生。"

"我会带走韦德·威廉斯,"治安法官耐心地说,"或者非常接近于这个人。"

"这很像同鬼一起进餐,"摩根议论道,身子假装抖了抖。"而且,是一个谋杀者的鬼魂! 哪一位把牙签传给调皮的威廉斯鬼魂好吗?"

普伦基特似乎有些漠然,仿佛是在查塔姆县自家饭桌旁用餐。他身材魁梧,胃口很好。奇奇怪怪的热带食品,刺激了他的味觉。他笨重、平庸，行动近乎迟缓，似乎缺少侦探应有的机敏与警觉。他甚至不再用敏锐或分辨的目光观察这两个人，其中的一个，他以惊人的自信认定犯了杀妻重罪，一定要带走。说真的，他面前摆着一个难题，解决得不好，他就会一败涂地。然而，他还是坐在那儿，品尝着蜥蜴烤肉排的新奇味儿，一面当着众人苦苦思索。

领事明显感到不快。里夫斯和摩根都是他很要好的哥儿们。可是肯塔基来的治安法官，无疑有权得到他公务上的帮助和道义上的支持。结果，布里杰在饭桌上一言不发，而竭力琢磨着这件怪事。他得出结论，如他所知，里夫斯和摩根非常机敏，普伦基特宣布来意后——霎那之间——都设想对方可能是有罪的威廉斯，彼此当即决定忠实保护伙伴，使其免遭悬近在眼前的灭顶之灾。这是领事的推测。如果他是这场生命和自由的智力竞赛中的赌注登记员，他会以很大的赔率，来赌笨手笨脚的肯塔基查塔姆治安法官。

吃完饭，加勒比女人过来端走了盘子，撤掉了台布。里夫斯把绝好的雪茄摊在桌上。普伦基特和其他人一样，心满意足地点上了一支。

"也许我比较愚钝，"摩根说，向布里杰眨了眨眼，咧嘴而笑。"但我还是想知道，是不是确实这样。嗨，我说呀，这完全是普伦基特先生编造的玩笑，吓唬两个森林中的孩子。这个'威廉森'可是当真？"

"'威廉斯，'"普伦基特严肃地纠正道。"我平生从来不说笑话。我知道，要是不把韦德·威廉斯带回去，那岂不是跨越二千英里来开一个低级玩笑，我是不会干这种事的，先生们！"治安法官把话说下去，让自己和善的目光不偏不倚地在两人之间游移。"你们自己瞧吧，这个案子是不是一个玩笑。此刻，韦德·威廉斯在倾听我说话。不过出于礼貌，我提到的时候把他作为第三者。整整五年，他让妻子过着狗一样的生活——不，我收回这句话。在肯塔基，没有一条狗过他妻子那种日子。他荡光了妻子赚来的钱——花在赛马上，牌桌上，马匹和狩猎上。在朋友面前，他是条好汉；在家里，却是一个冷酷阴险的魔鬼。他握紧拳头——那只手像石头一样硬——打他妻子——那时她因为吃足苦头，又病又弱——结束了她五年的受虐待生活。第二天，她死了。而他呢，逃走了。这就是事情的经过，够清楚的了。我从没见过威廉斯。不过我认识他妻子。我这人不喜欢遮遮掩掩。她遇见威廉斯的时候，我同她在交朋友。她去了一趟路易斯维尔，在那里见到了威廉斯。我承认，威廉斯立刻抢走了我的机会。我那时住在坎伯兰山边上。韦德·威廉斯杀死妻子后一年，我被选为查塔姆县的治安法官。我的公务让我来这里追踪他，但是我承认，这里也牵扯到个人的情感。他得跟我回去。呃——里夫斯先生，把火柴递给我好吗？"

"威廉斯太鲁莽了，"摩根说，抬起脚来靠着墙上，"竟然打肯塔基女人。我听说好像她们都爱打架。"

"威廉斯真糟糕，"里夫斯说，又倒了些苏格兰"冒牌酒"。

尽管两人说话很轻松，领事看到，也感觉到了紧张的气氛，以及他们言行的谨慎。"好兄弟们，"他暗自思忖："他们都不错。彼此就像小教堂墙上的砖头，相互支撑。"

就在这时候，一条狗进了他们落座的房间——一条带深褐色斑点的黑猎狗，长耳朵，懒洋洋，自以为会受到大家的欢迎。

普伦基特转过头来，瞧着这条自信的畜生，在离他椅子几英尺的地方转悠。

突然，治安法官吐出一声深沉而洪亮的咒骂，离开了座位，用他笨重的鞋子，对准那条狗恶狠狠地踢了一脚。

伤心的猎狗大为震惊，甩着耳朵，卷起尾巴，发出了一声痛苦而惊奇的尖叫。

里夫斯和领事端坐不动，没有开口。但是，这位性情随和的查塔姆县人，出人意料地那么耐不住性子，让他们感到惊奇。

然而，摩根，突然脸色发紫，跳了起来，虎视眈眈地在客人头上抢起胳膊。

"你——畜生!"他极其激动地喊道,"你干吗要这样?"

不一会儿,众人又彬彬有礼了。普伦基特含糊地咕哝着,表示歉意,并重又落座。摩根显然竭力压下怒气,也回到了自己的座位上。

随后,普伦基特犹如猛虎下山,纵身一跃,跳到了桌子对角,咔嚓一声,把手铐铐在了摩根的手腕上。摩根完全瘫痪了。

"猎狗的朋友,女人的杀手!"他叫道,"准备见你的上帝去吧。"

布里杰说完了故事后,我问道:

"他抓对人了吗?"

"抓对了,"领事说。

"他怎么知道的呢?"我问,总觉得有些摸不着头脑。

"他把摩根带到划艇上,"布里杰说,"第二天送上飞鸟号。普伦基特停下来同我握手告别,这时我问了同一个问题。

"'布里杰先生,'"他说,'我是肯塔基州人,见过很多男人,也见过不少动物。男人们对马和狗十分溺爱,对女人却冷酷无情。'"

响亮的号召

　　这个故事一半见于警察局的记载，另一半见于一家报纸经营部幕后。

　　百万富翁诺克罗斯在其公寓被入室抢劫犯所杀害。两星期后的一个下午，杀人犯在百老汇大街转悠，突然遇见了侦探巴尼·伍兹。

　　"是你呀，乔尼·克南，"伍兹问道，在公众场合，他犯近视眼已经五年了。

　　"正是，"克南热情地说。"如果你不是巴尼·伍兹，不久前和早期的老圣约翰雇员，那你得拿出证据来。你在东部干什么呀？那些绿色货物的传单发得那么远吗？"

　　"我到纽约已经几年了，"伍兹说。"在市侦探部门。"

　　"呵，呵！"克南说，露出愉快的笑容，拍了拍侦探的胳膊。

　　"到马勒咖啡馆去坐坐吧，"伍兹说，"找一张安静的桌子。我想同你聊一会儿。"

　　这时是四点缺几分，生意潮尚未退去。他们在咖啡馆里找了个僻静的角落。克南穿着考究，看上去颇为得意，也很自信，坐在矮小的侦探对面。这位侦探蓄着淡黄色的胡子，眯着眼睛，穿着现成的粗纺厚呢西装。

　　"你在干什么行当呀？"伍兹问。"你知道，你比我早一年离开圣约翰。"

　　"我在一个铜矿销售股份，"克南说。"我可能会在这儿建立一个办公室。呵，呵，原来老巴尼成了纽约侦探。你一直有这样的禀赋。我离开后，你在圣约翰当警察，是吗？"

　　"当了六个月，"伍兹说。"我还有一个问题，乔尼。自从你在萨拉托加犯了旅馆的案子后，我一直密切跟踪着你。我从来不知道你以前动过枪。你为什么要杀诺克罗斯呢？"

克南凝神看了一会高杯酒里的一片柠檬，随后，打量起侦探来，突然间露出灿烂却有点别扭的笑容。

"你怎么猜中的，巴尼？"他钦佩地问道。"我发誓，我以为像剥洋葱那样，这活儿干得干净利落。我什么地方留了尾巴吗？"

伍兹把一支小小的金铅笔，原本是手表的饰物，放在桌上。

"这是我送给你的，我们在圣约翰的最后一个圣诞节那会儿。我还保存着你送我的剃须杯。我是在诺克罗斯房间里，地毯的一个角落下找到的。我警告你说话要当心。我手头有你这个把柄，乔尼。我们过去是好朋友，可是我必须尽职。你杀了诺克罗斯，犯了死罪。"

克南大笑起来。

"我的运气还是不错，"他说。"谁能想得到巴尼老兄在跟踪我呢！"他的一只手伸进了外套。不容分说，伍兹已经把枪抵在他腰上了。

"拿开，"克南皱了皱鼻子说。"我不过是检查一下，呵哈！人要靠衣装，但也要会打扮。那件西装背心口袋有个洞。我从表链上卸下金铅笔，放进口袋，生怕打斗起来会丢掉。把你的枪收起来，巴尼，让我告诉你为什么杀诺克罗斯。这老傻瓜顺着过道来追我，用一把口径0.22的小手枪，朝我外衣背后的钮扣开了枪，我不得不制止他。那个老妇人倒蛮可爱，躺在床上，眼睁睁看着价值一万二千美金的钻石项链给拿走，一声都不吭。还像叫花子一样，恳求我还给她一个薄薄的小金戒指，装饰着石榴石，只值三块钱。我没有猜错，她嫁给老诺克罗斯，是奔钱去的。可是，她们总是抓住这些小首饰不放，手下败将给的小首饰，是不是？那一次一共搞到六个戒指、一对手镯和一只挂表，总价值一万五千。"

"我警告过你别说话，"伍兹说。

"呵，行呀，"克南说。"那些东西放在旅馆，我的手提箱里。现在，我告诉你为什么我要说话。就因为很安全。我在跟一个我了解的人谈话。你欠我一千美金，巴尼·伍兹，你就是想逮捕我，也下不了手。"

"我没有忘记，"伍兹说。"当时你二话不说，数出了二十张五十美金票面的钱。将来我会还你的。那一千美金救了我——是呀，我回家的时候，他们已经把家具堆到人行道上了。"

"所以，"克南往下说，"你是巴尼·伍兹，生来忠实可靠，势必会按照白人的游戏规则行事，不会下手逮捕一个有恩于你的人。啊，干我这一行，不仅要研究耶尔锁和窗子铰链，而且还要研究人。好吧，别开口，我来按铃叫招待。一两年来，我一直嗜酒，真让我有点担心。要是我有一天被捕，那个幸运的侦探该与酒老兄分享荣誉。干了一场之后，我可以问心无愧地同老朋友巴尼弯肘共饮了。你要喝什么？"

招待来了，送来一个小饮料瓶和吸管，又撇下他们走了。

"你言中了，"伍兹说，若有所思地在食指上转动着那支小金铅笔。"我不得不放过你。我下不了手。要是我还了那笔钱——可是我没有，那就没有什么可说的了。我真不走运，乔尼，可是又无法躲避。你以前帮过我，需要我以恩报恩。"

"我明白，"克南说，举起酒杯，脸颊泛红，得意地笑了笑。"我能看人。为巴尼干杯——因为他是个大好人。"

"要是我们之间两清了，"伍兹低声往下说，仿佛在自言自语，"我不信纽约所有银行里的钱，能把你从我手中买走。"

"我知道买不走，"克南说。"正因为这样，我明白在你手里很安全。"

"大多数人，"侦探继续说，"对我这一行侧目而视。他们不把它同艺术和专业行当放在一起。可是我却始终怀有自豪感，而且痴心不改。正因为这样，我就完蛋了。我想，我首先是个人，其次才是侦探。我得放你走，随后就辞职，退出侦探界。我想，我可以去开快运车。你那一千块钱就更难还清了，乔尼。"

"呵，别介意，"克南神气活现地说。"我倒愿意把这笔债务一笔勾销，但我知道你不会同意。对我来说，你借钱的那一天真是个幸运日子。现在，我们搁下这个话题吧。我要乘早上的火车去西部。我知道那里有个地方，可以把诺克罗斯的钻石出手。喝完这杯酒，巴尼，忘掉你的烦恼。警察们在为这个案子大伤脑筋的时候，我们可以快活快活。今天晚上，我的酒瘾发作了。好在我没有落在警察手里，却在我的老朋友巴尼手里。我甚至连做梦都不会见到警察。"

然后，随着克南的手指动不动按铃，让招待忙个不迭，他的弱点——极端的虚荣和傲慢利己——开始暴露无遗了。他讲了一桩又一桩成功的抢劫、狡狯的阴谋、无耻的犯法，直弄得熟悉罪犯的伍兹，面对这个曾是他恩人的穷凶极恶的家伙，内心产生了冷冷的厌恶。

"当然，我是无能为力了，"伍兹最后说。"不过我建议你还是躲一阵子好。报纸可能会报道诺克罗斯案。今年夏天，夜盗案和谋杀案频频发生。"

克南听了这番话，闷在心里的愤怒和狠毒一下子发作出来了。

"去他——的报纸，"他咆哮着。"他们舞文弄墨，自吹自擂，连哄带骗，能干出什么来呀？ 设想他们真的接手一个案子——又能怎么样？ 警察太容易上当，而报纸干什么呢？ 他们派一大群傻瓜记者到现场。这些人呢，直奔最近的酒吧，去喝啤酒，一面让酒吧招待的大女儿穿上夜礼服，给她拍张照，刊登在报上，算作第十个故事中某个青年的未婚妻，这个青年说，谋杀案发生的那天晚上，他听见楼下有动静。报纸追踪夜盗先生，差不多就是这么干的。"

"哎呀，我不知道，"伍兹沉思着说。"有些报纸，这一行干得不错。譬如《火星晨报》，在警察放弃追踪的情况下，复活了两三条线索，抓住了案犯。"

"我来让你看看，"克南说，站了起来，舒展了一下胸部。"我来让你看看，我对一般的报纸，以及你特别提到的《火星晨报》是怎么看的。"

离他们桌子三英尺的地方，有一个电话亭。克南走到里面，坐在电话机旁边，让门开着。他在电话簿上找到了号码，取下话筒，对接线员说明了要求。伍兹默默地坐着，瞧着那张讥讽、冷酷、警惕的脸紧贴话筒，倾听着话从恶毒的薄嘴唇里吐出来。那张嘴唇噘着，露出轻蔑的微笑。

"是《火星晨报》吗？ ……我要跟总编说话……喂，你告诉他，有人要同他谈诺克罗斯谋杀案的事。

"你是总编吗？ ……好，……我就是那个杀了老诺克罗斯的人。……等一下！ 不要挂断，我不是那种神经有毛病的人……呵，一点危险都没有。我刚同我的一个侦探朋友讨论过这个问题。十三天以前，凌晨2点30分，我杀了这个老头子……同你一起喝酒？ 嘿，那种话，你留给你的小丑说不是更好吗？ 人家是在戏弄你呢，还是为你们这种像揩台布一样枯燥乏味的报纸，提供最轰动的独家新闻？ 这你都分不清吗？ ……不错，就是那么回事。这是半截独家新闻——但是，你不能期望我在电话里说出我的名字和地址……哈哈！ 嗨，因为我听说你们擅长于破获连警察都犯难的神秘犯罪案件。……不，话还没有说完。我要告诉你们，要跟踪一个聪明的杀人犯，或者拦路抢劫犯，你们这家爱说谎、不值钱的烂报纸，同一条瞎眼的卷毛狗一样没有用……什么？ ……啊呀，不，我这儿不是一家同行报纸的办公室。你会搞清楚的。诺克罗斯是我干掉的。我把钻石放在手提箱里，在——'旅馆的名字不得而知'——你知道这话的意思，是不是？ 我以为你们是知道的。这个说法，你们用得够多了。一个神秘的坏蛋，打电话给你们这个法力无边的庞大机构，这个公正合法、管理有方的机构，说你们都是些夸夸其谈的窝囊废，让你恼火了吧，是不是？ ……不谈那个了，你还不至于那么傻——不，你并不认为我在欺诈，从你的口气里听得出来……现在，你听着，我给你一个暗示，证明我不在欺诈。当然，你已经叫你手下那些机灵的小笨蛋，在调查这桩谋杀案。诺克罗斯老太睡衣的第二个纽扣，已经碎了一半。我把石榴石戒指从她手指上勒下的时候看到的。我以为那是红宝石……别说了！ 说也没有用。"

克南露出魔鬼似的微笑，转向伍兹。

"我让他忙开了。现在他相信我了。他没有遮住话筒就叫人用另一部电话接上总机，查询我们的电话号码。我要再挖苦他一下，然后想法'逃走'。

"喂！ ……是的，我听着呢。你不会认为，我会撇下一张靠人养着，动不动出卖别人的破报纸，自己逃命，是不是？ ……四十八小时之内把我关进去？ 嘿，别开玩笑了好不好？ 好吧，你别来打扰大人了，去忙你自己的事吧，搜集离婚案件，街头的车祸，印发肮脏的绯闻去吧，你们就靠这些过日子。再见，老家伙——对不起，我没有时间拜访你了。在你们愚蠢的密室，我百分之百安全。特拉拉拉！

"他像一只猫丢掉了老鼠那样气疯了，"克南挂上电话，走出来说。"现在，巴尼老弟，我们去看一场演出，享受享受，看到该睡觉的时候。我睡四个小时，然后就去西部了。"

两人在一家百老汇饭店吃了晚饭。克南很是得意，花起钱来像小说中的王子。随后，他们去看了怪诞华丽的音乐喜剧。之后，他们在一家烤菜馆里吃了夜宵，喝了香槟。克南志得意满到了极点。

凌晨三点半，两人坐在一家通宵咖啡馆角落，克南仍在吹牛，东拉西扯，枯燥乏味；而伍兹呢，闷闷不乐地想，他身为一个执法者，到头来居然无能为力。

然而，他想着想着，眼睛忽地一亮，射出了冒险的光芒。

"我不知道这有没有可能，"他自言自语地说，"我不知道这有没有可能。"

咖啡馆外面，清晨的相对寂静被不知什么微弱声响所打破，那似乎是萤火虫的鸣叫，忽高忽低，忽响忽沉，夹杂在隆隆的牛奶车声和偶尔的汽车声中，一旦逼近，便显得有些尖利。这个城市数以百万计沉睡的居民，醒来听见这些熟悉的声音，觉得内中有着丰富的含义。这种意味深长的微弱鸣叫，给这个悲喜相生、张弛交替的世界增加了重量。对那些暂时蜷缩在暗夜的保护伞下的人来说，这声响捎来了可怕的消息：白昼就要来临；对另一些耽于幸福沉睡的人来说，这声音宣告：比夜晚更黑暗的早晨即将到来；对很多富人来说，它送来了一把扫帚，把星星闪耀时原属于他们的东西扫掉；而对穷人来说，它不过意味着又一个日子。

整个城市喧声刺耳，预示着时间的步伐将创造机会，分配给被命运所左右的沉睡者。日历上新的一天给他们带来了盈利和酬报、复仇和灭亡。这些声响尖利而悲哀，仿佛那些年轻的生命在担心，他们不负责任的手掌握的恶太多，善太少。于是，在这个无助的城市的街道上，响起了神明最新发出的号令，也就是报童的叫喊——报纸的响亮号召。

伍兹扔了十分钱硬币给招待，对他说：

"给我买一张《火星晨报》。"

报纸一到，他便瞥了一眼首页，随后从自己的记事簿上撕下了一张纸，开始用那支金铅笔写起来。

"有什么新闻？"克南打着哈欠说。

伍兹把写好字的纸条扔给他：

纽约《火星晨报》：

　　请把因为我逮捕约翰·克南并将其定罪有功，而奖赏给我的一千美金，支付给约翰·克南。

巴纳德·伍兹

"被你狠狠作弄了一番之后，"伍兹说，"我想他们会这么做的。好吧，乔尼，跟我上警察局。"

吉米·海斯和穆丽尔

晚饭后，军营里一片沉寂，士兵们用玉米穗外壳卷着香烟。水潭衬着黑色的泥土闪闪发光，好似掉在地上的一方天空。森林狼嚎叫着。小种马挨近青草，传来沉闷的马蹄声。因为怕它们走失，这些马的腿被捆绑着，只能像木马一样行进。得克萨斯巡警的边防营里，有一半人围着篝火。

营帐上方浓密的灌木丛中，传来了熟悉的声响，抖动的灌木擦着僵硬的马镫的声音。巡警们警惕地竖起耳朵，听见了响亮轻快的说话声，话音里充满了抚慰。

"打起精神来，穆丽尔。老姑娘，我们快到了。对你来说，这么长途奔驰很够呛，是不是，你这个讨厌洪水的家伙，你这枚活的地毯钉？嗨，不要吻我！ 别紧贴着我的脖子——让我告诉你，这匹花马可支撑不住。要是不当心，我们俩都会给摔下来的。"

两分钟后，一匹疲惫的小种花马踏着快步进了军营。一个瘦长而笨拙的20岁青年，懒洋洋地坐在马鞍上，刚才他说话的对象"穆丽尔"，却不见踪影。

"嗨，伙计们！"这位骑手兴冲冲地喊道。"这里有一封信，是给曼宁少尉的。"

他下了马，取下马鞍，丢下成卷的拴马绳，从鞍头取下绊马索。指挥员曼宁少尉看信的时候，新来的那个人将一圈圈绊马索悉心地擦上干土，显出对自己坐骑前腿的关切。

"小伙子们，"少尉对巡警们挥了挥手说，"这位是詹姆斯·海斯先生，我们连的一个新兵。麦克莱恩上尉从埃尔帕索把他送到这里来。

海斯，等你把马腿捆绑好了，小伙子们会照应你吃晚饭的。"

新兵受到了热烈欢迎。不过，大家警惕地观察着他，暂时不作判断。在边境挑选一个伙伴，比姑娘选择心上人要谨慎十倍。因为你的性命多次都系于你好友的胆略、忠诚、志向和冷静。

海斯饱饱地吃了顿晚饭，便加入了围着篝火的吸烟伙伴。他的外表并不能消除兄弟巡警们心中的疑惑。他们看到的，不过是个不慌不忙的瘦小伙子，淡黄色久经日晒的头发，浆果褐色的面容。人看上去很机灵，始终浮着好奇和善的微笑。

"伙计们，"新巡警说，"我来向大家介绍一位我的女性朋友。没有听说过有人叫她美人儿吗？ 不过你们都会承认，她的确有动人之处。来吧，穆丽尔！"

他敞开蓝色绒布衬衫的前襟。衬衫里爬出了一条蜥蜴。尖尖的脖子上系着一根漂亮鲜红的丝带。蜥蜴爬到主人膝盖上，一动不动地坐在那里。

"这位穆丽尔，"海斯说，像演说家似地挥了挥手，"很有素质。她从来不回嘴，老是守在家里，无论平常日子，还是星期天，一件红衣服就心满意足了。"

"瞧那该死的昆虫！"一个巡警咧着嘴笑了笑说。"我见过的蜥蜴可算多了，可从来没有见过谁把它当作自己搭档的。这个鬼东西能分得清你和其他人吗？"

"拿过去，自己瞧吧，"海斯说。

这条又短又粗的小蜥蜴是无害的。它像史前怪兽那样面目可憎，也是那种怪兽退化了的后代。但是，它比鸽子还温顺。

那巡警从海斯膝盖上拿过穆丽尔，回到自己用毯子卷起来的座位上。这个俘虏在他手上扭动着，舞动脚爪，使劲挣扎。巡警握住了一会儿后，把蜥蜴放在地上。它那四条腿古怪地爬动着，笨拙却迅速，到了海斯的脚边。

"你行啊，好家伙！"另一个巡警说。"这小家伙可认识你。从来没有想到昆虫也有这样的灵性！"

II

吉米·海斯成了巡警营的宠儿。他永远是那么好脾气，又不乏适合军营生活的柔性幽默。他总是带着那条蜥蜴。骑马时掖在胸前衬衫里；在军营时放在膝盖上，或是肩上；夜里则在他毯子底下。这丑陋的小畜生从不离身。

吉米是南部和西部农村常见的一类幽默家，没有什么别出心裁取悦人的技巧，也没有机智敏慧的想法。他看中了一个逗笑的主意，而且虔诚地信守着。为了逗朋友乐，身边带一条脖子上缠红丝带的蜥蜴，吉米觉得很滑稽。但既然这念头能给人带来愉快，为什么不坚持到底呢？

吉米和蜥蜴之间的感情很难确定。一条蜥蜴能维持长久的感情，这个话题我们没有讨论过。猜测吉米的感情比较容易些。穆丽尔是他智慧的杰作，正因为这样，他很珍爱它。他捉苍蝇喂它，为它遮挡骤起的强劲北风。但是，他这么关爱一半出自私心。到时候，它会给予千倍的回报。其实，别的穆丽尔们的回报，也远远超过了别的吉米们微不足道的关心。

吉米·海斯并没有立即和战友们建立起兄弟之情。他们喜欢他的纯朴和滑稽，但他头上始终悬着一把利剑，那就是他们暂时不说对他的想法。在军营里，搞笑不是巡警的全部生活。他们要跟踪偷马贼，追捕铤而走险的罪犯，与暴徒搏斗，击溃丛林土匪，顶着枪口维持治安。吉米"是一个很普通的牛仔"，他说。在巡警战术上没有经验，因此巡警们挖空心思地考虑，他如何能经受战火的考验。因为说白些，巡警连的荣誉和尊严，取决于每个成员的无畏。

两个月里，边界平安无事。巡警们在军营闲荡，无精打采。随后，这些生锈的边防卫士们听到了喜讯——塞巴斯蒂安·萨尔达，墨西哥一个臭名昭著的亡命之徒和牲口贼，率领匪帮越过了格兰德河，开始蹂躏得克萨斯边境。迹象表明，吉米·海斯很快有机会显示自己的勇气。巡警们巡逻不息，十分机警，可是萨尔达手下人都像洛金伐尔①那样骑着马，很难抓到。

一天傍晚，夕阳西下，巡警们在长途奔袭之后歇脚吃饭。他们的马匹站着直喘粗气，马鞍没有卸下。士兵们煎着熏咸肉，煮着咖啡。突然间，塞巴斯蒂安·萨尔达这群匪帮窜出丛林，开着左轮枪，高喊着向他们扑来。这是一次巧妙的突袭。巡警们怒不可遏地咒骂着，用连发步枪开火还击。但是，这次攻击纯粹是墨西哥式的突然袭击。华而不实地表演一番之后，袭击者们绝尘而去，沿河一路喊叫。巡警们骑马追赶，但是追了不到两英里，身下的坐骑已经疲惫不堪。于是曼宁少尉下令放弃追赶，返回军营。

这时候，发现吉米·海斯失踪了。有人记得，攻击开始时见他跑着去找马，但从那以后，谁也没有见过他。清晨来临时，仍不见吉米。巡警们搜索了附近乡间，推测他可能已被打死，或者受了伤，但毫无结果。然后，他们跟踪了萨尔达匪帮，但匪徒们似乎已无影无踪。曼宁得出结论，那个狡猾的墨西哥人杀了个回马枪，戏剧性地告退以后，再度越过了河道。说也奇怪，打那以后再也没有人报告被劫掠了。

这就使巡警们有时间去想心头的痛楚了。像前面说过的那样，巡警连的荣誉和尊严，取决于每个成员的无畏。而现在他们相信，吉米·海斯在墨西哥人嘘嘘的子弹面前成了懦夫。没有别的推测。巴克·戴维斯指出，在看见吉米跑去找自己的马后，萨尔达匪帮没有开过一枪。因此他不可能被击中。不，他第一仗就临阵脱逃了。此后，他决意不回来，心里明白，伙伴们的嘲笑比枪林弹雨更难受。

于是，在边防营麦克莱恩连曼宁分队里，战士们都闷闷不乐。这是

---

① 洛金伐尔(Lochinvar)，英国作家司各特叙事诗《玛密恩》中的男主人公。

分队的第一个污点。在部队的历史上，巡警中还不曾有过懦夫。而大家全都喜欢吉米·海斯，这就更加糟糕了。

几天，几周，几个月过去了，关于懦夫的疑云仍然悬在军营上空，使人难以释怀。

III

过了大约一年——其间，巡警们转战各地，跋涉几百英里，担任警戒和保卫——曼宁少尉和分队中的几乎同一些人，被派往某地打击走私，同一年前河畔老营地相距仅为几英里。一天下午，他们骑马出巡，经过茂密的牧豆树平原，来到一块开阔的草原沼泽地，瞧见了一场没有记载的悲剧。

在这个巨大的沼泽地，躺着三具墨西哥人的枯骨。唯一能分辨他们身份的是身上的服装。最大的一具是塞巴斯蒂安·萨尔达的。他昂贵的大宽边帽，沉甸甸地挂满了金饰品，在格兰德河一带曾远近闻名，此时已掉在地上，被三颗子弹所击穿。在沼泽地边缘，有几支生锈的温切斯特连发步枪，是墨西哥人的，都指着同一个方向。

巡警们骑马朝那个方向走了五十码，发现在一块小小的低洼地，躺着另一具枯骨，他的步枪依然瞄准着那三个墨西哥人。这里曾发生过一场歼灭战。现在已无法辨认这个孤独的自卫者。他衣服的碎片仍依稀可辨，似乎是牧场主和牛仔一类人穿的。

"某个孤身遭袭的牛仔，"曼宁说，"好样的，他是打了一个漂亮仗后，才被击中的。那就是为什么塞巴斯蒂安先生从此销声匿迹了！"

随后，从死者雨淋日晒破破烂烂的衣裳底下，钻出了一条蜥蜴，脖子上系着一根褪了色的红丝带，坐在久已沉默的主人肩上。它默默地讲述着一个故事，告诉我们这位初出茅庐的青年和那匹速度奇快的花斑矮种马，那天在追击墨西哥土匪时，如何超越所有的伙伴，又如何为了维护连队的荣誉而终于倒下。

巡逻部队聚集在一起，同时发出了狂叫。这叫喊是挽歌，是致歉，是墓志铭，也是胜利的凯歌。你也可以说，这是为倒下的战友而唱的一支独特的安魂曲。不过，要是吉米·海斯地下有知，他是能理解的。

哲理象征小说

女巫的面包

玛莎·米查姆小姐在街角上开了一家面包店（就是往上走三个台阶才到，一开门铃就响的那种店）。

玛莎小姐40岁，银行存折上显示有两千块存款。她有两颗假牙和一颗富有同情的心。很多机遇不如她的人都结婚了。

有一个顾客，一周要来两三次，玛莎小姐开始对他产生了兴趣。他是个戴眼镜的中年人，蓄着精心修剪过的褐色胡子。

他说的英语，德国口音很重。他的衣服很旧，上面不是打了补钉，就是皱巴巴，松垮垮的，但显得很整洁，人也很有风度。

他总是买两筒不新鲜的面包。新鲜面包五分钱一筒。不新鲜的五分钱两筒。他到店什么也不买，只买不新鲜面包。

有一次，玛莎小姐看到他手指上有一个红色和褐色的污渍，于是便肯定这人是个艺术家，而且很穷。毫无疑问，住在阁楼上，在那儿作画，一面吃着不新鲜的面包，一面垂涎玛莎小姐面包房里的好东西。

每当玛莎小姐坐下来，吃着排骨、松软的面包卷、果酱，喝着茶的时候，她总会叹息，并希望这位文质彬彬的艺术家能分享她可口的饭菜，而不必在漏风的阁楼里啃面包屑。正如我们所言，玛莎小姐很富有同情心。

一天，为了测试一下对这人的职业的推测，她从房间里搬来了一幅画，是大减价时买来的。她把画靠在面包柜台后面的货架上。

这是一幅威尼斯风景画。一个金碧辉煌的大理石宫殿（画上是这么说的）耸立在前景——或者不如说靠前的水中。其余便是几艘平底船（一位女士的手伸进了水里）、云彩、天空，以及多处用明暗对照技法画的东西。一个艺术家不会不注意到这幅画。

两天后，这位顾客来了。

"请拿两筒过陈面包。

"你这幅画真漂亮，夫人，"她把面包包起来的时候，他说。

"真的？"玛莎小姐说，对自己耍的小花头很得意。"我确实崇拜艺术（不，说'艺术家'为时过早）和绘画，"她用"艺术"代替了"艺术家"。"你认为这幅画画得很好吗？"

"那个宫殿，"顾客说，"画得不好。透视效果不真实。再见，夫人。"

他拿了面包，欠了欠身子，匆匆走了。

不错，他肯定是个艺术家。玛莎小姐把这幅画搬回自己的房间。

他眼镜后面的那双眸子多温存，多慈爱！ 他的眉毛多宽！ 一眼就能看出透视的问题——却靠陈面包为生！ 可是天才在得到承认之前总是要苦苦挣扎的。

要是天才有两千存款、一家面包店和一颗富有同情的心来支撑，这对艺术和透视该多好呀？ 但是，这不过是白日梦，玛莎。

现在他上店里来，常常会隔着橱柜聊一会儿，似乎渴望玛莎愉快的谈话。

他一直买陈面包。从来不买蛋糕，不买馅饼，不买可口的莎莉伦饼。

她觉得他开始显得更消瘦，更灰心了。她很想在他购买的寒酸物品中，加点什么好东西，但没有勇气这样做。她不敢冒犯他。艺术家的自尊心，她是明白的。

站柜台时，玛莎小姐开始穿蓝点丝绸背心；在后房时，她用榅桲籽和月石熬制成神秘的合剂，很多人都是用这来改善皮肤的。

一天，这位顾客照例进了店，把硬币放在橱柜上，要买陈面包。玛莎小姐去拿面包的时候，喇叭声和铃声大作，一辆救火车隆隆驶过。

那顾客急忙跑到门边去看个究竟，谁都会这样做。玛莎小姐灵机一动，抓住了机会。

柜台后面的货架底层，有一磅新鲜黄油，十分钟之前乳品店的人刚送到。玛莎小姐用面包刀在每简面包上深深划了一刀，嵌进大量黄油，再把面包压紧。

那位顾客返回时，她正用纸把面包包好。

她跟那人小聊了一会，异乎寻常地愉快。他走后，玛莎小姐顾自笑了起来，但心里不无慌乱。

她是不是太放肆了些？　他会生气吗？　但当然不会。食品不会说话。黄油并不表明她直率得有失女人体统。

那天，这件事久久徘徊在她脑际。她想象着他发现了这小手腕后的情景。

他会放下画笔和调色板。那里竖着他的画架，画架上是他正在作的画，画的透视无可指责。

他会准备中饭，干面包和水。他会切开面包——啊！

玛莎小姐涨红了脸。他吃面包的时候，会不会想到那只放了黄油的手呢？　他会——

前门的门铃恶狠狠地响了起来。有人进来了，声音很响。

玛莎小姐匆匆赶到前门。那儿有两个人，一个很年轻，吸着烟斗——这人她从来没见过。另一位是她的艺术家。

他满脸通红，帽子推到了后脑勺，头发狂乱。他捏紧双拳，对着玛莎小姐，气势汹汹地挥舞着。竟对着玛莎小姐！

"笨蛋！"他拔直喉咙叫道；随后用德语喊了声"见鬼"或者类似这样的话。

那年轻人竭力要把他拉开。

"我不走，"他愤怒地说，"我要同她说个明白。"

他像敲大鼓似地敲着玛莎小姐的柜台。

"你害了我，"他大声叫道，眼镜后面的蓝色眸子直冒火星。"告诉你吧，你是只多管闲事的老猫。"

　　玛莎小姐无力地靠在货架上，一只手搭着蓝点丝绸背心。年轻人抓住了另外一个人的衣领。

　　"走吧，"他说，"该说的话你也都说了。"他把那个发怒的人拉到门外人行道上，然后又返回来。

　　"我想还是得告诉你，夫人，"他说，"究竟为什么吵闹。他叫布卢姆伯格，建筑绘图员。我同他在同一个事务所工作。

　　"他辛辛苦苦干了三个月，为新市政厅绘制平面图，参加有奖竞赛。昨天，那张图刚上了墨。你知道，绘图员总是先用铅笔打草稿，完成后，再用几把陈面包屑把铅笔线擦掉。面包屑比印度橡皮效果好。

　　"布卢姆伯格一直是在这儿买的面包。可是，今天——啊呀，你知道，夫人，那黄油——是呀，布卢姆伯格画的平面图，除了打碎做铁路上的夹层板，已经毫无用处了。"

　　玛莎小姐走进后房，脱去蓝点丝绸背心，换上过去常穿的那件旧棕色哔叽。然后把榅桲籽和月石汁合剂扔进了窗外的垃圾桶。

天上和地下

如果你是位哲学家，那就不妨这么试一下：爬上高楼的楼顶，俯瞰三百英尺之下的同类，把他们视为蝼蚁。他们就像夏天池塘里不承担责任的黑色水蜉，愚蠢地爬着，转着，忙忙碌碌，没有目的，没有方向。他们的行动甚至还不及蚂蚁那么聪明，那么令人钦佩，因为蚂蚁总是知道什么时候该回家。蚂蚁虽然卑微，但当你还在为功名利禄蝇营狗苟的时候，它常常已经到家，准备歇息了。

因此，对于登上屋顶的哲学家来说，人似乎不过是可鄙的爬行甲虫。经纪人、诗人、百万富翁、擦皮鞋工、美人、泥瓦匠和政治家们，在比大拇指宽不了多少的大街上，都成了小黑点，避让着更大的黑点。

从这样的高处往下看，城市本身便沦为模糊不清的块状物，大楼扭曲，视野难辨。令人敬畏的海洋成了鸭子戏水的池塘，地球本身变成了遗失的高尔夫球。生活中细微的东西不见了。哲学家凝视头上浩渺无际的天空，让心灵在新的视野中扩张。他觉得自己是永恒的继承人，是时间之子，对亘古不灭的遗产享有继承权，所以连空间也是属于他的。有一天，他的同行将跨越星球之间神秘的空中道路，一想到这点，他便兴奋不已。他脚下是一个小小的世界，那里耸立着的摩天钢铁建筑，犹如一粒灰尘落在喜马拉雅山上——那不过是无数此类旋转着的原子中的一个。在微不足道的城市上空和周围，是宁静而浩瀚的宇宙，跟这相比，那些骚动不安的黑色虫豸的文治武功和野心爱欲，又算得了什么？

哲学家必然会有这些想法。此类想法是直接由世界各种哲学汇集而成的，结尾还有适当的诘问，代表身居高位的深刻思想家们一成不变的思考。哲学家乘电梯下楼后，思路便更为开阔，心情转为平静，他的宇宙起源的概念，就跟夏季奥林牌皮带扣子一样狭窄了。

但是，如果你的名字碰巧叫戴西，在第八大街开一家糖果店，住在寒冷狭小的过道卧室,仅八英尺长,五英尺宽,每周挣六美元,吃一角钱的午饭,年龄19岁,6点半起床,干到晚上9点,从来没有研究过哲学,你若是从摩天大楼顶上看下来,见到的也许就不一样了。

有两个人相中了与哲学无缘的戴西。一个叫乔,经营着纽约最小的商店,跟 D. P. W. 的工具箱差不多大小,像个燕子窝那样,紧贴闹市区一座摩天大楼的角落。出售的货物有水果、糖果、报纸、歌本、香烟和应时的柠檬汽水。当严冬摇撼冻结了的门锁,乔不得不让水果和自己躲进屋内的时候,店铺里便只容得下店主、货物,以及醋瓶子那么大小的火炉和一个顾客了。

乔不是来自一个让我们永远热衷于赋格曲和水果的国家。他是个能干的美国青年,积攒着钱,希望戴西同他一起花。他已经三次向她示爱。

"我积了点钱,戴西,"这便是他的情歌,"你知道我多么需要你。我的店不很大,不过——"

"呵,是吗?"这个不懂哲学的人会这么回答。"哎呀,我听说沃纳梅克公司在想办法,让你明年转租部分店面给他们。"

戴西每天早晚都路过乔的角落。

"嗨,两尺宽四尺长!"平时她总是这么打招呼。"我觉得你的店铺好像空些了,一定是卖掉了一大包口香糖。"

"确实,里面没有多大地方了,"乔会悠然一笑,这么回答,"除了还容得下你,戴西。我和店铺都等着你接管呢,你什么时候来都可以。你觉得不久就能来吗?"

"店铺!"戴西的鼻子翘得高高的,明确表示不屑——"沙丁鱼罐头一样的地方,你说等着我?哈哈!你得先扔掉一百磅糖果,我才挤得进去呢,乔。"

"我可不在乎这么等量交换,"乔恭维着说。

戴西的生活条件也是够差的。在糖果店里,她得侧着身子,才能游走于柜台和货架之间。在她的过道卧室里，小巧舒适成了拥堵。墙壁靠得如此之近，墙纸发出嘈杂的声响。她可以一手点煤气，一手关门，一面还可以看着镜中自己褐色的高卷式头发。她把乔的照片装在涂金镜框里，放在梳妆台上，有时还不免——不过，她往往立即又想到乔滑稽的小店铺，像肥皂箱一样紧贴在那座大楼旁。于是她的情感也在清风似的笑声中远去了。

戴西的另一位求婚者一连几个月跟踪着乔。他来到戴西的膳宿房搭伙。他是位哲学家，大名叫戴伯斯特尔，年纪轻轻，却才华横溢，就像新泽西州帕萨克牌手提箱上的小标签，一望就知。他的知识猎自百科全书和信息手册。他的智慧，该怎么说呢，若是戴西的汽车开过，他会用鼻子嗅嗅，却连车牌号码都没看见。他能告诉你，也会告诉你，水的化学比例、豌豆和小牛肉的纤维质、《圣经》中最短的诗，告诉你二百五十六块墙面板贴在离泻水坡四英寸的地方，一共需要几磅墙面板钉子，告诉你伊利诺斯卡纳基县的人口、哲学家斯宾诺莎的理论、麦凯·特温布莱家第二客厅内男仆的名字、胡塞克隧道的长度，告诉你什么是鸡孵蛋的最佳时间，宾夕法尼亚州德里夫特伍德和雷德班克熔炉之间铁路邮差的薪水是多少，猫的前腿有几根骨头。

博学并没有给戴伯斯特尔带来不便。他的统计数字就像欧芹的细枝，用来装饰闲聊的盛宴。要是他认为这样的闲聊对你胃口，他会主动搭讪。此外，在膳宿房的征战中，他会把这些统计数字用作护身的矮墙，射来一梭子数字，说出 $5 \times 23/4$ 英寸条形铁直线底部的重量，以及明尼苏达斯内林堡的平均年降雨量。而当你好不容易鼓足勇气，怯生生地问他为什么母鸡会穿过马路时，他会乘机用叉子刺中盘子里最好的一块鸡。

戴伯斯特尔头脑机灵，长相不错，头发油光，属于下午三点购物的一族。看来，经营着小人国商店的乔，面对的是一个钢铁般顽强的情敌。可是，乔与钢铁无缘，即使有，小店里也放不下。

　　某个星期六下午，大约 4 点，戴西和戴伯斯特尔先生在乔的铺子前停了下来。戴伯斯特尔戴着一顶丝帽——而戴西呢，毕竟是女人，那顶帽子非得让乔看一眼不可。这次来访的用意一目了然，是来要一根菠萝味口香糖。乔见了帽子并没有大惊失色，也没有张口结舌。

　　"戴伯斯特尔先生要带我上大楼顶部看一看风景，"戴西介绍了这位爱慕者后说。"我从来没有上过摩天大楼，我猜想上面一定很好看，很有意思。"

　　"哼！"乔哼了一声。

　　"大楼顶部所看到的全景，"戴伯斯特尔先生说，"不仅崇高，而且很有教益。等待着戴西小姐的，必定是心情愉快。"

　　"上面的风也很大，跟下面一样，"乔说。"你穿得够暖和吗，戴西？"

　　"当然！　我把衣服都穿上了，"戴西说，看着他阴郁的眼神羞怯地笑了笑。"你看上去就像盒子里的木乃伊，乔。你不打算再进一品脱花生或是一个苹果？　你的房间看来大大超载了。"

　　戴西开了一个自己很得意的玩笑，哧哧地笑了起来，而乔呢，只好跟着笑起来。

　　"你的住处是狭了一点，呃，呃，先生，"戴伯斯特尔议论道，"我是说，跟这幢大楼的面积相比。我知道大楼侧面的面积是 340×100 英尺。按比例，你该占有的面积相当于把一半的卑路支①加在落基山以东的美国领土上，再加安大略省和比利时。"

　　"真的吗，少爷？"乔和气地说。"不错，在数字上你自以为无所不知。可是我问你，如果一头蠢驴停下来不叫，保持一又八分之五秒的沉默，能吃掉多少平方磅的成捆稻草呢？"

　　几分钟后，戴西和戴伯斯特尔走出电梯，到了摩天大楼的顶层。随

---

　　①卑路支（Baluchistan），巴基斯坦最西部一省。

后，上了又短又陡的楼梯，出门到了楼顶。戴伯斯特尔领着她到了屋顶上的矮墙，从那儿可以看到下面街上移动着的黑点。

"那些是什么呀？"她颤抖着问。她从来没有登过这么高的地方。

随后，戴伯斯特尔在高楼上必须扮演哲学家的角色了，引领她的灵魂去迎接无限广阔的空间。

"二足动物，"他严肃地说。"甚至在三百四十英尺的小小高度上，瞧它们变成什么了——不过是爬行的昆虫，来来往往，毫无目的。"

"呵，他们根本不是那样，"戴西突然喊道——"他们是人。我看到了一辆汽车。哎呀呀，我们有那么高吗？"

"到这边来，"戴伯斯特尔说。

他指给她看这个大城市，在很远很远的底下，像玩具那样排列得整整齐齐。时候尽管还早，但冬日下午第一批灯塔的光，已经把城市照得到处星星点点。随之，南面和东面的海湾和大海，神秘地融进了天空。

"我不喜欢，"戴西坦率地说，蓝眼睛里露出了忧虑。"好吧，我们下去吧。"

但是，哲学家的这个机会可不容剥夺。他要让她看看自己思想的博大，对宇宙的控制，对统计数字的记忆。往后，她决不会满足于从纽约最小的商店里买口香糖了。于是，他开始吹嘘人类的渺小，说是即便从地球上取出一星半点的东西来，也会使人类及其业绩显得微乎其微，即使三倍估算，看上去也只有一块钱硬币的十分之一。他说，一个人应当考虑整个恒星的体系以及爱比克泰德①的格言，并因此感到安慰。

"别带我了，"戴西说。"哎呀，我觉得那么高怪可怕的，人看上去就像跳蚤。其中一个人可能就是乔。呵，吉米，我们还不如在新泽西

---

① 爱比克泰德(Epictetus，55？—135？)，古罗马斯多葛派哲学家，奴隶出生的自由民，宣扬宿命论，认为只有意志属于个人，对命运只能忍受。

好。哎呀，在上面我怕！"

哲学家虚幻地笑了笑。

"地球本身，"他说，"在宇宙中只不过和一颗麦粒差不多大。你往上面看。"

戴西不安地往上看。短暂的白昼过去了，星星正在天空露头。

"那边的一颗星，"戴伯斯特尔说，"是金星，晚上才出来。它离太阳六千六百万英里。"

"胡说！"戴西说，霎那间打起精神来，"你想我从什么地方来——布鲁克林吗？ 我们店里的苏瑟·普赖斯——她的兄弟寄给她一张票子，去旧金山——那也不过三千英里。"

哲学家放纵地笑了起来。

"我们的世界，"他说，"距离太阳九千一百万英里。有十八颗星属于第一星等，这些星星同我们之间的距离，比太阳同我们的距离要远二十一万一千倍。如果其中一颗星灭了，我们需要三年才能看到它的光消失。有六千颗星属于第六星等。其中任何一颗星的光要到达地球都需要三十六年。我们用十八英尺的望远镜能看到四百三十万颗星星，包括那些第十三星等的星，这些星的光需要二千七百年才能到达我们这里，每颗这样的星——"

"你在撒谎，"戴西愤怒地叫道。"你想吓唬我。你已经这么做了。我要下去！"

她顿了顿足。

"牧夫座 a 星——"哲学家开口了，表示抚慰。可是，他被茫茫天际出现的景象打断了。那天空，他是用记忆而不是心灵在描绘。在大自然的心灵阐释者看来，星星悬挂苍穹，向底下幸福地闲逛着的恋人，径直洒下柔和的光。要是某个 9 月的夜晚，你和你胳膊上的意中人踮起脚来，几乎用手就可触及星星。而它们的光，却需要三年才能抵达我们，真是！

西边窜出一颗流星，把摩天大楼的屋顶，照耀得如同白昼，映着东边的天空，勾勒出了火一样的抛物线，嘶嘶地响着远去。戴西尖叫起来。

"带我下去，"她声嘶力竭地叫道，"你——你用心算术蒙人！"

戴伯斯特尔把她带进电梯。她怒目而视。电梯缓慢下降时她颤栗着。

在摩天大楼的旋转门外，哲学家找不到她了。她已经不见踪影。哲学家站着，迷惑不解，数字或者统计都帮不了他。

乔忙里偷闲，在货物之间蠕动着，终于点起一支烟，把一只冰冷的脚搁到了渐渐冷却的炉子上。

门猛地被推开了，戴西笑着，叫着，把糖和水果撒了一地，跌进了乔的怀里。

"哎，乔，我上过摩天大楼了。你这里既舒服又暖和，这才像个家呢！我已经准备好了，乔，你什么时候要我都可以。"

命运之路

命运之路

我在很多条路中寻找，

　　哪一条

最坚实，最可靠，有爱照耀，

　　能否在

我指挥、避让、抵挡、塑造的战斗中，

承受我的命运？

　　　　　　戴维·米格诺　未发表的诗

　　歌唱完了。戴维写的歌词，乡间的氛围。旅店餐桌上，众人尽情鼓掌，因为酒钱是年轻诗人付的。只有文书帕皮诺听罢微微摇头，因为他博览群书，又没跟其他人一起喝酒。

　　戴维出门到了村子的街道上，夜间的空气驱散了脑袋中的醉意。他于是想起来，那天和约妮吵了一架，决定当晚出走，去闯荡外面的大世界，追逐荣耀。

　　"我的诗一旦家喻户晓，"他自言自语地说，很是兴奋，"也许她会想起那天说话太刻薄。"

　　村民们都上床了，只有酒店里的人还在闹闹嚷嚷地作乐。戴维轻手轻脚钻进卧房，那是个披间，搭在父亲的茅屋边。他把衣服打成小包，用一根木棍挑着，上路离开维诺伊。

　　他经过父亲的羊群。夜晚，羊在栏里缩成了一团。他每天牧羊，顾自在纸条上写诗，任羊群四散觅食。他看见约妮的窗子还亮着灯，突然间心一软，想改变主意了。也许，那灯光表明，她无法入睡，懊悔对我发了火。也许到了早晨——可是，不行！ 他的决心已下。维诺伊不是他待的地方。在这儿，他的想法没有人呼应。他的命运和未来，在外面的那条路上。

离开月色幽暗的原野三里格，就是那条路，像犁夫脚下的犁沟那么笔直。村里人都相信，这条路少说也通往巴黎。诗人一面走，一面念叨着这个地名。戴维从来没有离开过维诺伊。

左面的支路

这条路往前伸三里格，便成了一个谜团。右侧，同另外一条更大的路相接。戴维犹犹豫豫，站了片刻，随后却走了左侧的路。

在这条更为重要的路上，灰土里有车轮的印迹，是刚刚经过的车子留下的。半小时以后，那些车轮印子得到了证实，只见一辆笨重的马车，陷在陡峭的小山脚下一条小溪的泥潭里。车夫和左马驭者吆喝着，拉着辔头。路边站着一个黑衣大汉，以及一个苗条女子，身上裹着长长的薄斗篷。

戴维见仆人们使起劲来不懂窍门，便不声不响拦过活来，指挥侍从停止对马大叫大嚷，把力气用在轮子上，让赶车人单独用熟悉的嗓子来吆喝马。戴维则用厚实有力的肩膀，在车子后部使劲。大家合力一拖，大车便上了坚实的地面。侍从们爬到了各自的位置上。

戴维用一条腿站了片刻。那位大个子绅士招了招手。"你进车子来吧，"他说话像戴维一样，嗓子很响，但由于习惯和讲究，却很圆润。在这样的嗓子面前，是没有人不服从的。尽管诗人的迟疑十分短暂，但对方的又一次命令进一步缩短了他的迟疑。戴维跨上了台阶。黑暗中，他朦胧看到了后座一个女人的影子。他正要在对面落座，那嗓音又响了起来，迫使他就范。"你坐在那女子旁边。"

那位绅士沉重的身躯移向前座。马车上了小山。那女子默默地缩在角落里。戴维无法估计她是老妇还是姑娘，但她的衣服散发出淡雅的清香，激发了他诗人的想象，深信神秘中蕴含着可爱。这就是他经常设想的艳遇。但他没有进门的钥匙，因为他同这些无法沟通的旅伴坐在一起的时候，没有说过一句话。

一小时后，戴维朝窗外望了望，发觉马车行驶在一个小镇的街道上。随后，车子在一座黑黑的，门窗紧闭的房子前面停了下来。车夫下了车，不耐烦地使劲敲起门来。上面的一扇格子窗开了，里面探出一个头来，戴着睡帽。

"谁呀？ 这么晚了还来打搅良民百姓？ 门已经关了。太晚了，有利可图的游客也不该在外面活动了。别敲门了。你走吧。"

"开门！"车夫气急败坏地大叫，"给德博佩尔蒂侯爵大人开门。"

"哎呀！"楼上的声音叫道。"真是一万个对不起，大人。我不知道——那么晚了——我马上开门，房子听候您大人安排。"

里面传来门链和门闩的叮当声，门忽喇喇打开了。银酒壶客栈的老板站在门口，连衣服都来不及穿好，手里拿着蜡烛，因为寒冷和不安瑟瑟地发抖。

戴维跟着侯爵出了马车。"扶一下女士，"侯爵命令道。诗人听从了吩咐，扶她下车时，觉得她纤细的手在颤抖。"进屋去，"侯爵下了第二道命令。

这房间是酒店的一个长餐厅，顺着长边摆放着一张大橡木餐桌。大个子绅士在近头的椅子上坐了下来。那女子一副疲态，坐在靠墙的另一张椅子上。戴维站着，思忖着怎样就此告别，走自己的路。

"大人，"老板说，朝地板屈膝，"要是能料到有这般荣幸，我早就恭候招待了。现在有酒，冷盘鸡，也许还有——"

"蜡烛，"侯爵说，伸出白白胖胖的手，张开手指做了个手势。

"是，是，大人。"他拿来六根蜡烛，点着了，放在桌子上。

"要是大人，也许，肯屈尊尝一尝勃艮第酒——倒是有一桶——"

"蜡烛,"大人说,张开手指。

"一定,一定——马上拿来——我这就跑过去,大人。"

于是又拿来了十二根蜡烛,一一点上,照亮了大厅。侯爵巨大的身躯把椅子塞得满满的。除了手腕上和脖子上雪白的饰边,他的衣着从头到脚都是黑的。甚至连剑柄和剑鞘也不例外。他露出那种讥诮自恃的表情,胡子往上翘着,末梢几乎触及嘲讽的眼睛。

那女人一动不动坐着。这时戴维才发觉她很年轻,有着迷人的悲怆美。他正思忖着她哀婉的美丽,却被侯爵瓮声瓮气的嗓音惊呆了。

"你叫什么名字? 什么职业?"

"戴维·米格诺。我是个诗人。"

侯爵的胡子翘得更接近眼睛了。

"靠什么过日子?"

"我还是个羊倌,照看父亲的羊群,"戴维回答,头抬得高高的,但脸颊绯红。

"那么羊倌和诗人先生,听着,今晚由于阴差阳错,你走了运。这个女子是我的侄女,露西·德·瓦雷纳小姐。她是贵族的后裔,有权享受一万法郎年俸。至于她的美貌,你自己观察就是。如果这份清单让你这个羊倌动心,那么她马上就是你的妻子了。别打断我。今天晚上,我把她送到德·维尔默的庄园,因为她和他订了婚。宾客已经到场,牧师正在等候。双方门当户对,眼看就要完婚。在圣坛上,这位如此温顺的姑娘,像雌老虎一样向我扑来,指控我残酷无情,罪大恶极,当着目瞪口呆的牧师,撕毁了我为她订下的婚约。我当场对着恶魔发誓,一定要让她嫁给我们离开庄园后碰到的第一个人,不管他是王子,还是烧炭翁,或者小偷。你,羊倌,是我们第一个碰到的。这位小姐今晚必须成婚。不是你,就是别人。给你十分钟时间作决定。别说话,也别发问,否则我会生气。十分钟,羊倌,时间过得很快。"

侯爵苍白的手指擂鼓似地大声敲打着桌子。他开始等候，态度变得含糊。仿佛一座大厦，门窗紧闭，外人无法得进。戴维本想开口，但这个大块头的举止让他闭了嘴。他于是站在姑娘的椅子旁边，欠了欠身子。

"小姐，"他说。他觉得很惊奇，面对这位优雅美丽的女子，自己说话还那么流畅。"你已经听我说啦，我是个羊倌，不过，有时候我也幻想，自己是个诗人。要是诗人须得怜香惜玉来考验，那么现在，这种幻想就更加坚实了。我能为你效劳吗，小姐？"

年轻女子抬头看他，眼睛干涩而忧伤。羊倌的脸坦率红润，但表情转为庄重，因为这是一次严重的冒险；他的身材强壮挺拔；他的蓝眼睛里噙着同情的泪花；况且她也许急需久违的帮助和善意；这一切把她打动得落泪了。

"先生，"她低声说，"你看来忠实善良。他是我的叔叔，我父亲的弟弟，我唯一的亲戚。他爱我的母亲，却痛恨我，因为我像我母亲。他把我的生活变成了漫长的噩梦。我见他那样子就怕，以前也从来不敢违抗他。但是今天晚上，他要把我许配给一个年龄比我大三倍的男人。请你原谅，先生，我把这样的烦恼带给了你。当然，你会拒绝他强加于你的疯狂行为。但是，让我至少对你那番慷慨的话表示感谢。很久以来，没有人同我说过话。"

在诗人的眼睛里出现了某种超越慷慨的东西。他必定是个诗人，因为他已忘掉了约妮，被这位高雅鲜活的新欢所倾倒。她身上的幽幽清香，激起了他一种奇怪的心情。他用温柔的目光热烈地看着她。她渴望这样的目光。

"十分钟里，"戴维说，"要我做几年才能做到的事情。我决不会说我怜悯你，小姐。那不是事实——我爱你。我现在还不能向你求爱，但让我先把你从这个恶人手中解救出来。到时候，爱会随之而来。我认为，我前程远大，我不会永远当羊倌。眼下，我会一心一意珍爱你，使你的日子不会过得这么悲惨。你愿意将你的命运托付给我吗，小姐？"

"呵，你因为怜悯而作自我牺牲！"

"因为爱。时间差不多到了，小姐。"

"你会后悔的，而且瞧不起我。"

"我活着只为了使你愉快，并让我自己配得上你。"

她纤细的小手从斗篷底下伸进他的手里。

"我会把我的生命，"她喘了口气，"托付给你。而且——而且——像你所想的那样，爱也不会太远了。你去告诉他吧，因为一旦脱离他眼睛的威压，我可能会忘记。"

戴维走过去，站在侯爵面前。黑色的人影动了动，讥讽的眼睛瞥了一眼厅里的大钟。

"还剩两分钟。一个羊倌居然需要八分钟，来决定是否接受漂亮的新娘和收入！ 说吧，羊倌，你同意成为这小姐的丈夫吗？"

"小姐，"戴维说，自豪地站着，"让我不胜荣幸，迁就了我的要求，愿意成为我的妻子。"

"说得好！"侯爵说。"你倒有奉承拍马的本事，羊倌先生。毕竟，小姐有可能得到更糟的奖赏。现在，尽快把事情办掉，教会和魔鬼允许多快就多快！"

他用剑柄使劲敲着桌子。店主出来了，双膝发抖。他又拿来了一些蜡烛，希望能预先满足这位大人的冲动。"去把牧师叫来，"侯爵说，"牧师，你明白吗？ 十分钟里把牧师叫到这里，要不——"

店主丢下蜡烛，飞也似地走了。

牧师来了，眼皮沉重，头发零乱。他让戴维·米格诺和露西·德·瓦雷纳结为夫妇，把侯爵丢给他的一枚金币放进口袋，拖着脚步消失在暗夜里。

"拿酒来，"侯爵吩咐道，向店主张开不祥的手指。

"倒酒，"酒拿来后他说。烛光下，他站在那张桌子的头上，像一座黑色的大山，恶毒而高傲，目光落在他侄女身上的时候，眼睛里有一种表情，像是记忆中的旧爱化成了新恨。

"米格诺先生，"他说，举起了酒杯，"等我说了下面这些话以后就喝酒：你已经娶了这个人做妻子，她会让你过肮脏倒霉的日子。她身上流的血继承了黑色的谎言和红色的毁灭。她会给你带来耻辱和焦虑。她恶魔附身，那魔鬼显现在她的眼睛中、皮肤里、嘴巴上，那些部位甚至不惜欺骗一个农民。诗人先生，你答应让她过幸福日子。喝酒！小姐，我终于摆脱了你。"

侯爵把酒喝下。小姐仿佛突然受到了伤害，嘴里冒出小声痛苦的叫喊。戴维手持酒杯，往前走了三步，直面侯爵。他的举止丝毫不像一个羊倌。

"刚才，"他镇静地说，"你给了我面子，叫我'先生'。因此，我可不可以指望，因为我同小姐结了婚，我就——譬如说，在地位上仰仗她接近了你，以至于在我想到的某件小事上，让我有权同你先生平起平坐？"

"你可以这么指望，羊倌，"侯爵很不屑。

"那么，"戴维说，随手把酒泼到了他那露出嘲弄和蔑视目光的眼睛里，"也许你会放下架子同我决斗。"

大人勃然大怒，突然咒骂了一声，仿佛号角嘶鸣。他从黑色的剑鞘里拔出剑来，对着守候在近旁的店主大叫："拿剑来，给乡巴佬！"他哈哈大笑，转向那女子。那笑声让她寒心。他说，"你够烦人的，小姐。看来，我在同一个晚上得给你找个丈夫，同时又让你变成寡妇。"

"我不懂剑术，"戴维说。他红着脸向他妻子坦白。

"'我不懂剑术，'"侯爵学着他的话。"我们是不是像农民那样，用栎树棍棒决斗？ 好啊！ 弗朗克斯，把我的手枪拿来！"

一个侍仆从马车的手枪皮套里取来两把大手枪，上面装饰着银雕，闪闪发光。侯爵将一把枪扔在桌上，戴维的手边。"到桌子的那头去，"他叫道，"连羊倌也能扣扳机。他们难得有这样的礼遇，能死在德博佩尔蒂的枪口下。"

羊倌与侯爵面对面站在长桌的两头。店主吓得尽打寒颤，抓住时机，结结巴巴地说，"先-先-先生，看在上帝面上，别在我的房子里！——别溅出血来——那会断送我的主顾——"见了侯爵虎视眈眈的样子，他的舌头僵住了。

"胆小鬼，"德博佩尔蒂老爷叫道，"要是可能，牙齿别那么打颤，把鬼话说出来。"

店主扑通一声跪在地上。他一句话也没有，连声音都发不出来了。但是，他做着手势，希望看在房子和顾客面上，祈求和解。

"我来下令，"那女子用清脆的嗓音说道。她走到戴维面前，给他一个甜蜜的亲吻。她的眸子晶莹闪亮，脸颊恢复了血色。她背靠墙站着，两个男人为了她举起了手枪。

"一——二——三！"

两声枪响几乎同时传出，那些蜡烛只闪了一次。侯爵站着，脸露笑容，左手摊开，搁在桌子的一头。戴维依旧笔直站着，慢慢地转过头来，眼睛搜索着妻子。随后，仿佛一件衣服从悬挂的地方落下似的，倒了下来，缩成一团，掉在地上。

那位成了寡妇的女子，绝望和恐惧地轻轻叫了一声，跑过去朝他弯下身子，发现了他的伤口。她抬起头来，露出原先苍白忧郁的表情。"穿过了心脏，"她低声说，"呵，心脏！"

"过来，"响起了侯爵低沉粗重的声音，"出去，到马车上去！天亮前我得脱手。今晚你得再嫁，嫁一个活的丈夫。接下来碰到的那个，管他是拦路抢劫的强盗，还是农民。要是路上碰不到人，那就嫁给替我开门的贱人。出去，到马车上去！"

这一群人——冷酷无情、身材魁梧的侯爵、又一次包裹在神秘斗篷里的女子和拿着手枪的侍从，都出门到了等候的马车上。沉重的车轮滚滚向前，在沉睡的村落中发出了回响。银酒壶饭店的大厅里，心烦意乱的店主站在被杀的诗人的尸体旁边，搓着双手。二十四根蜡烛的火焰在桌子上闪耀跳动。

右面的支路

这条路往前伸三里格，便成了一个谜团。右侧，同另外一条更大的路相接。戴维犹犹豫豫，站了片刻，随后走了右边的路。

这条路通往何处，他并不知道。但他决心那天晚上远离维诺伊。他走了一里格路，后来经过一个大庄园，那儿有迹象表明，刚刚招待过客人。每扇窗户都亮着灯光；巨大的石门外，灰土中有一条车轮的轨迹，是客人的马车留下的。

他又走了三里格，觉得累了，便把路边的松枝当床，躺下来睡了一会。随后又起来继续赶路，沿着一条未知的路往前走去。

于是，他在大路上走了五天，睡的是大自然芬芳的怀抱，或是农夫的柴堆；吃的是殷勤送上的黑面包；喝的是溪水，或是牧羊人奉送的杯水。

最后，他走过一座大桥，踏进一个笑脸相迎的城市，这里扼杀或加冕的诗人，比世界任何其他地方都多。他的呼吸加快了，因为巴黎表示对他问候，轻声唱起了生气勃勃的歌——人声、脚步声和马车声。

在孔蒂路戴维到了高处一座老房子的屋檐下，付了住宿费，在一条木椅上坐下，写起诗来。这条街曾是要人的居所，现在已让位给了随其衰落而来的人。

房子很高，虽然被毁，但仍不失其高贵。其中很多幢，除了灰尘和蛛网，里面都是空的。到了晚上，这里响起了金属的撞击声，以及不安地徘徊于旅店之间的取闹者的叫声。这里曾经是文人雅士的住所，现在却被荒唐无度粗鲁发臭的人所占领。戴维觉得，这类住房跟自己羞涩的钱囊很相配。白日里和烛光下，他都展纸走笔。

一天下午，戴维出去寻找食物后，返回这个低贱的世界，手里拿着面包、炼乳和一瓶低度酒。暗洞洞的楼梯刚上了一半，他便遇到了——或者说碰上了，因为她在楼梯上休息——一个绝色少妇，她的美丽让诗人的想象显得无能为力。她宽松的黑斗篷敞开着，露出底下艳丽的裙服。眼睛随思绪起伏而忽闪，霎那间可以像孩子的眼睛那样滚圆单纯，也可以像吉普赛人的眼睛那样长长的很有诱骗力。她一手提起裙服，一手脱下一只小小的高跟鞋，鞋带垂着，散开了。她显得那么神圣，那么不适宜弯腰，那么有资格迷人和吩咐别人。也许她已经看到戴维过来了，在那里等着他帮忙。

呵，先生，能原谅占了楼梯吧，可是这鞋子！——讨厌的鞋子！哎呀，鞋带就是不听使唤，偏要散开。啊，要是先生有这分善心！

诗人系着不听话的鞋带，手指直发抖。他真想从她那儿脱身，逃离危险。但是，她的眼睛变得像吉普赛人的那样，长长的，很有诱惑力，把他勾住了。他倚着栏杆，紧紧抓住那瓶劣酒。

"你待我那么好，"她微微一笑说。"也许先生也住在这楼里？"

"是的，小姐。我——我想是的，小姐。"

"那么，也许在三楼？"

"不，小姐，还要高些。"

那小姐晃动了一下手指，做了个手势，丝毫没有显得不耐烦。

"对不起。当然我那么问你是不太审慎的。先生能原谅我吗？要是我问你住在哪里，那当然是不适宜的。"

"小姐，别这样说。我住在——"

"不，不，不，别告诉我。现在我知道自己错了。可是，我对这幢房子和这里面的一切，还是那么感兴趣。这里曾经是我的家。我常常到这里来，不过是为了再一次沉湎于那些愉快的日子。你能让我把这当作借口吗？"

"那么让我告诉你，你根本不需要借口，"诗人结巴着说。"我住在顶楼——楼梯转角上的那个小房间里。"

"前房?"小姐问，把头转向旁边。

"后房，小姐。"

小姐叹了口气，如释重负。

"那么，我不耽搁你了，先生，"她说，动用了自己天真的圆眼睛。"请照看好我的房子。哎呀，现在所属于我的，只有关于这房子的记忆了。再见，你那么谦恭有礼，请接受我的谢意。"

她走了，留下的只是一个笑容和游丝般的清香。戴维仿佛睡着了似的爬上了楼梯。可是醒来之后，那笑容和清香还在，以后也似乎永远拂之不去。这个他一无所知的女人，使他的眼睛成了一首抒情诗，唱起歌来，颂扬一见钟情，歌颂鬈发，赞美纤纤小脚上的拖鞋。

他必定是个诗人，因为他已经忘掉了约妮，被这个鲜活高雅的新欢所倾倒。她身上的幽幽清香，激起了他一种奇怪的心情。

某天晚上，在同一幢房子三层楼的一个房间里，三个人围着一张桌子。三条椅子、一张桌子和桌子上点着的蜡烛，便是房间里所有的东西。其中一人是个大个子，浑身著黑，露出嘲弄蔑视的表情。他的胡子往上翘着，末梢几乎触到了讥讽的眼睛。另外一个是位年轻美貌的小姐，眼睛能像孩子的那样滚圆单纯，也能像吉普赛人的那样长长的，具有诱骗力。第三个人是个行动者，斗士，一个大胆而急躁的执行人，火气大，性格烈。别人都叫他德斯罗勒斯上尉。

这人的拳头捶着桌子，虽是耐着性子，但言辞依然激烈："今天晚上，今天晚上，他正好去望弥撒。我讨厌一事无成的谋反，讨厌暗号，讨厌密码，讨厌秘密会议和这类交易。我们明人不做暗事，说变节就是变节。要是法国想除掉他，那就公开把他干掉，别设计什么圈套去捕猎。我说，今天晚上就动手，说到做到。我亲手来干。今天晚上，他去望弥撒的时候下手。"

那女人热情地看了他一眼。不过女人嘛，一旦卷入阴谋，对鲁莽的举动总是俯首听命的。大个子男人摸着往上翘的胡子。

"亲爱的上尉，"他说，嗓门很大，却习惯性地转为柔和，"这回我同意你的看法。光是等待会一无所获。宫廷卫士中有很多我们的人，足以保证这次行动的安全。"

"今天晚上，"德斯罗勒斯上尉重复着，又敲了敲桌子。"你听见我说了吧，侯爵。我亲手来干。"

"不过现在，"大个子轻声说，"有一个问题。我们要传话给宫里的爱国者，约定一个暗号。皇家马车必须由我们最忠诚的人来护送。这个时候，什么样的信使能一直潜入到南门呢？里包特驻扎在那儿。一旦把话传给他，就大功告成了。"

"我去传话，"那女子说。

"你，女伯爵？"侯爵皱起眉头说。"你很忠诚，我们知道，不过——"

"听着！"那女子站起来，双手放在桌子上，大叫道，"这座房子的阁楼上，住着一个年轻人，是从外省来的，像他看管的羊那样天真和温存。在楼梯上，我碰见过他两三次。我询问过他，担心他住得离我们经常碰头的房间太近。只要我开口，他会听我的。他在阁楼里写诗，而且，我认为做梦也想着我。他会照我说的去做。得让他把信送到宫里。"

侯爵从椅子上站起来，欠了欠身子。"你没有让我把话说完，女伯爵，"他说。"我想说的是：'你非常忠诚，但你的智慧和魅力却更惊人。'"

这些阴谋家们正在策划的时候，戴维在润色献给楼梯小爱神的诗句，他听见了胆怯的敲门声，过去开了门，一时心怦怦乱跳，看见她在门口，直喘粗气，仿佛身陷绝境。她眼睛睁得大大的，像孩子那样，非常单纯。

"先生，"她透了口气说，"我在痛苦万分的时候来找你。我相信你善良真诚，而我又得不到别的帮助。我好不容易穿过街道，躲过那些神气活现的家伙。先生，我的母亲快要死了，我的舅舅是皇宫里国王的卫队长。得有人赶快去把他找来，我可不可以希望——"

"小姐，"戴维打断她的话说，两眼放光，渴望为她效劳。"你的期望就是我的翅膀，告诉我怎么能找到他。"

那女子把一个封好的文件塞到他手里。

"到南门去——记住，南门——告诉那里的卫士，'猎鹰已经离开巢穴。'他们会放你过去。你就直奔皇宫南入口。重复一下那句话，把这封信交给回答'他什么时候出击就让他出击'的人。这是我舅舅托付给我的暗号，先生。现在到处兵荒马乱，很多人都在谋反，要国王的命。没有暗号，天黑之后是进不了皇宫的。如果你肯帮忙，先生，那就请你把这封信送给他，这样，母亲就能在闭眼之前见一见舅舅了。"

"把它给我吧，"戴维迫不及待地说。"可是这么晚了，我能让你一个人穿过街道回家吗？ 我——"

"不，不——你快走吧。分分秒秒都很宝贵。到时候，"这女人说，眼睛变得长长的，像吉普赛人的那样，很有诱骗力，"我会尽力感谢你的帮忙。"

诗人把信塞进怀里，三步并作两步，下了楼梯。他一走，那女人便回到了下面的房间。

侯爵富有表情的眉毛询问着她。

"他走了，"她说，"把信送去了，像他的羊那么快，那么笨。"

在德斯罗勒斯上尉拳头的敲击下，桌子再次抖动起来。

"天哪！"他叫了起来，"我忘了带手枪了。我谁都不相信。"

"拿着，"侯爵说，从斗篷下取出一把大家伙来，装饰着银雕，闪闪发光。"货真价实，无与伦比。不过要小心看管，上面有我的纹章和标记，我已经被怀疑了。至于我嘛，今晚我得远离巴黎。明天我必须在我的庄园里。你先走，亲爱的女伯爵。"

侯爵吹灭了蜡烛。这个女人把斗篷盖得严严实实，和两个男人轻轻走下楼梯，融进了徘徊在孔蒂路狭窄人行道上的人群中。

戴维走得很快。在国王住宅南门，一根戟直指他胸前。他推开戟尖，说："猎鹰已经离开巢穴。"

"过去吧，兄弟，"卫士说，"快走。"

在宫廷南面的台阶，卫士们过来抓住了他，但是暗号再一次骗过了他们。其中一个走上前来，开始说"让他出击——"可是，卫士中间一阵骚动，说明出了意外。一个目光敏锐，步履坚定的人，突然冲过人群，一把抓过戴维手中的信。"跟我来，"他说，带着他进了大厅。随后，他把信撕开，读了起来。他招呼一个正好走过的穿制服的火枪手军官。"泰特罗上尉，逮捕南入口和南门的卫士，把他们关起来。选用忠诚的人接替他们。"他又对戴维说："跟我来。"

他领着他走过走廊和前厅，来到一个宽敞的房间。一个衣着灰暗、闷闷不乐的人，坐在一把大皮椅上，在思考着什么。他对那人说：

"陛下，我同你说过，宫廷里的叛徒和间谍，就跟下水道里的耗子一样多。你认为，陛下，那只是我的想象罢了。这个人在他们的默许下，一直潜入到了你的大门口。他带了一封信，已经被我截获。我把他带到这里来了，这样，陛下就不会觉得我的想法是多此一举。"

"我来审问他，"国王在椅子上动了一下，说。他打量着戴维，眼皮沉重，厚重的云翳使目光显得迟钝。诗人屈了屈膝。

"你从哪里来？"国王问。

"维诺伊村，厄尔-卢瓦尔省，陛下。"

"你在巴黎干什么？"

"我——我要成为一个诗人，陛下。"

"你在维诺伊干什么？"

"看管父亲的羊群。"

国王在椅子上又动了一下，眼睛里的云翳不见了。

"呵！ 在田野？"

"是的，陛下。"

"你住在田野里，凉爽的早晨走出去，躺在草地上的树篱中间。羊群各奔东西，散落在小山上。你饮着流动的溪水，在树阴下吃着甜甜的黑面包，一面倾听着乌鸫在树丛中歌唱。难道不是这样吗，羊倌？"

"是这样，陛下，"戴维回答，叹了口气，"而且还倾听蜜蜂在花丛中嗡嗡飞舞，也许还有采葡萄人在山上唱歌。"

"不错，不错，"国王不耐烦地说，"也许你倾听着他们。不过倾听乌鸫是肯定的，它们常在树丛中鸣啭，是不是？"

"陛下，没有一个地方的乌鸫唱得像厄尔-卢瓦尔的那么动听。我努力在我的一些诗中表达它们的歌声。"

"你能背诵一下那些诗吗？"国王焦急地说。"很久以前，我倾听过乌鸫。要是能准确阐释它们的歌，那比一个王国还强。夜晚，你把羊群赶到羊圈里，随后，平平静静坐下来，开开心心吃你的面包。能背诵那些诗吗，羊倌？"

"这些诗句是这样的，陛下，"戴维说，怀着敬仰和热忱。

　　　　懒散的羊倌，瞧瞧你的羊羔，

　　　　欣喜若狂，在草地上跳跃，

　　　　瞧那枞树，在微风中起舞，

　　　　听那潘神，吹着他的芦笛。

　　　　听见我们在树顶上叫唤，

　　　　看见我们扑向你的羊群，

　　　　羊群产羊毛温暖我们的窝，

　　　　在——支流——

“要是这让陛下高兴，”一个沙哑的嗓音打断了朗诵，“我想问这个打油诗人一两个问题。时间很紧了，陛下，要是我为你的安全担忧，却因此冒犯了你，那就恳请你原谅。”

“多马勒公爵的忠诚，”国王说，“是铁打的事实，因此谈不上什么冒犯。”他一屁股坐在椅子上，眼睛又蒙上了云翳。

“首先，”公爵说，“我要把他带来的信念给你听：

> “今晚是王储去世一周年。如果他照例要在半夜去望弥撒，为儿子的灵魂祈祷，那么猎鹰就要出击，地点在埃斯普朗德路转角。如果他的确想去，那就在宫廷西南角楼上的房间点起红灯，让猎鹰看到。”

“农民，”公爵严厉地说。“你听到这些话了吧，这封信是谁交给你带来的？”

“公爵大人，”戴维诚恳地说，“我愿意告诉你。一个女人交给我的。她说她母亲病了，这上面写的会让她舅舅来到她床边。我不知道信里说了什么，但我发誓，她很漂亮，很好。”

“描绘一下这个女人，”公爵命令道，“你是怎么上她当的。”

“描绘她！”戴维温存地笑了起来。“你需要掌握创造奇迹的词汇。她嘛，是阳光和阴影做的。她像桤木一样苗条，举动像桤木一样优雅。你凝视她眼睛的时候，她的眼睛会起变化，一会儿圆圆的，一会儿半闭着，就像太阳在两朵云之间向外窥视。她来的时候，周围全是天堂；她走的时候，周围一片混沌，还有山楂花的味道。她来到我那儿，孔蒂路29号。”

“那就是我们一直监视着的房子，”公爵转向国王说，“亏得这诗人的舌头松，我们掌握了臭名昭著的女伯爵盖伯多的情况。”

“陛下和公爵老爷，”戴维诚恳地说，“但愿我虽然笨嘴笨舌，说的却并没有离谱。我仔细打量过她的眼睛。我以我的生命打赌，不管有没有这封信，她都是个天使。"

公爵目不转睛地看着他。"我要让你证实一下，"他慢吞吞地说。"你自己打扮成皇帝，今晚坐马车去望弥撒。你接受这个试验吗？"

戴维笑了。"我仔细打量过她的眼睛，"他说。"我已经掌握了证据。你们爱怎么取证就怎么取证吧。"

离12点还有半小时，多马勒公爵在宫廷西南窗亲手点起了红灯。12点缺十分，戴维从头到脚打扮成了国王，披了披肩，低着头，由公爵搀扶着，慢步从皇家的寝房，走向等候着的马车。公爵扶着他进了车，关上车门。马车一路驶向教堂。

在埃斯普朗德路转角的一所房子里，泰特罗上尉带了二十个人，高度警戒，准备等阴谋者一出现就猛扑上去。

可是，出于某种原因，谋反者稍稍改动了计划。皇家的马车到了克里斯托弗路，比埃斯普朗德路更近一个街区，德斯罗勒斯上尉和他手下的一帮阴谋弑君者冲了上来，袭击了马车。马车上的卫士虽然对提早袭击有些吃惊，但是都下车英勇还击。双方冲突的声响，引起了泰特罗上尉部队的注意，他们沿街赶来救援。但与此同时，铤而走险的德斯罗勒斯撞开了国王的马车车门，将武器顶住车内的黑影，开了枪。

此刻，附近开来了忠心耿耿的增援部队，街上响起喊声和钢刀的碰击声，受惊的马都已逃走。座垫上躺着假冒国王和诗人的尸体，被博蒂伊斯侯爵先生手枪的子弹所杀。

主干道

这条路往前伸三里格，便成了一个谜团。右侧，同另外一条更大的路相接。戴维犹犹豫豫，站了片刻，随后，坐了下来在路边休息。

这些路通往哪里，他不知道。两条路似乎都通向充满机遇和危险的广阔世界。后来，他坐在那里，目光落在一颗明亮的星星上，他和约妮把它命名为他俩的星星。这让他想起了约妮，心里有些疑惑，觉得自己是不是太草率了。为什么两人之间几句过头的话，就要离开她和自己的家呢？难道爱情就那么脆弱，嫉妒，这爱的证据，就能把它摧毁？夜间的心病，早晨总能捎来治疗的良药。现在回家还来得及，维诺伊村子的人，都在甜蜜的睡梦中，谁也不知道。他的心是属于约妮的。在老家，他可以写诗，可以得到幸福。

戴维站起来，摆脱了不安情绪，以及诱人的胡思乱想。他坚定地顺着过来的路走回去。走完这段回头路后，游荡的念头已经打消。经过羊栏时，晚来的脚步声引起了羊群的骚动，发出嗒嗒嗒的声音，朴实无华，很像鼓点，温暖着他的心。他悄悄地钻进小房间，躺在那里，庆幸自己那晚免除了走生路的痛苦。

他多么了解女人的心！第二天晚上，约妮站在路上的一口井旁边，那里汇集了很多年轻人，等候牧师来讲道。约妮的眼角搜索着戴维，尽管紧闭的嘴巴显得不依不饶。他看到了这个表情，勇敢地面对那张嘴，终于让对方抛弃前嫌，还在两人回家的路上讨得了一个亲吻。

三个月后，他俩结婚了。戴维的父亲很精明，也很有钱。他为他们举办的婚礼惊动了三里格以外的人。村子里，大家都喜欢这两个年轻人。街上安排了游行，草地上举办了舞会。还从德勒请来了牵线木偶和杂技，招待宾客。

过了一年，戴维的父亲去世了。羊群和房子传给了戴维。在村子里，他的妻子是最漂亮的。约妮的牛奶桶和铜茶壶锃亮——哎呀，你在太阳下走过，简直连眼睛都会发花。不过，你得瞧瞧她的院子，里面的花圃那么整齐，那么鲜艳，你的视力会因此得到恢复。你还会听到她唱歌，是呀，声音一直传到佩尔·格吕诺铁匠铺上面一棵特大的栗子树。

可是有一天，戴维从一直关着的抽屉里取出一张纸，开始咬起铅笔头来。春天又来了，打动了他的心。他一定是个诗人，因为约妮已被忘得一干二净。大地重新变得那么可爱，那么迷人，那么优雅，他着实为之倾倒。林木中和草地上散发出的清香，奇怪地撩拨着他。本来，他天天带着羊群出去，晚上安全地把它们赶回来。而现在，他在树篱下伸开四肢，在纸条上拼凑诗句。羊们走散了。狼们发现，诗歌一难写，羊肉就容易到手，于是便冒险钻出森林，来偷羊羔。

戴维的诗稿增多了，羊群减少了。约妮的鼻子尖了，脾气躁了，说话生硬了。她的平底锅和茶壶，逐渐变得灰暗，但她的眼睛看到了光亮。她向诗人指出，他的疏忽使羊群缩小了，也给家里带来了灾难。戴维雇了一个男孩看管羊群，自己关进楼上的小房子，继续写诗。这男孩也有诗人气质，只是没有写作的机会，所以一有时间就睡觉。狼们立刻发现，诗歌和睡觉实际上是一回事。于是羊群持续缩小，约妮的脾气也同步见长。有时候，她会站在院子里，透过高高的窗子怒斥戴维。甚至佩尔·格吕诺铁匠铺上面的一棵特大栗子树那儿，也听得见她的骂声。

默·帕皮诺是个善良、聪明、爱管闲事的老公证员。他知道了这件事。凡鼻子所到之处，他什么都知道。他吸了一大撮鼻烟，壮了壮胆，然后去看戴维。

"米格诺朋友，你父亲的结婚证，是我盖的图章。如果我不得不公证一个文件，宣告他儿子破产，那会让我很痛苦。但是，你快落到了这个地步。作为老朋友，我同你说说。好吧，你听我讲。我发觉，你一心要写诗。我在德勒有个朋友，一个叫布里尔先生的人——乔治·布里尔。他生活在满房子书当中一个小小的空间里。他很有学问，每年上巴黎，自己也写过书。他会告诉你，地下墓地始于何时；星星的名字是如何发现的；鸸鸟为什么有一个长长的喙子。他熟悉诗歌的意义和形式，就像你熟悉羊的咩声。我会让你带封信给他，而你得把诗歌带去让他看看。然后你会知道，该继续写下去呢，还是把精力集中在妻子和活计上。"

"写信吧，"戴维说。"很遗憾你没有早说。"

第二天太阳升起的时候，他已经在去德勒的路上，胳膊下夹着一卷宝贵的诗稿。中午时分，他在布里尔家门口，抹去了脚上的灰尘。那位学问家撕开了默·帕皮诺的信封，透过闪亮的眼镜，像太阳吸水那样吸完了信的内容。他把戴维带进书房，让他坐在一个被书的海洋冲击着的小岛上。

布里尔先生很正直。尽管诗稿有一指厚，卷成了无法变更的曲线，他还是没有退缩。他在膝盖上打开诗卷的背部，开始看起诗来。他什么都没有放过，钻进那一大堆东西，就像虫子钻进坚果，寻找内核。

与此同时，戴维孤零零坐着，在文学浪花的飞溅中瑟瑟发抖。浪涛在他耳边咆哮。他在海洋中航行，没有图表，没有指南针。他想，半个世界的人一定都在写书。

布里尔先生钻进了最后一页诗稿。随后，他取下眼镜，用手绢擦起来。

"我的老朋友，帕皮诺好吗？"他问。

"好极了，"戴维说。

"你有多少只羊，米格诺先生？"

"我昨天数过是三百零九只。羊群倒了霉，从八百五十只减少到了那个数字。"

"你有妻有家，生活过得挺舒服。羊群给你带来了很多东西。你赶着它们上了田野，生活在新鲜的空气中，满意地吃着甜面包。不过你得保持警觉，斜躺在大自然的怀抱里，聆听树丛中乌鸦的鸣啭。到目前为止，我讲得对吗？"

"对的，"戴维说。

"你所有的诗，我都看了，"布里尔先生继续说，目光在书的海洋中游弋，仿佛要熟悉彼岸，把这些书卖掉。"瞧那边，从窗子里看出去，米格诺先生。告诉我你在那棵树上看到了什么。"

"我看到了一只乌鸦，"戴维说，朝那边瞧着。

"有一只鸟，"布里尔先生说，"可以帮我处理好想推卸的责任。你知道那只鸟，米格诺先生。它是位空中哲学家。它安于命运，非常愉快。它的眼睛多变，它的步履欢快，谁都没有像它那样快活，或者有那么充实的嗉囊。田野给了它想要的东西。它从来不因为羽毛不像黄鹂那么鲜艳而发愁。米格诺先生，你听到过大自然给予它的鸣叫声，是吗？你认为夜莺要比它愉快吗？"

戴维站了起来。乌鸦在那棵树上沙哑地叫着。

"谢谢你，布里尔先生，"他慢吞吞地说。"难道在那些呱呱的叫声中，就没有夜莺的调门？"

"我不可能疏忽，"布里尔先生叹了口气说。"每个字我都看了。体验你的诗歌吧，老兄。别再写了。"

"谢谢你，"戴维又说。"现在，我要回到我的羊群中去了。"

"如果你和我一起吃饭，"这位书虫说，"而且忘掉痛苦，我会同你详细说明理由。"

"不啦，"诗人说，"我得赶回田野，像乌鸦一样吆喝羊群了。"

他胳膊下夹着诗稿，吃力地走着，一路返回维诺伊。到了村里，他折进一个名叫齐格勒的人开的店里。齐格勒是个犹太人，来自亚美尼亚城。凡是到手的东西，他什么都卖。

"朋友，"戴维说，"森林里出了狼，骚扰我山上的羊群。我得买把枪保护它们。你能供应什么？"

"今天，我的生意不好，米格诺朋友，"齐格勒双手一摊，说，"因为看来我得卖给你一件武器，却连原价的十分之一都要不回来。就在上个星期，我从一个贩子手里买来了一车货，货色是皇宫的一个看门人出手的。那些东西来自一个庄园，是一位爵爷的随身物品。这位爵爷的称号我不知道，只晓得他因为谋反皇上而被驱逐。那一堆东西里，有些上好的武器。这把手枪——啊，只有王子才配得上佩带——四十法郎就卖给你，米格诺朋友——如果因为这桩买卖，我要损失十法郎。

也许一把火绳枪——"

"这把枪行了，"戴维说，把钱扔在柜台上。"上子弹了吗？"

"我会给你上的，"齐格勒说。"火药与弹丸，再加十法郎。"

戴维把手枪放进上衣底下，走回自己房子。约妮不在家。近来，她爱上邻居家串门。不过厨房的炉子生着火，戴维打开炉门，把诗稿塞了进去放到了煤上。诗稿烧了起来，在烟道中发出嗤嗤的歌唱似的声音。

"乌鸦的歌声！"诗人说。

他上楼到了自己的顶楼房间，关上门。村子里非常安静，好多人听见了那把大手枪的爆裂声。他们一下子拥到那里，上了楼。楼梯上冒出的烟引起了大家的注意。

一个男人把诗人的尸体安放在床上，尴尬地摆弄着它，以遮掩这只可怜的黑乌鸦被撕掉的羽毛。女人们叽叽喳喳，慷慨施与同情。有些人已跑去告诉约妮。

默·帕皮诺的鼻子让他成为首先赶到那儿的人之一。他捡起武器，打量着枪上银色的底座，同时带着鉴赏和忧伤的表情。

"这纹章和饰章，"他向旁边的牧师解释道，"是德博佩尔蒂侯爵大人的。"

第三种成分

　　瓦勒姆博罗萨公寓房说是说公寓房，实际上并不是。它是由两幢正面为棕色石头的老式房子构成的。一边的客厅地板，像女帽商的披肩和头饰那么艳丽；另一边呢，却显得有些悲哀，犹如一个无痛牙医巧舌如簧的允诺，以及到头来可怕的演示。在那里，你可以租一个两块钱一周的房间，也可以租一个二十块钱一周的。瓦勒姆博罗萨的房客中，有速记员、音乐家、经纪人、女店员、按篇幅计酬的作家、艺校学生、电话窃听者，以及那些门铃一响就把身子探出栏杆的人。

　　我这里所记叙的，与瓦勒姆博罗萨公寓里的两个人有关——尽管我无意怠慢其他人。

　　一天下午6点，赫蒂·佩帕回到了瓦勒姆博罗萨三楼后部三块半一周的房间，鼻子和下颏比往常拉得更长了。你工作了四年的百货公司解雇了你，而钱包里只剩一角五分了，在这种情况下，你的五官会显得更加轮廓分明。

　　现在，趁赫蒂正爬上两级楼梯的时候，我们来简略介绍一下她的身世。

　　四年前的一个早晨，她和另外七十五个姑娘一起，走进了最大的百货商场，应聘内衣部柜台的一个工作。这个工薪阶层的方阵，构成了一幅迷人的美景，那么一大片棕色头发，足以证实一百个戈黛夫人①策马奔驰是合乎情理的。

　　那是个谢顶的年轻人，目光冷静，非常能干，没有人情味。他的任务是在竞争者中选定六个人。他周围飘浮着手制的白色云彩，令他感到一阵窒息，仿佛正被香水的海洋所淹没。随后，一片船帆飘到了眼前。赫蒂·佩帕相貌平平，鄙视的绿色小眼睛，巧克力色的头发，普通的细麻布套装，实实在在的帽子。她站在那人面前，尽显二十九年的生活经历。

"你被选中了!"秃顶年轻人大叫道,终于得救。赫蒂就这样被最大的百货公司雇用了。她的工资升到八块钱一周,其过程是赫拉克勒斯②、圣女贞德③、乌娜④、约伯⑤和小红帽等多个故事的综合,你可别从我嘴里知道她的起步工资。关于这类事,有种情绪渐长。我不想让百货公司的百万富翁业主爬上我公寓房的安全出口,从天窗把炸药包扔进我的卧室。

赫蒂从最大的百货公司被解雇的经过,几乎是被雇佣的经过的翻版,单调得很。

在每家百货公司,都有一个无所不知、无所不在、无所不读的人,揣着一叠火车联票,戴着一条红领带,人称其为"买家"。百货公司女店员的命运都掌握在他手里,由他来决定她们每周的生活费(参见食品统计局)。

赫蒂的买家是个谢顶的年轻人,目光冷静、非常能干,没有人情味。他走在百货公司的走廊上,仿佛在香水的海洋中行船,周围飘浮着机绣的白云。甜食过多会让人倒胃口。那么多美人着实令人腻烦,所以他把赫蒂朴实的容貌、翡翠绿色的眼睛和巧克力色的头发,看作美貌的沙漠中一片值得欢迎的绿洲。在柜台的一个僻静角落,他亲切地拧了一下赫蒂的胳膊,也就是肘子以上三英寸的地方。赫蒂用肌肉发达却并不像百合花那么白的右手,狠狠地给了他一巴掌,把他扇到了三英尺之

---

① 戈黛夫人(Lady Godiva),11 世纪英国的一位贵妇,相传为促使其丈夫减轻人民的赋税,曾裸体骑马经过考文垂的街道。

② 赫拉克勒斯(Hercules),罗马神话中主神 Zeus 和 Alcmene 之子,力大无比,以完成十二项英雄业绩闻名。

③ 圣女贞德(Joan of Arc,1412—1431),法国民族英雄,百年战争时率军六千人,解除英军对奥尔良城之围,后被俘,火刑处死。

④ 乌娜(Una),英国著名诗人斯宾塞(Edmund Spenser,1552—1599)的长篇寓言诗《仙后》中一个代表真理的圣处女。

⑤ 约伯(Job),《圣经》中人物,历经危难,仍坚信上帝。

外。现在你就知道了，为什么赫蒂接到通知，三十分钟内得离开最大的百货公司，口袋里只剩下了一角银币和五分镍币。

今天早晨的牛肋排报价为每磅（按肉店计量）六分。但是，最大的百货公司"裁"掉赫蒂的那天，价格却是七分半。这便成全了我们这个故事。要不然，那额外的四分就得——

不过，世界上的一切好故事都与缺钱而又无力支付有关。因此，这个故事也就无懈可击了。

赫蒂提着牛肋排，上了三楼后部三块五角一周的房间。有美味可口，热腾腾的炖牛肉作晚餐，再好好睡上一觉，早上就能精神十足地再去求职，完成赫拉克勒斯、圣女贞德、乌娜、约伯和小红帽的业绩。

在房间里，她从 2×4 英尺的瓷器——我的意思是陶器壁橱里，取出陶器炖罐，开始在老鼠做窝的纸袋中间搜寻土豆和洋葱。她探出头来，鼻子和下巴翘得更厉害了。

既没有土豆，也没有洋葱。光是牛肉，能炖出什么牛肉汤？ 没有牡蛎可以炖出牡蛎汤；没有甲鱼可以炖出甲鱼汤；没有咖啡可以做出咖啡糕。但是没有土豆和洋葱，却炖不了牛肉汤。

不过，光是牛肉也能应急。就像一扇普通的松树门，可以充当赌场通向贪婪的铸铁门。放上一点盐和胡椒，再加一调羹面粉（先用些许冷水搅匀），那牛肉汤就可以派上用场了——不像用纽堡酱做调料的龙虾颜色那么深，也不像节日里教堂炸面圈那么气派，但还是能将就了。

赫蒂把炖锅拿到三楼过道的后部。根据瓦勒姆博罗萨的广告，那里能找到自来水。水慢慢地流出你、我和水表之间的龙头，好在这儿并不讲究技术。此外，还有一个水槽，操持家务的房客常在这里碰头，把咖啡渣倒掉，或是相互瞧瞧对方的和服式晨衣。

在这个水槽旁边，赫蒂看到一个姑娘在洗两个很大的白土豆。她一头浓密的金黄色秀发颇富艺术性，一双眼睛有些哀伤。赫蒂对瓦勒姆博罗萨了若指掌，跟所有的人一样，虽然不具备"双倍放大的眼睛"，却洞悉内中的奥秘。和服式晨衣是她的百科全书，告诉她谁是干什么的；是她的情报交流中心，给她传递新闻和来往人等的情况。那姑娘穿着和服式晨衣，玫瑰粉红，镶着尼罗绿饰边，由此可以看出她是个微型人像画家，住在阁楼一类的房间里——或是"画室"里，他们喜欢这么称呼——在顶层。赫蒂闹不明白微型人像是什么，但肯定不是房子，因为房子油漆工虽然穿着斑驳的工作服，在大街上将扶梯直往你脸上撞来，但谁都知道，在家里他们尽情享受着丰富多彩的食品。

土豆姑娘很瘦小，收拾起土豆来，就像一个老单身叔叔对付一个刚出牙的小孩。她右手拿着一把鞋匠的钝刀，开始削皮。

赫蒂同她搭讪，语气审慎而严肃，是想在第二个回合跟人热络的那一种。

"对不起，"她说，"我实在是多管闲事，不过要是这样削皮的话，你会浪费很多。那是百慕大群岛新土豆。你可以把皮刮掉。我来刮给你看。"

她拿起土豆和刀，开始示范。

"啊，谢谢你了，"艺术家喘了口气说。"我不知道。我真不想让厚厚的皮去掉。那多浪费呀。不过我以为土豆总是要削皮的。只有土豆可以下肚的时候，皮也是要紧的，你知道。"

"喂，孩子，"赫蒂停下刀，说，"你的日子可没有不好过吧？"

微型人像画家微微一笑，露出挨饿的表情。

"我觉得日子不好过。艺术——或者至少按我的理解——似乎不大吃香。晚餐就只有这些土豆了。不过，煮一煮，热热的，放点儿黄油和盐，也不算太坏。"

"孩子，"赫蒂说，笑了笑，让生硬的五官放松了一下，"命运把我们俩拴在了一起。我也弄得焦头烂额了，好在我房间里还有一块肉，足有小狗那么大。我还想搞些土豆，除了祈祷，什么法子都想了。让我们把给养凑在一起，炖个汤吧，就在我的房间里烧。要是有一头洋葱放进去该多好! 听着,孩子,你还有没有两分钱,是去年滑进海豹皮衣服里子的? 我可以下楼到街角,在老吉舍普的货摊上买一头洋葱。炖汤没有洋葱,比看午场戏没有糖果还糟糕。"

"你可以叫我塞西丽娅,"艺术家说。"我没有钱啦,三天前就花掉了最后一分。"

"没有洋葱可以切丝放进汤里,那就只好舍弃了,"赫蒂说。"我可以向门房要一个,但我不想弄得沸沸扬扬,以为我在柏油路上跺脚,找活干呢。不过,但愿我们能有一头洋葱。"

在女店员的房间里,两人开始准备晚饭。塞西丽娅的角色是无奈地坐在长榻上,恳求能做点什么,语气像求偶的斑鸠。赫蒂拾掇好牛肋排,放进炖锅中加了盐的冷水里,把炖锅摆到单孔煤气灶上。

"但愿我们有一头洋葱,"赫蒂一面刮着土豆皮,一面说。

长榻对面的墙上,张贴着一幅火辣辣艳丽无比的广告画,画的是P.U.F.F.铁路的新渡船。那条铁路把洛杉矶和纽约之间的时间,缩短了八分之一秒。

赫蒂一面不停地自言自语,一面转过头来,只见客人流着眼泪,呆呆地看着那张广告画,画面上浪花缠绕的快速交通工具,完全被理想化了。

"嗨,听着,塞西丽娅,孩子,"赫蒂说,停下手中的刀,"难道这画艺术上那么糟糕? 我不是批评家,不过我想,房间却因此亮丽多了。当然,一个修指甲①画家一眼就看出来,这是劣等货。你要是这么说,我就把它拿掉。我真希望这顿神圣的家常便饭有一头洋葱。"

然而,这位微小的微型人像画家已经倒下,哭泣着,鼻子陷进了长榻结实的布料里。粗糙的印刷品之所以造成伤害,是因为某种比艺术气

----

①这里,赫蒂想说"微型人像画家"(miniature-painter),却说成了"manicure-painter"(修指甲画家)。

质更深层的东西。

赫蒂明白。很久以前，她就接受了这个角色。我们要描绘一个人的某种品质时，词汇多么贫乏！一旦需要抽象，就不知所措了。我们唠唠叨叨时，表达越接近本色，心里就越明白。打个比方（让我们就这么说吧），有的人是胸部；有的人是手；有的人是头脑；有的人是肌肉；有的人是脚；有的人是负重的背部。

赫蒂是肩膀。她的肩膀轮廓分明，肌肉发达。在她的一生中，无论是比喻还是事实，人家都把脑袋搁在她肩上，在那儿留下一半或是全部的烦恼。从解剖学角度（这个角度跟别的角度一样好）看生活，她注定要做肩膀。她腰板比谁都硬。

赫蒂只有33岁。她的小苦头还没有吃够，因为年轻的和美丽的脑袋总要倚在她肩上，寻求安慰。朝她的镜子瞧上一眼便能立即止痛。她朝穿衣镜投去苍白的一瞥，那面镜子挂在煤气灶上端的墙上，布满了裂纹，已经有些年头了。牛肉和土豆正在沸腾。她把炖锅下的火调小了些，走向长榻，扶起塞西丽娅的头，听她诉说真情。

"说吧，告诉我，亲爱的，"她说。"现在我明白，你担心的不是艺术。你在渡船上碰到了他，是不是？往下说，塞西丽娅，孩子，把经过告诉你的——你的赫蒂姑姑。"

但是，青春和忧郁得先耗尽剩余的叹息和眼泪，是它们将浪漫的小舟漂浮到快乐岛屿的港湾。眼下，在由发达的肌肉构成的忏悔台上，这个忏悔者——或者是不是圣火中光荣的信息传递者？——诉说了自己的故事，没有艺术加工，也不含启示。

"这不过是三天之前的事情。我乘渡船从泽西城回来。艺术经销商老施拉姆先生告诉我，纽瓦克有个富翁，找人为她女儿画微型人像。我去见他，给他看了我的一些作品。我告诉他价格是五十块，他像鬣狗一样大笑。他说，比这大二十倍的炭笔画只花了他八块钱。

"我口袋里的钱，只够买渡船票返回纽约。我仿佛觉得一天也不想再活了。我的表情一定同我的感觉一样，因为我看到他坐在我对面的一排座位上，打量着我，仿佛看透了我的心思。他长得很漂亮，不过，最要紧的是看上去很友好。一个人感到疲倦，或者不幸，或者无望的时候，友好比什么都要紧。

"我那么悲伤，简直无法继续挣扎下去了，便站起来，慢慢地走出渡船室的后门。那儿没有人。我很快滑出栏杆，落到水里。呵，赫蒂好友，水真冷，真冷！

"一时间，我却希望回到古旧的瓦勒姆博罗萨了，不管是挨饿，还是有生机。随后，我麻木了，什么都不在乎了。接着，我感觉到有人也在水里，靠近我，把我举起来。他一直尾随着我，跳进水里来救我。

"有人朝我们扔了一个东西，像是白色的大圈。他让我把手伸进那圆圈。接着渡船又返回，把我们拉到船上。呵，赫蒂，我觉得很丢脸，自己那么坏，竟要投水自尽。另外，我披头散发，浑身湿透，样子真难看。

"然后，来了几个穿蓝衣服的人。他把名片递给他们，我听见他告诉他们，他看见我的钱包掉到了栏杆外的船边上，我俯身去拿的时候落水了。当时我记得在报上看到过，想自杀的人同企图杀害他人的人关在同一个牢房里。我很害怕。

"不过，船上的几位女士带我到下面的锅炉房，把我的衣服差不多烘干了，头发也梳理好。船靠岸后，他来了，把我送进一辆出租车。他浑身都在滴水，可是哈哈大笑，仿佛这不过是场玩笑。他恳求我把名字和住址告诉他，但我没有告诉，我太惭愧了。"

"你是个傻瓜，孩子，"赫蒂和气地说。"等一下，让我把火调大一些，老天在上，但愿我们能有一头洋葱。"

"随后，他抬了抬帽子对我说，"塞西丽娅往下讲，"'好吧。不过，我总会找到你的。我要去申明拯救的权利。'然后，他把钱给了出租车司机，告诉他把我带到我想去的地方，说完就走了。什么叫'拯救',赫蒂?"

"那就是一件东西,没有镶边,"女店员说,"在这位英雄小孩看来,你一定显得精疲力竭了。"

"已经三天过去了,"微型人像画家呻吟道,"而他还没有找到我。"

"再延些时间,"赫蒂说。"这个城市很大。想一想,他要认出你来,得先见过多少姑娘浸在水里,披着头发呀。汤炖得挺不错——不过,就缺洋葱! 我甚至会用一头大蒜,如果有的话。"

牛肉和土豆欢快地沸腾着,散发出令人垂涎欲滴的香味,不过香味中缺少了某种东西,味觉上留下了一种饥饿感,一种拂之不去的朦胧欲望,企盼某种已经丧失却又很必要的成分。

"我差一点淹死在那条可怕的河里,"塞西丽娅颤抖着说。

"那里面该有更多的水,"赫蒂说,"我是指炖汤。我到水槽那儿去取些来。"

"好香呀,"艺术家说。

"那条讨厌的老北河吗?"赫蒂表示异议。"对我来说,闻起来像肥皂工厂,像湿透的长毛狗——哎呀,你说的是炖汤。是呀,我真希望有一头洋葱可以炖汤。他看上去有钱吗?"

"首先,他看上去很善良,"塞西丽娅说。"他肯定很有钱。可是那无关紧要。他取出皮夹子付钱给出租车司机的时候,你一眼看到里面有几百块,几千块钱。透过出租车车门,我看到他坐车离开渡口,司机给他披上一块熊皮,因为他湿透了。而这不过是三天前的事。"

"多傻呀!"赫蒂断然说。

"呵,那司机身上并不湿,"塞西丽娅透了口气说。"他利索地把车开走了。"

"我指的是你,"赫蒂说。"因为你没有给他地址。"

"我从来不把地址给司机,"塞西丽娅高傲地说。

"但愿我们有一个，"赫蒂不快地说。

"派什么用处？"

"炖汤用，当然——呵，我指的是洋葱。"

赫蒂拿了一个罐子，朝走廊尽头的水槽走去。

这时，一个年轻人从上面走下楼梯，赫蒂正好在底下一级楼梯的对面。那人穿着大方，但脸色苍白枯槁，由于某种肉体或是精神的伤痛，双眼无神。他手里提着一个洋葱——粉红色，光滑，闪亮，结实，足足有九角八分钱一个的闹钟那么大。

赫蒂停了下来。年轻人也止步了。女店员露出一种圣女贞德、赫拉克勒斯、乌娜式的表情和神态——她已经放弃了约伯和小红帽的角色。年轻人站在楼梯脚下，心烦意乱地咳嗽起来。他有一种孤立无援，受到阻止，遭遇袭击，被人扣押，遭到洗劫，受到处罚，在街上行乞，遭人白眼的感觉，尽管他不知道为什么。那是赫蒂的眼神造成的。在她的眼神里，年轻人看到了一面海盗旗在桅顶飘扬，一个强悍的水手齿间咬着一把匕首，飞快地爬上绳梯，把匕首插在那儿。不过他还不知道，正是他手里提着的货色，差一点不由分说把他炸得飞离水面。

"对不起，"赫蒂说，她那种婉转的酸溜溜语调，有意显得尽可能甜蜜，"你是在楼梯上发现这洋葱的吗？ 我的纸袋里有一个洞，我刚出来找洋葱。"

年轻人咳了半秒钟。这间隙也许给了他保护自己财产的勇气。而且，他贪婪地紧紧抓住这辛辣的奖品，打起精神，直面可怖的拦路抢劫者。

"不是的，"他沙哑地说，"我不是在楼梯上捡到的，是住在顶楼的吉克·贝文斯给我的。你要是不信，可以去问问他。我在这儿等着你。"

"我知道贝文斯，"赫蒂酸溜溜地说。"他在楼上给收废纸垃圾的人写书。邮差把厚厚的信封送回来时嘲笑他，满屋子都听得见。听着——你住在瓦勒姆博罗萨吗？"

"我不住在这儿，"年轻人说。"我有时来看看贝文斯。他是我朋友。我住在西面，相隔两条街。"

"你打算怎么用这洋葱？ ——对不起，"赫蒂说。

"我打算吃掉。"

"生吃？"

"是的，一到家就吃。"

"有什么别的东西和洋葱一起吃吗？"

年轻人想了一下。

"没有，"他坦率地说，"在我的住处，已经找不到一丁点可吃的东西了。我想，吉克老兄的房间里，食品也奇缺。他很不情愿放弃这头洋葱，但我的状况使他担忧，他终于割爱了。"

"小伙子，"赫蒂说，递给他一个世事洞明的眼色，把一个瘦嶙嶙却很动人的手指，戳到了他袖口，"你也吃过苦，是不是？"

"很多，"洋葱拥有者立即说。"不过这头洋葱是我自己的财产，来路很正。请你原谅，我得走了。"

"听着，"赫蒂说，因为着急，脸色有点发白。"生吃洋葱是一种很糟糕的吃法。炖牛肉汤没有洋葱也一样糟糕。好吧，如果你是吉克·贝文斯的朋友，我猜想，也是八九不离十。有一位小姑娘——我的一个朋友——在走廊尽头我的房间里。我们两人很不巧，只有土豆和牛肉，已经在炖汤了。可是这汤没有灵魂，还缺什么东西。生活中有些东西本意就是自然相配，不能拆开的。一种是粉红色的干酪包布和绿色的玫瑰；一种是火腿和鸡蛋；一种是爱尔兰人和麻烦。而另一种呢，就是牛肉、土豆和洋葱。此外还有一种，那就是有人面临困难，而有人身处同样困境。"

年轻人长时间一阵狂咳，一只手把洋葱搂在怀里。

"毫无疑问，毫无疑问，"他终于说。"不过，我刚才说过，我得走了，因为——"

赫蒂紧紧地拽住他的袖子。

"别像意大利佬，兄弟。不要生吃洋葱。共同来凑这顿晚饭吧，用你尝到过的最好的炖汤填饱肚皮。难道非得要两位女士把一位年轻的先生打倒，把他拖进去，享受与他共餐的荣幸？不会伤你一根毫毛的，小兄弟。放手，站到队伍里来吧。"

年轻人苍白的脸松弛下来，转成了微笑。

"请相信，我会顺你的意思，"他说，显得很高兴。"要是我的洋葱可以充当证件，那我很高兴接受你的邀请。"

"同证件一样派用场，不过当调味品更好，"赫蒂说。"你过来站在门外，让我问问我的女朋友，是不是反对。我出来之前，别带着你的那封推荐信逃跑。"

赫蒂进了房间，关上门。年轻人等在外面。

"塞西丽娅，孩子，"女店员说，把她锋利锯子一般的嗓子，抹上尽可能多的油，"外面有一头洋葱。附带还有一个年轻人。我已经邀请他进来吃晚饭了，你不会把他踢出去吧，是吗？"

"啊呀！"塞西丽娅说，坐直了，拍了拍她富有艺术性的头发。她忧伤地朝墙上的渡船招贴画看了一眼。

"傻瓜，"赫蒂说。"不是他。现在，你把这当真了。我记得你说，你的英雄朋友很有钱，自己有车子。这个人是个穷光蛋，是个饭桶，除了一头洋葱，什么吃的也没有。不过，他好说话，蛮规矩的。我猜想他过去很阔，如今落难了。而我们也需要洋葱。我带他进来好不好？我保证他规规矩矩。"

"赫蒂，亲爱的，"塞西丽娅叹了口气说，"我饿极了。王子也罢，夜盗也罢，有什么区别呢？我不在乎。要是他有什么东西可吃，就带他进来吧。"

赫蒂返回走廊。那个带洋葱的人走掉了。她心里一咯噔，阴沉的表情漫上了整张脸，除了鼻子和颧骨。但随后，生命的潮水再次涌动，因为她看到他在走廊另一头，探出正面的窗子。她急急地走上去。他在朝下面的人喊着。街上的喧闹盖过了她的脚步声。她隔着他肩膀往底下张望，看看他在同谁说话，也听到了他的话。他抽身离开窗台，看到她站在旁边。

赫蒂的一双眼睛，像两个钢钻那样直往他身上钻进去。

"别对我说谎，"她镇静地说。"你打算怎么处理你的洋葱？"

年轻人强忍住咳嗽，坚定地面对她，露出了像是受到强烈挑战的姿态。

"我要把洋葱吃掉，"他说，明显讲得很慢，"就像我刚才同你说的一样。"

"你家里没有别的东西可吃了？"

"一点也没有。"

"你是干什么的？"

"眼下我什么也不干。"

"那为什么，"赫蒂说，把嗓子提得尖尖的，"探出窗子，吩咐下面街上绿色车子里的司机？"

年轻人的脸涨得通红，呆呆的眼睛一下子亮了起来。

"因为，夫人，"他说，语速渐渐加快，"我付司机工资，我拥有这辆汽车——也拥有这头洋葱——这头洋葱，夫人。"

他挥舞着洋葱，离赫蒂的鼻子才一英寸。女店员毫不退缩。

"那你为什么吃洋葱呢？"她说，显得很不屑，"没有别的了？"

"我从来没有说过还有别的东西，"年轻人全力反驳。"我说过，我的住处没有别的可吃了。我不是熟食店老板。"

"那么，"赫蒂紧追不舍，"为什么你要生吃洋葱？"

"我母亲，"年轻人说，"总是让我感冒的时候吃洋葱。请原谅，说起了自己的病痛，不过你恐怕注意到了，我的感冒很严重。我要吃掉洋葱，上床睡觉。我真弄不明白，为什么我得站在这儿为此向你道歉。"

"你是怎么感冒的？"赫蒂疑惑地往下说。

年轻人的情绪似乎达到了高潮，要让它平稳下来的方式有两个——大发雷霆，或者向可笑的东西屈服。他做出了聪明的选择。于是，空旷的走廊里响起了他沙哑的笑声。

"你真了不起，"他说。"我不责怪你那么谨小慎微。我尽可以告诉你，我身上弄湿了。几天前，我在北河渡口，那时一个女孩子跳水了。当然，我——"

赫蒂伸出手，打断了他的故事。

"把洋葱给我，"她说。

年轻人把牙关咬得更紧了。

"把洋葱给我，"她重复道。

他笑了起来，把洋葱放在她手里。

随后，赫蒂露出了偶尔才有的阴冷忧郁的笑容。她一手抓住年轻人的胳膊，一手指着她房间的门。

"小兄弟，"她说，"进去吧。你从河里捞上来的那个小傻瓜在那里等你。往前走，进去呀。我给你三分钟，三分钟后我再来。土豆已经放在里面了，正等着。进去吧，洋葱。"

他敲了敲门，进去了。赫蒂开始在水槽边剥去葱的皮，洗了起来。她面色阴沉地看着外面阴郁的屋顶，她的脸一抽一抽地，笑容全然不见了。

"可是，是我们，"她冷冷地自言自语说，"是我们给牛肉找好了搭配。"

埋着的宝藏

世上有好多种傻瓜。现在，每个人都坐好了，等叫到你了再站起来好吗？

除了一种傻瓜，我什么傻瓜都做过。我花光了遗产，也谎报过遗产；我玩过扑克，打过网球；还开过证券投机商号——用多种方式把钱快快花掉。唯有一种玩意儿，至今没有尝试过，那就是戴上系铃的小丑帽。那是一种寻宝游戏。很少有人会感受到那种愉快的狂热。不过，迈达斯国王①足迹的未来追随者们，谁也没有发现这种追寻会有那么多愉悦。

但是，让我离开正题片刻——凡是秃笔，都不得不如此——我是一个爱动感情的傻瓜。我一见梅·马撒·曼格姆，便成了她的俘虏。她18岁，皮肤雪白，犹如新钢琴上白色的象牙键；她长得很漂亮，像质朴的天使那样高雅端庄，有一种招人爱怜的魅力。这种人注定住在得克萨斯枯燥的草原小镇里。她有足够的勇气和吸引力，让她可以从比利时或其他放荡王国的王冠上摘取红宝石，犹如摘树莓么容易。不过她自己并不知道，我也没有把这种前景告诉她。

你瞧，我想要梅·马撒·曼格姆，为了拥有和保留。我要她同我住在一起，每天把我的拖鞋和烟杆放到晚上不被人发觉的地方。

梅·马撒的父亲是一个躲在络腮胡子和眼镜后面的人。他为虫子而生，蟑螂、蝴蝶，以及那些会飞，会爬，会嘤嘤叫，会从你的背上爬下来，或者跌进黄油里的东西。他是个词源学家②，或者类似那个意思的人。他花费毕生精力，为飞鱼清洁空气，那种鱼属绿花金龟目。他用大头针穿过它们的躯体，并给它们命名。

他和梅·马撒就是整个一家子。他像珍爱精致的 racibus humanus 标本那样宝贝她，因为她留意让他不断食品，衣服不穿错，酒瓶装满酒。据说，科学家容易心不在焉。

除了我之外，还有一个人相中梅·马撒·曼格姆。那就是古德洛·班克斯，一个刚从学校回家的年轻人。凡书本上能得到的学识，他都一一具备——拉丁文、希腊文、哲学，尤其是高等数学和逻辑。要不是他同谁说话都好抖露自己的知识和学问，我是会很喜欢他的。不过即便那样，你会认为我们俩是好朋友。

我们一有机会就待在一起，两人都想从对方掏出些话来，找到一根稻草，探测梅·马撒·曼格姆的芳心所向——这个比喻有点不伦不类。古德洛·班克斯从来不为此感到内疚，情敌们向来如此。

你可以说，古德洛求助于书本、风度和文化，展示智慧和衣着。而我呢，会让你想起棒球运动和星期五夜晚的辩论会——从文化的角度——也许还会想起一个优秀的骑手。

不过，无论是从我们两人间的谈话中，还是从造访梅·马撒以及和她的交谈中，古德洛·班克斯和我都不知道她究竟喜欢谁。梅·马撒生来态度不明朗，在摇篮里就知道怎样让人猜测。

我说过，曼格姆老人总是心不在焉。过了很久，有一天他才发现——一定是一只小蝴蝶告诉他的——两个年轻人在张网围捕这个年轻人，这个女儿，或者是某个这样的技术助手，这人照顾着他的生活起居。

我从来不知道科学家也能从容应对这样的局面。老曼格姆口头上把古德洛和我本人轻易地列为脊椎动物中最低等的一种。而且用的是英文，而不是拉丁文，只不过提到了奥戈托里克斯，赫尔维蒂人的酋长③——以我而言，确实就是如此。他警告我们，要是再在房子周围看

①迈达斯国王（King Midas），希神，贪恋财富，能点石成金。
②词源学家（etymologist），此处应为"生态学家"（ecologist），作者故意让叙述者弄错，以显示其缺乏文化。
③赫尔维蒂人（Helvetii），原凯尔特民族，公元前2世纪受日耳曼人的压迫，从日耳曼地区南部迁徙至现在的瑞士北部。公元前61年在酋长奥戈托里克斯领导下，迁往高卢西部。

到我们，他会把我们加到收集的标本中去。

古德洛·班克斯和我五天不敢上门，盼望风暴平息。我们大着胆子再次造访的时候，梅·马撒·曼格姆和她父亲都已经走了。全走了！租来的房子大门紧闭。储存的食品和一应杂物，也都搬走了。

梅·马撒没有对我们说过一句告别的话——没有留下一张飘忽的便条钉在山楂灌木上；门柱上没有任何粉笔记号；邮局里也不见有明信片给我们一丁点线索。

两个月里，古德洛和我——分别行动——千方百计追踪逃亡者。我们利用友情和影响，求助于票房代理人、代客养马人、铁路列车员，以及我们孤独凄凉的治安员，但是毫无结果。

于是，我们成了更亲密的朋友，越发针锋相对的敌人。每天下午下班后，我们相聚在辛德尔酒馆后室，玩多米诺骨牌游戏，言谈中各自施展花招，想从对方嘴里知道什么新发现。情敌们向来如此。

如今，古德洛·班克斯用冷嘲热讽的手法炫耀自己的学问，把我弄进小学生班，朗诵"可怜的简·雷，她的鸟儿死了，她不能玩了"。不错，我挺喜欢古德洛，却瞧不起他的学究气，而他总认为我性子好，所以我得耐着性子。我想方设法要知道他有没有关于梅·马撒的消息，因此我忍着和他在一起。

一天下午，一番详谈之后他说：

"设想你最后找到了她，爱德，你有什么好处呢？ 曼格姆小姐很有头脑，也许只不过还没有得到栽培，但她注定要过高尚的生活，而你却提供不了。我交谈过的人当中，谁都没能像她那么欣赏古代诗人和作家的魅力，欣赏这些人的现代崇拜者，他们吸收并实践了古人的生活哲学。你不认为，找寻她是浪费时间吗？"

"我认为，"我说，"一个幸福的家就是一幢八个房间的房子，安在得克萨斯草原一个泥塘边上的栎树丛中。一架钢琴，"我往下说，"客厅里还有一个自觉弹奏者。篱笆下有三千头牛，作为起步。还有一辆平板马车和几匹矮种马，一直拴在马桩子上，恭候着'夫人'——让梅·马撒·曼格姆随意花费农场的收益，同时和我住在一起，把拖鞋和烟斗放到晚上不被人发觉的地方。事情，"我说，"就该这样。你的那些课程呀，崇拜呀，哲学呀算得了什么，什么也不是！"

"她注定要过高尚的生活，"古德洛·班克斯又说了一遍。

"不管她注定会怎样，"我回答，"眼下她可是缺钱的。我要尽快找到她，但不借助大学的学问。"

"游戏玩不下去了，"古德洛说，放下一块骨牌。于是我们喝了啤酒。

打那以后不久，一个我认识的青年农民来到镇上，带给我一个折叠好的蓝色文件。他说他祖父刚去世。我忍住了眼泪。他继续说，老人将这个文件小心翼翼地守护了二十年，又把它作为家产的一部分，传给了家人。其余的财产是两头骡子和一长条无法耕种的土地。

那是一种陈旧的蓝纸头，是废奴主义者反抗脱离联邦主义者的时代使用的。上面的日期是 1863 年 6 月 14 日。同时还描绘了藏宝地点。宝藏是够十头小驴驮的金元和银元，价值三十万元。老朗德尔——他孙子萨姆的祖父——从一个西班牙牧师那儿获知这一情况，这个牧师参与了藏宝，并在几年前去世——不，几年后——死在老朗德尔的房子里。老朗德尔记下了牧师的口述。

"你父亲为什么不去寻宝呢？"我问小朗德尔。

"他还没来得及寻眼睛就瞎了，"他回答。

"你自己为什么不去找呢？"我问。

"这个嘛，"他说，"我知道这件事才十年。开始忙于春耕，接着玉米地要除草，然后是搞饲料，很快冬天又来了。一年又一年，日子就这么过去了。"

我觉得听来似乎有理，便立即同小李·朗德尔着手这件事了。

文件上的提示很简单。整个驮宝的驴队从多勒斯县一个古老的西班牙传教团驻地出发，根据指南针朝正南方向前进，一直到阿兰米托河。然后涉水过河，把宝埋在一座驮鞍形的小山顶上，那座小山位于并排两座更高的山之间。藏宝地点用一堆石头做了标记。几天后，除了那位西班牙牧师，整群藏宝人都被印第安人所杀。秘密被独家垄断，在我看来这是好事。

李·朗德尔建议，我们要准备一套扎营设备，雇用一个勘测员，绘出一条起自西班牙传教团驻地的路线，随后花掉那三十万元到沃斯堡去观光。但是，尽管我受的教育不多，我却知道一个省时省钱的办法。

我们到了州土地管理局，找到了一张实用略图，通常叫"工作图"。从传教团驻地到阿拉米托河的土地勘探情况，全都绘在上面了。在这张图上，我画了一条线，直指正南方向的河流。略图上精确地标出了每条勘探线路，以及每块土地的面积。根据这些，我们在河上找到了那个点，并把它给"连接"上，还连接了洛斯阿尼莫斯五里格勘测地上一个十分确定的重要角落，那五里格土地是西班牙菲利普国王馈赠的。

这么一来，我们就不需要勘探员来划线了，因而大大节省了费用和时间。

于是，李·朗德尔和我装备了两匹马拉的货车队，以及一切辅助设备，行驶了一百四十九英里，到了奇科，离希望到达的点最近的一个小镇。我们请了县里的一个副勘探员。他替我们找到了洛斯阿尼莫斯勘测地那个角落，根据略图，往西跑了五千七百二十瓦拉，在那个点上放了块石头，喝了咖啡，吃了熏咸肉，搭乘邮车返回了奇科。

我很有把握能拿到那三十万元钱。李·朗德尔只能得三分之一，因为所有的费用都是我付的。我知道，有了二十万元钱就能找到梅·马撒·曼格姆，只要她还在地球上。有了这个钱，我可以让曼格姆老头的鸽棚飞起更多的蝴蝶。要是能找到宝藏该多好啊！

但是，李和我搭起了帐篷。河对面，有十几座小山，长满了茂密的雪松灌木，不过没有一座像驮鞍。那倒并不碍事。表面的东西总带有欺骗性。驮鞍跟美女一样，只存在于看的人的眼中。

我和宝藏所有者的孙子查看着雪松覆盖的小山，像一个女人找可恶的虱子那么仔细。河流上下两英里内的每个山腰、山顶、表面，每个普通的山丘、山角、斜坡和山洞，我们统统都探测了一遍，花了四天时间。随后，我们套好红色的马和褐色的马，装上剩下的咖啡和熏咸肉，长驱一百四十九英里返回奇科城。

回程中，李·朗德尔使劲嚼烟。我忙于驾车，因为急着赶回来。

我们空手而归。一到家，古德洛·班克斯和我就相聚在辛德尔酒馆后室，玩多米诺骨牌游戏，探听情况。我把寻宝之行告诉了他。

"要是我能找到那三十万块钱，"我对他说，"我准会把地球表面仔仔细细搜索一遍，找到梅·马撒·曼格姆。"

"她注定要过高尚的生活，"古德洛说。"我自己会找到她。不过，告诉我，你是怎么去找藏宝地点的？ 这个还没有发掘却已经增值的宝藏，埋得有些轻率。"

我一五一十告诉了他，还把制图员绘制的略图给他看，上面清楚地标出了距离。

他摆出行家的架势，把略图浏览了一遍。随后，往椅背上一靠，当着我的面爆发出高人一等，大学生派头十足的嘲笑声。

"哎呀，你是个傻瓜，吉姆，"回过神来能张口的时候他说。

"该你出牌了，"我说，耐心地摸着我的两张"六"。

"二十，"古德洛说，用粉笔在桌上打了两个叉。

"为什么是傻瓜？ 以前很多地方都找到过宝藏。"

"因为，"他说，"你在计算河上那个点，也就是你的线所指的地方，你忽略了允许的变量。那里的变量是偏西九度。你把铅笔给我。"

古德洛在一个信封背面很快计算起来。

"以西班牙传教站为起点的线，确切地说南北直线距离是二十二英里。根据你的叙述，这是用一个袖珍罗盘推算出来的。如果我们把允许的变量计算在内，那么阿拉米托河上寻宝的地点，确切地说应当在你确定的地点偏西六英里九百四十五瓦拉。呵，你多傻，吉姆！"

"你说的变量是什么？"我问。"我认为数字是从不说谎的。"

"磁罗盘的变量，"古德洛说，"来自地极子午线。"

他露出居高临下的微笑。随后，我看到他脸上浮起了寻宝人贪婪的表情，显得那么急切，那么强烈，那么罕见。

"有时候，"他说，摆出一副先哲的派头，"这种藏宝的古老传统不是没有根据的。你不妨让我看一下说明地点的文件。说不定我们可以——"

结果，古德洛和我，两个情场上的对手，居然成了探险的伙伴。我们从铁路可达的最近小镇亨特斯堡乘驿车到了奇科。在奇科雇用了一组马，拖着带篷的轻便马车和扎营的随身物品。根据古德洛和他的"变量"的修正，让早先那个勘测员计算出我们的距离，随后打发他上路回家了。

我们到的时候是晚上。我喂了马，在河边生了火，做了晚饭。古德洛本可以帮忙，但他所受的教育使他不适宜于干杂活。

但是，我忙着干活的时候，他以千古流传的伟大思想为我鼓劲，长篇累牍地引用译自希腊文的片断。

"阿那克里翁①，"他解释道，"我朗诵的时候，曼格姆小姐最喜欢这一段。"

"她注定要过高尚的生活，"我把他的话重复了一遍。

"栖身于经典世界，生活在文化和学术的氛围之中，"古德洛问，"还有什么比这更高尚呢？你总是诋毁教育。可是，由于你不懂简单数学，你不是白费劳力了吗？要不是我的知识指出了你的错误，你要多

---

① 阿那克里翁(Anacreon 570？—480？ BC)，古希腊宫廷诗人，诗作多以歌颂醇酒和爱情为主题。

久才找得到宝藏呢？"

"我们先看一看河对面的那些小山，"我说，"看看能找到什么。我还是对变量表示怀疑。我这辈子就是相信指南针是对着地极的。"

第二天是个晴朗的 6 月早晨，我们很早起身吃了早饭。古德洛可高兴了，在我烤着熏咸肉时吟起诗来——我想吟的是济慈，凯莱，或者是雪莱。我们准备穿过那条比浅溪大不了多少的小河，在对面长满雪松、尖峰林立的小山上探寻。

"我的好尤利西斯①，"古德洛说，我在洗铁皮早餐盘子的时候，他拍了拍我的肩膀说，"让我再看一下那个令人陶醉的文件。我相信，上面会有怎么爬上驮鞍形小山的指令。我从来没有见过驮鞍。驮鞍是什么样子，吉姆？"

"用你的文化弄到一个吧，"我说，"见了才知道。"

古德洛瞅着老朗德尔的文件，蓦地吐出了一句最没有学者风度的骂人话。

"过来，"他说，拿起文件对着太阳光。"瞧瞧那个，"他说，用手指着。

在这张蓝色的纸上——我以前从来没有注意到的地方——我看到了明显的白色字母和数字："Malvern, 1898"。

"这是怎么回事？"我问。

"这是水印，"古德洛说。"这张纸是 1898 年制造的。纸上的文字写于 1863 年。这是一个明显的骗局。"

"呵，我可不知道，"我说。"朗德尔家族是些没有受过教育的乡下人，非常朴实可靠。也许造纸商企图制造骗局。"

于是，古德洛·班克斯勃然大怒，他受的教育才使他没有太放肆。他丢下鼻梁上的眼镜，直瞪着我。

---

① 尤利西斯(Ulysses)，荷马史诗《奥德赛》中的英雄。

"我一直说你是个傻瓜，"他说。"你上了一个乡巴佬的当。而且又逼我上当。"

"怎么逼你上当？"我问。

"用你的无知，"他说。"我两次发现了你计划中的严重错误，这种错误，你只要受过中学教育就可以避免。而且，"他继续说，"为了这次骗人的探宝，我花了付不起的冤枉钱。我可洗手不干了。"

我站了起来，拿起一个刚从洗碗水里捞上来的大锡镴调羹，指着他。

"古德洛·班克斯，"我说。"你的教育，我一丝一毫都不在乎。在别人身上，我总是勉强忍受着，而在你身上，我很瞧不起。你的学问对你有什么用？ 无非是对你自己的诅咒，也被你朋友所厌恶。去你的，"我说，"去你的水印和变量。这些东西，我毫不在乎。他们无法改变我的追求。"

我用调羹指着河对面驮鞍似的小山。

"我要搜索那座山，"我继续说，"为了寻宝。现在你决定吧，参加还是不参加。要是你想让一个水印或者一个变量动摇你的灵魂，你就不是一个真正的探险家。决定吧。"

远处河边的路上，开始升腾起一团白色的尘雾。那是从赫斯帕拉斯到奇科的邮车，古德洛示意让它停下。

"我跟骗局已经了结，"他不快地说。"现在，除了傻瓜，谁都不会注意那张纸头了。是呀，你从来就是个傻瓜，吉姆。我只好让你听天由命了。"

他收拾好随身行李，爬上邮车，慌张地整了整眼镜，在一团尘雾中溜走了。

我洗了碟子，把马拴到了另一片草地上，穿过浅浅的小河，慢悠悠地走过雪松灌木丛，到了驮鞍形小山的山顶。

这是一个天清气爽的 6 月天。我有生以来从没有看到过那么多鸟，那么多蝴蝶、蜻蜓、蚱蜢，那么多带翅膀和有蜇刺的昆虫，生活在空中和田野。

我把驮鞍形的小山从山脚到山顶搜索了一遍，发现根本没有藏宝的记号，也没有老朗德尔文件中说的那堆石头，树上没有远古的大火印记，没有三十万块钱的丝毫证据。

我在午后的凉意中下了山。突然间，我出了雪松灌木丛，踏进了一个美丽的绿色山谷。在那里，一条小小的支流汇入了阿拉米托河。

就在这个地方，我吃惊地以为看到了一个须发蓬乱的野人，正在追逐一只翅膀艳丽的大蝴蝶。

"兴许他是一个出逃的疯子，"我想，不明白他何以迷失，如此远离教育和求学的场所。

接着，我又往前走了几步，在一条小溪旁边，看到了一间爬满藤蔓的茅屋。在一小片芳草郁郁的林中空地，看见梅·马撒·曼格姆在采摘野花。

她直起腰来看着我。自从认得她以来，我第一次看清了她的脸——那是一架新钢琴白色琴键的颜色——转成了粉红色。我二话不说走近了她。她采集的花慢慢地从手中落到了草地上。

"我知道你会来，吉姆，"她毫不含糊地说。"爸爸不让我写信，可我知道你会来的。"

尔后发生的事，你可以猜想——我的车队就在河对面。

我常常纳闷，要是教育不为己用，受太多的教育又有什么用处。要是一切好处都给了别人，教育有何益？

梅·马撒·曼格姆和我住在一起了。在栎树丛中有一幢八间房的房子，一架钢琴和一个自觉演奏者，同时，篱笆下有三千头牛，那是一个很好的开头。

夜晚，我骑马回家的时候，我的烟杆和拖鞋放到了人家找不到的地方。

可是那谁在乎呢？ 谁在乎——谁在乎？

译文名著精选书目

我是猫	〔日〕夏目漱石 著	刘振瀛 译
神曲	〔意〕但丁 著	朱维基 译
红字	〔美〕霍桑 著	苏福忠 译
到灯塔去	〔英〕伍尔夫 著	瞿世镜 译
格列佛游记	〔英〕斯威夫特 著	孙予 译
大卫·考坡菲	〔英〕狄更斯 著	张谷若 译
道连·葛雷的画像	〔英〕王尔德 著	荣如德 译
童年／在人间／我的大学	〔俄〕高尔基 著	高惠群等 译
城堡	〔德〕卡夫卡 著	赵蓉恒 译
汤姆·索亚历险记	〔美〕马克·吐温 著	张建平 译
九三年	〔法〕雨果 著	叶尊 译
铁皮鼓	〔德〕格拉斯 著	胡其鼎 译
卡拉马佐夫兄弟	〔俄〕陀思妥耶夫斯基 著	荣如德 译
远大前程	〔英〕狄更斯 著	王科一 译
马丁·伊登	〔美〕杰克·伦敦 著	吴劳 译
名利场	〔英〕萨克雷 著	荣如德 译
嘉莉妹妹	〔美〕德莱塞 著	裘柱常 译
细雪	〔日〕谷崎润一郎 著	储元熹 译
哈克贝里·芬历险记	〔英〕马克·吐温 著	张万里 译
儿子与情人	〔英〕劳伦斯 著	张禹九 译
野性的呼唤	〔英〕杰克·伦敦 著	刘荣跃 译
牛虻	〔英〕伏尼契 著	蔡慧 译
包法利夫人	〔法〕福楼拜 著	周克希 译
达洛卫夫人	〔英〕伍尔夫 著	孙梁 苏美 译
永别了，武器	〔美〕海明威 著	林疑今 译
喧哗与骚动	〔美〕福克纳 著	李文俊 译
猎人笔记	〔俄〕屠格涅夫 著	冯春 译
圣经故事	〔美〕阿瑟·马克斯威尔 著	杨佑方等 译
希腊神话	〔俄〕库恩 编著	朱志顺 译
格林童话	〔德〕格林兄弟 著	施种等 译
月亮和六便士	〔英〕毛姆 著	傅惟慈 译
失乐园	〔英〕弥尔顿 著	刘捷 译
海底两万里	〔法〕凡尔纳 著	杨松河 译
丧钟为谁而鸣	〔美〕海明威 著	程中瑞 译
安徒生童话	〔丹麦〕安徒生 著	任溶溶 译
了不起的盖茨比	〔美〕菲茨杰拉德 著	巫宁坤等 译
虹	〔英〕劳伦斯 著	黄雨石 译
摩格街谋杀案	〔美〕爱伦·坡 著	张冲 张琼 译
坎特伯雷故事集	〔英〕乔叟 著	黄杲炘 译
战争与和平	〔俄〕列夫·托尔斯泰 著	娄自良 译
环游地球八十天	〔法〕凡尔纳 著	任倬群 译
人生的枷锁	〔英〕毛姆 著	张柏然 张增健 倪俊 译